Paul Ernst

Der Nobelpreis

Novellen

Paul Ernst: Der Nobelpreis. Novellen

Erstdruck: München, Georg Müller Verlag. 1919

Neuausgabe mit einer Biographie des Autors
Herausgegeben von Karl-Maria Guth
Berlin 2017

Umschlaggestaltung von Thomas Schultz-Overhage unter Verwendung des Bildes: Anders Zorn, Oskar II. von Schweden, 1898

Gesetzt aus der Minion Pro, 11 pt

Verlag: Henricus - Edition Deutsche Klassik GmbH
Mörchinger Str. 33, 14169 Berlin, info@henricus-verlag.de
Druck: Libri Plureos GmbH, Friedensallee 273, 22763 Hamburg

ISBN 978-3-7437-0166-3

Bibliografische Information der Deutschen Nationalbibliothek

Die Deutsche Nationalbibliothek verzeichnet diese Publikation in der Deutschen Nationalbibliografie; detaillierte bibliografische Daten sind im Internet über www.dnb.de abrufbar.

Inhalt

Der Nobelpreis 5
Das Abiturientenexamen 8
Kapparos 13
Revolution 19
Ein Schicksal 22
Eine fürstliche Liebesheirat 32
Eheglück 39
Die wunderliche Verlobung 44
Geprüfte Liebe 49
Der geschickte Polizeileutnant 60
Fortsetzung der Geschichte vom Nobelpreis 65
Das Gewissen 69
Das Menschliche 74
Am Weiher 77
Die Kameradschaft der Rivalen 80
Die Fabrik 83
Der Wald 88
Die Truhe 92
Der Brief 101
Der hölzerne Kindersäbel 104
Der Meister 109
O gib vom seidnen Pfühle 112
Fortsetzung der Geschichte vom Nobelpreis 117
Die Liebschaft des Dienstmädchens 119
Das Porzellangeschirr 123
Das Gespenst auf der Burg 129
Auf der Straße 134

Erinnerung 138
Fortsetzung der Geschichte vom Nobelpreis 142
Die Geliebte des Königs 143
Eine Rache 149
Der Dussek 157
Der Teufelsacker 163
Der Steiger 171
Nach fünfzig Jahren 174
Der Striegel 178
Die Wiese 183
Der Astralleib 187
Schluß der Geschichte vom Nobelpreis 192
Biographie 195

Der Nobelpreis

Von zwei Gesellschaften im Schloß des Herrn von Brake ist schon berichtet; bei der letzten wurde angedeutet, daß eine dritte Gesellschaft bevorstehe. Wir wissen ja nicht, welche Beziehungen Herr von Brake zur schwedischen Akademie der Wissenschaften unterhielt; wir möchten vermuten, gar keine, immerhin hatte er richtig gewahrsagt, daß sein Schwiegersohn den Nobelpreis bekommen werde.

Die drei Bücher, in welchen die Gesellschaften des Herrn von Brake erzählt werden, sind ja drei Novellensammlungen. Novellen sind Erzählungen von merkwürdigen Vorfällen, von Vorfällen, welche niemals völlig durch den Verstand zu erfassen sind und den unbegreiflichen Gewalten, mögen wir sie als Zufall bezeichnen, als göttliche Leitung, oder als innern Trieb, einen großen Spielraum lassen. Sie haben darin eine offenbare Ähnlichkeit mit den Preisverleihungen. Indem wir nun einen logischen Sprung machen, erklären wir, daß daraufhin die Geschichte vom Nobelpreis ein angemessener Rahmen für den dritten Novellenband ist.

Wir brauchen es nicht zu begründen, daß der Schwiegersohn des Herrn von Brake den Nobelpreis bekam, der Preis ist eigentlich für Dichter bestimmt, welche durch ihn von der lästigen Erwerbstätigkeit befreit werden sollen, damit sie ganz ihrer Arbeit leben können, haben ihn nicht wirkliche Dichter bekommen, wie Mistral, Pontoppidan und Heidenstam – die beiden ersten freilich immerhin bloß zur Hälfte – haben ihn die drei Männer nicht wirklich sehr gut brauchen können, und hat wohl je ein Mensch beansprucht, daß ein solcher Zufall begründet sein müsse? Nein, Zufall ist Zufall. Wir haben eine Novellensammlung vor uns, und wir müssen ohne weiteres glauben, daß der Nobelpreis gefeiert wird.

Die Räume, in denen so manche lustige und ernste Geschichte erzählt ist, sehen heute anders aus wie früher. Der Krieg hat nun schon über drei Jahre gewütet, wir gehen in den vierten Kriegswinter. Allen ist es deutlich geworden, daß es sich nicht mehr um das Dasein Deutschlands handelt, sondern um ganz Europa, daß nicht die Zukunft unserer Nachkommen entschieden wird, sondern die Zukunft der Menschheit.

Aber wollen wir ein trübes Gesicht machen in dieser furchtbaren Zeit? Wir bessern nichts durch Traurigkeit, wir schwächen nur unsern Mut. Es wird eine Geschichte erzählt von einem deutschen Jungen, der zu den Eingeladenen gehörte, welche die guten Holländer bei sich aufnahmen, um sie in den Ferien etwas aufzufüttern. Der Junge ist am Abend bei seinen Wirtsleuten angekommen und wird vor einen Tisch gesetzt, der sich biegt von Rollschinken und Röhrenschinken, von Mettwurst, Leberwurst, Rotwurst, Sülze, Schlackwurst und Bratwurst, von Sprotten, Bücklingen, Flundern und Spickaal, von Edamer und Limburger Käse, von Butter und Brot, Brot ohne Verlängerung, Brot aus reinem Roggenmehl, aus reinem Weizenmehl, Brot, wie es der Junge überhaupt noch nie mit Bewußtsein gesehen hat, denn vor dem Krieg war er noch zu klein, um sich zu erinnern. Der Junge wird also vor den Tisch gesetzt und haut ein; er haut ein, wie sein Vater in Flandern und Polen, in Italien und Serbien eingehauen hat. Die Holländer umstehen den Tisch und sehen ihm in freudiger Andacht zu. Der Herr der Familie fragt: »Ja, so gut hast du es doch jetzt zu Hause nicht?« Der Junge schluckt einen großen Bissen hinunter, befördert einen andern in die linke Backentasche und erwidert: »Was? Bei uns gibt es noch viel mehr.« Bei den Holländern entsteht allgemeine Heiterkeit. Der Vater sagt: »Es ist ja schön, Junge, daß du dein Vaterland hochhältst, aber, sieh mal, lügen darf man dabei doch nicht.« Der Junge sieht ihn prüfend an, besinnt sich, haut dann mit der Faust auf den Tisch und sagt: »Aber siegen tun wir doch.«

Wir wollen uns den Jungen zum Beispiel nehmen. In den ersten Monaten des Krieges reiste ein italienischer Berichterstatter bei unserm Heer und erzählte seinen Landsleuten, was er sah. Einen sehr tiefen Eindruck machte es ihm, daß unsere Soldaten, wenn sie von den schwersten Anstrengungen und Gefahren zurückgekehrt waren, am Abend zusammensaßen und lachten. Der Italiener dachte schaudernd an die blonden Barbaren, die einst das römische Reich zerstört hatten, und von denen seine Geschichteschreiber erzählen, daß sie auch so lachten. Seitdem hat sich das unglückliche Italien ja in diesen Krieg hineinbegeben, dem sein Volk nie gewachsen sein konnte, die Franzosen erschießen die italienischen Offiziere wegen Feigheit vor dem Feind. Wir wollen das vergessen, wir wollen an das Lachen unserer Leute denken. Wir werden von einem Feldherrn geführt, dem wir vertrauen; alle Einzelnen erfüllen ihre befohlene Pflicht; Änderungen unserer staatlichen und gesellschaftlichen Verfassung, welcher wir mißtrauen, können wir erst nach dem Krieg vornehmen, und erst nach dem Krieg wollen wir auch unsere Toten betrauern: solange der Kampf noch währt, wollen wir heiter sein.

Also Herr von Brake hat seinen Festsaal wieder geschmückt, die Gäste sitzen an der Tafel. Ein zierliches Mädchen mit weißer Schürze, auf dem Kopf ein leichtes Spitzenhäubchen, geht mit einem Teller herum und sammelt die Marken ein: »Zwei Brotmarken bitte, drei Zehntel Fleischmarken bitte«, sagt sie unermüdet zu jedem Gast; vergeblich sucht sich der eine oder andere um die Marken zu drücken durch einen Scherz oder durch Ausreden; das Mädchen gibt nicht nach und weiß durch Liebenswürdigkeit und Heiterkeit von jedem der Anwesenden seinen Beitrag zu bekommen.

Sollen wir uns in dieser Zeit den Mund wässerig machen? Also es beginnt eine Hühnersuppe, eine Hühnersuppe aus wirklichen Hühnern, nicht etwa aus Huhnersatz; die Hühner haben noch vorgestern ganz natürlich auf dem Hofe geschartt und gekakelt; Herr von Brake hat sie auf dem Altar des Vaterlandes geopfert, wie er sich ausdrückt, denn er hatte kein ordentliches Futter für sie, und da legten sie doch keine Eier, trotzdem der Herr Landrat sie in einer Verordnung bedräut hatte, in welcher er dreißig Eier von jedem Huhn verlangte, er hatte als Strafe nur angegeben, daß Herr von Brake keinen Zucker für das Beerenmus bekommen werde, und das hatte die Hühner ganz kalt gelassen, denn von dem Beerenmus wurde ihnen doch nichts abgegeben.

Also eine Hühnersuppe machte den Anfang, und was für eine Hühnersuppe! Man konnte die Fettaugen nicht zählen, die auf ihr schwammen. Die Fettaugen waren doppelt, waren dreifach so dick, wie man sie sonst sieht. Man löffelte, man zog ein Fettauge in den Löffel hinein; siehe da! Dasselbe Fettauge schwamm wieder auf dem Teller! Es hatte nur seinen Überschuß abgegeben. An den Rändern des Tellers, wo die Flüssigkeit wegen der Anhänglichkeit des Gefäßes etwas höher steht, sah man einen richtigen gelblichen Schimmer, das war auch Fett! Die Herrn strichen sich den Bart hoch, damit nichts von der kostbaren Flüssigkeit in den Haaren hängen blieb, damit alles dem Körper zugute kam, denn man spart jetzt das Fett, man weiß, was man vom Fett hat!

Man kann sich denken, daß eine solche Suppe gleich eine wunderbare Stimmung erzeugen mußte. Die Teller wurden fortgeräumt; alle waren behaglich durchwärmt, fühlten sich genährt und gestärkt, und ehe man es sich versah, war man denn so schon wieder in das Geschichtenerzählen gekommen.

Dieses sind nun die Geschichten des Nobelpreises:

Das Abiturientenexamen

Ein Offizier hatte in nicht ganz jungen Jahren eine junge Frau geheiratet. Kurz nach der Heirat hatte er den Abschied genommen, weil es der Frau in der Garnisonstadt an geistiger Anregung fehlte, und lebte nun als verabschiedeter Major in einer mittleren Residenzstadt. Es gab hier ein sehr gutes Theater, welches alle modernen Stücke aufführte; die ersten Künstler kamen und gaben Konzerte, und häufige Beiträge über wissenschaftliche Fragen erweiterten den geistigen Horizont der Zuhörer. Alle diese Kulturfaktoren benutzte die junge Frau eifrig, indessen der Major einen Stammtisch gleichgesinnter Herren gefunden hatte, an welchem man über die Tagesereignisse, wie über allgemeinere Fragen der Gegenwart seine Meinung austauschte.

Aus der Ehe war ein einziges Kind entsprossen, eine Tochter, welche nun allmählich heranwuchs. Der Major hatte sie nach dem Namen seiner Mutter Emma nennen wollen, aber seine Frau hatte ihn gebeten, ihr den Namen Nora zu geben, und so hatte sie denn auch bekommen.

Die Gesellschaft in der Residenz war liberal gestimmt, da die Fürstin eine edle Begeisterung für die großen Fortschritte des menschlichen Geistes hegte, welche in den letzten Jahrzehnten gemacht waren, und so wurde denn auch ein Mädchengymnasium begründet. Die Majorin war Mitglied des beaufsichtigenden Ausschusses und hatte oft die Ehre, von der Fürstin in ein Gespräch gezogen zu werden.

Die Majorin setzte es durch, daß Nora das Gymnasium besuchte. Zwar meinte der Vater, ein Mädchen sollte lieber Strümpfe stopfen und die Nase in den Kochtopf stecken, damit sie einmal ihrem späteren Mann die Wirtschaft führen könne, und seine Freunde am Stammtisch teilten seine Ansicht, denn sie fanden, da das Mädchen ganz niedlich war und einmal Geld hatte, so kriegte sie auch einen Mann; aber die

Mutter erklärte, Nora sei ihr Kind, die Zeiten haben sich geändert, sie sei Ausschußmitglied, der Besuch des Gymnasiums sei schwach, und die vornehmen Familien müßten mit gutem Beispiel vorausgehen, die Fürstin interessiere sich für Nora, und Nora sei wissenschaftlich begabt und es wäre schade, wenn eine solche Begabung durch die Beschäftigung mit Kochtöpfen und Windeln unterdrückt werden sollte, wie das ja früher freilich die Regel gewesen sei.

Man kann sich denken, daß Nora zunächst ganz der Meinung ihrer Mutter beipflichtete, und so besuchte sie denn die Tertia, sie besuchte die Sekunda, sie besuchte auch die Prima, und nun war sie so weit, daß sie das Abiturientenexamen machen sollte.

Inzwischen war ein junger Offizier, ein Neffe des Majors, für einige Zeit als Adjutant des Fürsten in die Residenzstadt gekommen, er hatte in unserer Familie den Besuch gemacht und war eingeladen, und ein Verkehr hatte sich entsponnen, wie es üblich ist. Der junge Mann hieß Egon.

Egon hatte ein Gespräch mit dem Major. Er beklagte, daß er so wenig von den Wissenschaften verstehe, denn was man auf den Korps gelernt habe, das vergesse man doch schon als Fähnrich, und als Leutnant habe man keine Zeit mehr zu Studien. Der Oheim hatte die Vorstellung, daß seine Tochter einmal Professor werden wolle, und fand, daß die Weiber heutzutage verrückt seien. Der Neffe seufzte und sagte, wenn man neben einem jungen Mädchen sitze, das studiere, dann wisse man immer nicht, was man sagen solle. Vom Tanzen könne man nicht sprechen, vom Schlittschuhlaufen auch nicht, von der neuen Rangliste auch nicht recht, und von den gelehrten Sachen verstehe man selber nichts. Ein Kamerad wisse eine Unmenge Witze, die erzähle er, aber davon wollten die gelehrten jungen Mädchen auch nichts wissen, und außerdem könne er selber keinen einzigen Witz behalten.

So kann man sich vorstellen, daß Egon und Nora sich nicht besonders nahe kamen, obwohl der Major das gern gesehen hätte, denn er sagte sich, daß Egon ein anständiger Kerl war und ein guter Offizier, die Mutter freilich fand ihn trivial, ihr wäre es lieber gewesen, wenn etwa ein bedeutender Künstler oder Gelehrter sich in Nora verliebt hätte.

Einmal an einem Sonntag war Egon bei den Verwandten eingeladen gewesen. Es hatte einen Gänsebraten gegeben; man hatte fröhlich gegessen, der alte Major hatte eine gute Flasche aus dem Keller geholt, und man hatte auch getrunken; und nun saß Egon mit Nora in der guten Stube, indessen die Hausfrau im Eßzimmer aufräumte und der Major in seinem Zimmer ein kleines Schläfchen machte. Durch den guten Wein hatte Egon die Angst vor der Gelehrsamkeit Noras etwas verloren und erzählte; und wie nun die Behaglichkeit, die Ruhe und Heiterkeit des Familienlebens auf ihn wirkte, und er an seine einsamen zwei Zimmer dachte und den Burschen, der die Hacken zusammenklappte und die Hände an die Hosennaht legte, da sprach er Nora von seinem Leben, und erzählte von seiner Mutter, wie die immer für seine Wäsche sorgte; und plötzlich, als er von der Mutter sprach, da wurde ihm klar, daß die Mutter an nichts dachte wie an ihn und immer nur für ihn sparte, und, ohne daß er wußte, wie das geschah, kamen ihm die Tränen in die Augen. Er erzählte von seinem Elternhaus, von seinem Arbeitsstübchen, wie die Mutter überall im Hause zugegen war, wie die Wäsche im Winter auf der großen Diele getrocknet wurde und im Sommer im Garten, wie sie die Sparkassenbücher der Dienstmädchen selber in Verwahrung hatte und ihnen die Aussteuer besorgte, wenn sie heirateten, und vieles andere.

Nora fragte ihre Mutter nach Egons Mutter. Aber die hatte keine rechte Erinnerung; sie fragte ihren Vater, und der wurde ganz munter, das war eine patente Frau, die hatte ihr Haus in Ordnung, und ein Lachen hatte sie, wenn man das hörte, dann konnte man nicht traurig sein. Die hatte Egon zu dem Kerl gemacht, der er war, denn mit dem Vater war nicht viel los gewesen; ja, Egon konnte wohl dankbar sein, da hatte er recht.

Es war ein mütterlicher Irrtum der Frau Major gewesen, als sie geglaubt hatte, Nora sei für die Wissenschaften begabt. Die Lehrerinnen fanden, sie sei unbegabt. Sie gab sich alle Mühe, das gute Mädchen, man konnte der Mutter auch den Kummer nicht antun, und so war sie immer geschoben bei den Versetzungen, denn schließlich war es immer noch möglich gewesen, sie in die höhere Klasse mitzunehmen, wenn sie durch besonderen Fleiß die großen Lücken ausfüllte, die sie in den hauptsächlichsten Wissenschaften besaß. Nun aber stand sie vor dem Examen, und die Lehrerinnen hatten keine Hoffnung, daß sie es bestehen würde. Nora hatte auch keine.

Die Lehrerinnen hätten ja nun wohl mit der Mutter sprechen müssen und hätten den Rat geben sollen, daß Nora noch ein halbes Jahr den

Unterricht besuchte, um mit mehr Aussicht des Gelingens in das Examen zu gehen. Sie versuchten ja denn auch wohl, leise Andeutungen zu machen. Aber die Mutter bemerkte nichts von den Andeutungen, und es wäre sehr schwer gewesen, wenn man ihr nun geradezu hätte alles mitteilen wollen, denn trotzdem die Zeugnisse außer im Fleiß und Betragen doch immer nur recht schwach gewesen waren, glaubte sie fest an die große Begabung ihrer Tochter. Sie faßten deshalb den Entschluß, lieber Nora selber alles vorzustellen. Die Leiterin der Schule ließ sie auf ihr Zimmer kommen, eröffnete ihr alles, und sagte, es sei nun wohl das beste, wenn sie mit ihren Eltern Rücksprache nehme.

Inzwischen aber war die Zeit des Examens ganz nahe gerückt; die schriftlichen Arbeiten sollten schon am nächsten Tag beginnen, und in einer Woche sollte die mündliche Prüfung sein. Das war ein Tag, auf den sich die Mutter schon seit Jahren gefreut hatte. Seit Monaten schon sprach sie davon, daß sie an dem Tag eine große Gesellschaft geben wolle, in welcher Nora gefeiert würde. Sie hatte schon viele Vorbereitungen getroffen, zwar waren noch nicht die Einladungen verschickt, aber die nächsten Freunde waren ersucht, sich für den Tag frei zu halten, es wurde vorläufig mit der Kochfrau verhandelt und mit den Geschäften Rücksprache genommen.

Nora versuchte, der Mutter mitzuteilen, was die Leiterin ihr gesagt hatte, aber auf die ersten umständlichen Worte hörte die Mutter nur halb hin, dann wurde Nora immer ängstlicher, und schließlich sagte sie nicht das, was sie hatte sagen wollen, sondern redete von dem Kleid, das sie am Prüfungstag anziehen sollte. Und so ging sie denn am nächsten Tage mit den andern in das Prüfungszimmer, ohne daß sie der Leiterin eine Antwort brachte. Die Lehrerinnen glaubten, sie habe der Mutter alles erzählt und die wolle nun doch das Examen erzwingen, zuckten die Achseln über die elterliche Unvernunft und begannen die Prüfung.

Also am Tage des Examens war eine große Gesellschaft bei dem Major eingeladen. Auch ein Prinz, ein Verwandter des fürstlichen Hauses, hatte sein Kommen zugesagt. Alle Zimmer wurden umgeräumt. Das Schlafzimmer und die gute Stube wurden zum Essen hergerichtet, indem man die großen Schiebetüren auseinanderschob; nach dem Essen sollten die Tische fortgenommen werden, damit man tanzen konnte, das Herrenzimmer blieb, Noras Zimmer wurde Ablegeraum für die

Damen, die Dienstmädchenkammer für die Herren, und so war alles weitere eingerichtet. Die Gäste waren für sechs Uhr geladen.

Gegen fünf Uhr kam Nora zurück. Sie ging zu ihrem Vater und weinte an seiner Brust, er streichelte ihr das Köpfchen und sagte, ihm sei es ganz lieb, daß sie durchgefallen sei, denn er wolle eine Tochter, die ein Frauenzimmer sei und nicht eine spitze Person mit einer Brille auf der Nase. Sie stampfte mit dem Fuß auf und erklärte, sie versuche die Prüfung nach einem halben Jahr nicht wieder, wie ihr die Lehrerinnen vorgeschlagen hätten, denn es sei nach Gunst gegangen, und eine andere, die nicht mehr gekonnt habe wie sie, sei durchgekommen. Und daß die Klassenlehrerin der Sekunda geweint hätte, als der Schulrat erklärt habe, daß sie durchgefallen sei, das sei ihr ganz gleichgültig, denn das wisse jede, daß die nur eine falsche Katze sei. Der Vater schob immer seine lange Pfeife zur Seite, die ihn störte, und streichelte ihr das Köpfchen oder wischte mit seinem Taschentuch ihre nassen Backen ab.

Hier nun kam die Mutter in das Zimmer. Sie hatte die Tafelordnung in der Hand, die sie ihrem Gatten geben wollte, indem sie ihn gleichzeitig daran zu erinnern dachte, daß er sich umziehen müsse.

Als der Major ihr alles sagte, sank sie auf einen Stuhl und weinte, indem sie Nora und den Major mit Vorwürfen überhäufte, von der Gesellschaft sprach, von der Lächerlichkeit, von dem Prinzen, und schließlich erklärte, sie habe getan, was in ihren Kräften gestanden, sie trage keine Verantwortung, und nun möge der Major zusehen, wie er alles mit der Gesellschaft in Ordnung bringe.

Der Major war berühmt durch seine Trinksprüche und seine witzigen Reden bei Gesellschaften. Er tröstete Nora und sagte, es werde ihm schon ein Witz einfallen, der sie herausreiße, sie solle jetzt nur sich umziehen, damit sie recht hübsch aussehe, wenn die Gesellschaft zusammenkomme. »Ach, hübsch bin ich ja auch noch nicht einmal«, rief sie schluchzend aus, »Egon mag mich auch nicht leiden.«

In diesem Augenblick aber trat Egon in das Zimmer. Er hatte den Hausdiener im Gymnasium beauftragt, ihm zu telephonieren, wenn die Prüfung beendigt sei, weil er als Erster Glück wünschen wollte. So hatte er denn das Unglück nun auch gleich erfahren und war zu den Verwandten geeilt, weil er dachte, daß er in der Verwirrung von Gesellschaft und verunglückten Prüfung vielleicht helfen könne.

Der alte Major sah Egon an, der die letzten Worte gehört hatte, Egon sah ihn an; der Major löste sich von seiner Tochter los und ging rasch aus dem Zimmer, und die Klinke war noch nicht ins Schloß gefallen, als Egon schon Nora im Arm hielt und die Weinende, Lachende, sich Sträubende herzhaft abküßte.

Es war kaum noch Zeit, daß Nora sich für die Gesellschaft anzog; sie kleidete sich mit einer Geschwindigkeit an, welche ihrem späteren Mann nachher immer rätselhaft war. Man kann sich denken, daß der Major bei Tisch eine sehr witzige Rede hielt, er verglich nämlich das Abiturientenexamen mit der Verlobung und fand, daß die Verlobung auch ein Examen ist, und daß es für ein Mädchen wichtiger ist, wenn sie in diesem Examen nicht durchfällt.

Nora war sehr glücklich. Sie sagte zu ihrem Bräutigam: »Du denkst immer, daß ich noch ein Kind bin. Aber ich weiß ganz genau, was mir fehlt. Morgen bitte ich meinen Vater, er soll an deine Mutter schreiben, daß sie mich bei sich aufnimmt, damit ich bei ihr lerne, was ich später wissen muß.«

Die Mutter sprach mit dem Prinzen über das Frauengymnasium; das Brautpaar hörte, wie sie sagte: »So oder so, es nützt einem Kind doch immer.«

Kapparos

In einer entlegenen Straße von Athen befand sich ein Tempel des Asklepios. Der Tempel war weithin berühmt unter den bresthaften Leuten, denn bei der stillschweigenden Freimaurerei, welche die Kranken und sich krank Dünkenden untereinander aufgerichtet haben, erzählte immer ein bedenklicher Mann dem andern und ein leidendes Weib ihrer Genossin, wie vielen es schon geholfen, wenn sie zu jenem Tempel gegangen, dem Gott und dem Priester anständig geopfert und dann gebetet hatten; und auch er oder sie selber habe eine merkliche Linderung seines oder ihres Leidens verspürt, und so könne er oder sie einen Gang zu dem Tempel nur auf das wärmste empfehlen.

Der Priester, welcher bei dem Tempel angestellt war, hatte, wie das so zu sein pflegt, sein Teil beigetragen zu dem guten Rufe des Gottes, denn er war ein heiterer, offenherziger und wohlgenährter Mann, auf dessen glänzenden Wangen die Gesundheit saß, und dessen wohlwollende und tiefe Stimme schon allein den Kranken einen gewissen Trost einflößte, auch ganz abgesehen von dem wohlwollenden und treuherzigen Inhalt seiner Worte. Er besorgte den gesamten Tempeldienst allein, denn er pflegte zu sagen, was er selber mache, das, wisse er, werde gut gemacht, mit einem Küster habe er nur seinen beständigen Ärger, den Kranken sei es auch lieber, wenn sie nur mit ihm, als einem gebildeten Mann zu tun haben, und überhaupt handle er nur ganz im Sinne eines so menschenfreundlichen Gottes wie Asklepios, wenn er den Dienst so einfach und bescheiden wie möglich halte.

Man darf sich denken, daß beide, der Gott wie der Priester, sich bei solchen Verhältnissen nicht schlecht standen. Dem Priester wurde manche Drachme dargebracht, und von Leuten, welche nicht auf Bargeld gestellt waren, erhielt er Schinken, Eier, Öl, Kuchen, Hähnchen, Früchte, Wein, und alles sonst, was man in einer Wirtschaft brauchen kann; und dem Gott wurden allerhand Weihgeschenke an den Wänden des Tempels aufgehängt, Arme und Beine, Herzen, Köpfe und alle sonstigen Glieder, an denen man Krankheiten haben kann, nicht nur von Holz und Knochen, von Kupfer und Elfenbein, sondern auch von Gold und Silber, je nach dem Reichtum der geheilten Bresthaften. Der Priester war nur ein Mensch, und ein Mensch muß seinen Körper erhalten. So kam es, daß die Schinken, Eier, Kuchen und Hähnchen, das Öl und der Wein verzehrt und die Drachmen für allerhand sonstige Bedürfnisse ausgegeben wurden; der stille und verständige Gott aber sparte seine Gaben auf, denn er brauchte ja nichts, und so sammelte sich denn an den Wänden im Lauf der Zeit ein schönes Vermögen in allerhand Gold- und Silberware, und es ging das Gerücht in Athen, daß von den geringern Göttern Asklepios einer der wohlhabendsten sei.

Auch im Altertum gab es schon ruchlose Menschen, die vor dem Äußersten nicht zurückschrecken, um ihre rohen Begierden zu befriedigen. Die Polizei in Athen stand nicht auf der Höhe der übrigen Einrichtungen des Staates, denn sie wurde von gekauften Sklaven ausgeübt, und es ist verständlich, daß solche Menschen den Trinkgeldern der Spitzbuben nicht unzugänglich waren. Man mußte sich selber schützen. Der Priester trug die Verantwortung für das Vermögen des Gottes, und so hatte er sich denn einen Hund angeschafft zur Bewachung, einen sandfarbigen Rattler, der auf den Namen Kapparos hörte.

Kapparos war ein tugendhaftes und zufriedenes Tier. Er lag an der Tempeltür angekettet vor seiner Hütte und meldete durch heftiges Bellen jeden Ankommenden. Er schleckte die Milch und verschlang das hineingebrockte Brot aus seinem Futternapf, und zerknackte hingestreckt die Knochen, die ihm vorgeworfen wurden. Jeden Abend kettete sein Herr ihn los. Dann schoß er fort, geradlinig wie der Pfeil vom Bogen, rieb sich den Kopf auf dem Rasen, wälzte sich in Wonne auf dem Rücken, kam wieder auf seine vier Beine, lief zurück, umtanzte seinen Herrn in Dankbarkeit und sprang schnappend an ihm hoch, um ihm seine Freude zu zeigen. Wenn eine halbe Stunde vergangen war, dann rief der Priester: »Kapparos, anlegen!« und Kapparos kam betrübt, aber nicht mit hängenden Ohren und zögernd, sondern gefaßt und mit sittlichem Ernst, sprang auf seine Hütte, damit der Herr sich nicht zu bücken brauchte, und wurde wieder angekettet.

Der Priester war unverheiratet. Er fand das richtig. Er sagte sich, daß er eine Vertrauensperson war, bei ihm mußten die Geheimnisse ruhen, wie in einem Brunnen; wenn man eine Frau hat, dann will die immer wissen, was einem die Leute gesagt haben. Er war also unverheiratet. Aber was kann ein einzelner Mann mit den vielen Schinken, Hähnchen, Kuchen und Eiern machen, die ihm zugetragen wurden? Die Gottesgabe verdarb nur. Er hatte also ein Liebesverhältnis.

Des Liebesverhältnisses wegen mußte er zuweilen des Abends den Tempel verlassen. Er war sich bewußt, daß er da nicht ganz richtig handelte, aber er vertraute, die Spitzbuben würden nicht merken, daß seine Stube leer sei, er steckte immer das Licht an und zog den Vorhang zu, Kapparos ließ er zurück, und Kapparos stand in seiner Hütte, bescheiden mit dem Schwänzchen wedelnd, das nicht sichtbar war und seinen Herrn erwartungsvoll, aber nicht bettelnd anblickend, denn er sagte sich ja natürlich, daß er nicht mitgenommen werden konnte.

Aber, wie das nun geschehen sein mochte, ist nicht klar geworden, die Spitzbuben hatten Wind bekommen, daß der Priester gelegentlich des Nachts nicht zu Hause war, und so kamen denn zwei Männer vorsichtig in einer Nacht, als er bei seiner Geliebten weilte, brachen die Tür des Tempels auf, suchten sich unter den Weihgeschenken die wertvollsten aus, steckten sie alle in einen Sack, den sie zu dem Zwecke mitgebracht hatten, und gingen dann eilig wieder fort.

Man kann sich vorstellen, daß Kapparos seine Pflicht tat. Die Männer hatten ihm ein Stück Fleisch hingeworfen, damit er nicht bellen solle. Das Fleisch war ausgezeichnet, es war ein saftiges Rückenstück mit einem schönen Markknochen; die Hälfte mindestens hätte Kapparos vergraben können, denn auf einmal vermochte er das Stück nicht zu verzehren. Aber Kapparos ließ sich nicht bestechen, er tat seine Pflicht. Er bellte, was er konnte und riß an seiner Kette, um loszukommen und die Spitzbuben in die Beine zu beißen. Aber das Bellen half nichts, denn die Nachbarn wohnten so weit entfernt, daß sie es ja wohl noch hören mochten, aber sich nur ärgerlich im Bett umdrehten, weil sie sich mit Recht vorstellten, daß es ihre Angelegenheiten gar nicht berühre; und die Kette gab nicht nach. Kapparos bellte also so lange, wie die Spitzbuben im Tempel waren, und als sie ihn verlassen hatten, bellte er noch immer hinter ihnen her.

Nun geschah es, als die Spitzbuben wohl schon eine Viertelstunde fort waren, daß durch das unablässige Ziehen und Rucken das Halsband des guten Hundes endlich riß. Sofort suchte Kapparos die Spur, und lief, was er konnte, die Nase auf der Erde und den Schwanz hoch, auf ihr fort. Er holte die beiden Männer nach einiger Zeit auch ein. Sie gingen auf einem engen Wiesenpfade hintereinander, der vordere trug den Kuhfuß unter den Arm geklemmt, erzählte von seiner ersten Geliebten, wie sie ihm mit einem Polizisten untreu geworden war, und wie der Polizist ihn hatte verprügeln wollen, der hintere trug den Sack und hörte zu. Sie hatten das Herankommen des Kapparos nicht bemerkt, trotzdem dieser in seiner Leidenschaft laut jappte, als Kapparos den Mann mit dem Sack erreicht hatte, sprang er mit Knurren an ihm hoch und faßte ihn in den Hosenboden. Die Hose gab nach, Kapparos fiel zurück, der Mann stürzte nach vorn, indem er den Sack verlor und laut schrie; der erste Spitzbube wendete sich um, und als er Kapparos sah, der eben von neuem zufassen wollte, ergriff er seinen schweren eisernen Kuhfuß und schlug zu. Kapparos wich aus, knurrte und sah nach ihm mit glänzenden Augen hin; der Mensch nahm den Kuhfuß in beide Hände und lief auf Kapparos zu, Kapparos lief schnell fort, blieb in einer Entfernung von zehn Schritten stehen und bellte.

Was sollen wir die vergeblichen Bemühungen der beiden weiter beschreiben? Sie liefen auf Kapparos zu; er lief schneller fort und bellte, sie warfen Steine nach ihm, er kniff den Schwanz ein, wußte die Steine zu vermeiden und bellte; sie gingen weiter, er folgte ihnen in sicherer Entfernung und bellte; sie liefen, er lief schneller, erreichte sie und schnappte ihnen nach den Waden.

Die beiden Spitzbuben konnten nichts anderes tun, als ihren Weg zu verfolgen mit dem bellenden Hunde hinter sich. Die Straße führte durch ein schlafendes Dorf; alle Dorfhunde wurden wach, kamen wütend unter den Hoftoren vorgeschossen, hielten sich zuerst kläffend vor dem Tor auf, gingen dann knurrend zu dem fremden Hund, berochen sich mit ihm und schlossen sich ihm endlich an, indem sie gleichfalls bellend in ungefährlicher Entfernung hinter den beiden herzogen. Die Leute in den Häusern wurden wach, zündeten Lichter an, sahen aus den Fenstern, und riefen ihren Hunden zu und schimpften; die Spitzbuben gingen, so schnell sie gehen konnten, denn vor dem Laufen mußten sie sich hüten, weil dann die Hunde alle über sie hergefallen wären. Hinter dem Dorfe blieben die Dorfhunde stehen, hoben jeder ein Bein an derselben Stelle und trotteten zurück; sie hatten ihre Pflicht getan; aber Kapparos blieb hinter den beiden und bellte.

Diese suchten nun Wege auf, welche sie um die Ortschaften herumführten. Es hellte sich auf und der Morgen brach an; einzelne Menschen begegneten ihnen, Kapparos wedelte freundlich jeden Begegnenden an und stürzte sich dann mit wütendem Gebell wieder auf die Verfolgung der beiden, die Begegnenden kratzten sich den Kopf, dachten ihr Teil, sagten sich, was einen nichts angehe, davon solle man die Finger lassen, und zogen weiter.

Die Spitzbuben kamen durch einen Wald, die Sonne ging auf, und die Spitzbuben waren müde. Sie schlugen sich zur Seite in das Unterholz, warfen den Sack auf die Erde und legten sich, um zu schlafen. Kapparos blieb in seiner Entfernung, und als sie sich gelegt halten, legte er sich gleichfalls, er legte sich so, daß der Kopf auf sie gerichtet blieb, und daß er beim geringsten Geräusch aufspringen und seine Begleitung fortsetzen konnte.

Inzwischen aber war der Priester nach Hause zurückgekehrt und hatte den Tempel geplündert und die Hütte des Hundes leer gefunden. Er eilte auf den Markt, wo sich eben die ersten Verkäufer von grüner Ware versammelten, klagte ihnen sein Leid, die Polizei kam und hörte ihm aufmerksam und teilnahmsvoll zu, ein Landmann, der mit der Kiepe auf dem Rücken eben ankam, trat zu ihnen, hörte die Geschichte gleichfalls an und erzählte dann bedächtig, daß er da und da vor ein paar Stunden zwei verdächtigen Männern begegnet sei, die einen Sack schleppten, und von einem Hund verfolgt wurden, der immer hinter ihnen herbellte, aber ihn, den Mann, freundlich angewedelt hatte, so daß er, der Mann, sich schon seine Gedanken gemacht hatte, aber er hatte doch nichts Bestimmtes gewußt, und wenn eine Belohnung ausgesetzt ist, dann ist die Sache ja anders, und kurz und gut, der Mann mit der Kiepe und die Polizei und der Priester machten sich auf den Weg hinter den beiden her. Sie kamen auch an die Stelle, wo der Mann mit der Kiepe die beiden getroffen hatte, und dann trafen sie noch andere Leute, die ihnen begegnet waren, und indem sie so weiter gingen, kamen sie endlich in den Wald. Der Priester hatte die Geschichte ja nun wohl schon oft erzählt, wie er vor der aufgebrochenen Tempeltür steht, und der schwere Flügel ist richtig aus den Angeln gehoben, man begreift nicht, wie die Spitzbuben das haben machen können, aber er erzählt sie doch im Wald noch einmal wieder, und die Polizei macht die sachkundige Bemerkung, die sie gleichfalls schon gemacht hat, daß die Spitzbuben einen Kuhfuß gehabt haben werden. Da kommen sie an der Stelle vorbei, wo die Spitzbuben in das Gebüsch abgebogen sind, Kapparos erkennt die Stimme seines Herrn, eilt freudig bellend auf ihn zu und springt glücklich an ihm hoch.

Nun, die Spitzbuben waren schnell gefangen; sie wurden gefesselt, der Kuhfuß und der Sack wurde ihnen aufgeladen und sie mußten zurück nach Athen ziehen, hinter ihnen ging die Polizei mit gezogenem Schwert, hinter dieser der Priester und der Mann mit der Kiepe; dem ganzen Zug voran aber schritt stolz und mit erhobenem Schwanze Kapparos.

Die Geschichte wird von dem Philosophen Plutarch erzählt; und Plutarch berichtet weiter, daß die Athener in Bewunderung für die Treue und Klugheit des Hundes beschlossen, er solle mit bei den verdienten Bürgern auf dem Prytaneion gespeist werden, was denn auch geschah, indem Kapparos zwar ja sonst schon seinen Unterhalt hatte, aber doch die Ehre zu würdigen wußte und jeden Tag zur bestimmten Stunde sich vor der Küche des Prytaneions einfand, wo er denn je nachdem einen Teller Suppe oder einen Knochen bekam, die er mit Anstand verzehrte.

Revolution

Im Jahre Achtundvierzig fanden bekanntlich an einigen Orten Deutschland Unruhen statt. Deren eigentliche Bedeutung war, daß den veränderten Verhältnissen entsprechend sich verschiedene Einrichtungen des öffentlichen Lebens hätten ändern müssen; aber da sich bei den Akten kein Vorgang für solche Änderungen fand, so geschahen sie immer nicht, bis endlich der weniger einsichtsvolle Teil der Bevölkerung ungeduldig wurde. Diese Ungeduld hielt man für revolutionäre Stimmung, und als sie sich äußerte, da glaubte sowohl die Regierung, als auch die Ungeduldigen, daß eine Revolution gemacht werde.

Man erzählt, daß damals in Berlin zwei Geheimräte, Exzellenzen und Abteilungsvorstände in ihren Ministerien, sich auf der Straße getroffen haben, sich kummervoll begrüßt, und dann einander gefragt, was denn eigentlich der Grund für die Revolution sein könnte. Sie wußten es beide nicht. »Es kommt ja wohl einmal vor bei uns, daß ein Rest bleibt, die Eingänge sind ja nicht jeden Tag gleichmäßig«, sagte der eine, »aber das kann ich beschwören, jeden Sonnabend wird aufgearbeitet, und wenn ich bis zwölf Uhr des Nachts sitzen bleiben soll, bei mir findet der Registrator am Montag früh immer einen leeren Aktenständer.« »Jawohl«, entgegnete ihm der andere, »das kann ich bezeugen, bei uns wird es genau so gehalten, und in den sämtlichen andern Ministerien meines Wissens gleichfalls.«

Ein Bäckermeister in Berlin, der ein gutgehendes Geschäft in der Krausenstraße führte, war schon in der Zeit vor der Revolution beim Bürgerstand eine angesehene Persönlichkeit gewesen, indem er Vorsitzender eines bei der Polizei angemeldeten freisinnigen Vereins war, er hatte zwei Haussuchungen erlitten und war drei Wochen lang in Haft gehalten, weil die Polizei glaubte, daß er mit den Häuptern der internationalen Demokratie in Verbindung stehe. Als die Revolution gesiegt hatte, da wurde er zu verschiedenen Vertrauensämtern gewählt, denen er redlich und brav vorstand.

Seiner Frau war das politische Treiben von Anfang an nicht lieb gewesen. Sie sagte ihm, ein Bäcker habe die Reaktionäre ebenso zu Kunden wie die Demokraten; sie selber besorge den Laden und der Mann gehöre in die Backstube; wenn der Meister außer dem Hause ist, dann tun die Gesellen nichts; es seien schon Klagen gekommen, und sie habe es ja auch selber gemerkt, daß der Teig nicht ordentlich geknetet werde; und was denn dergleichen Reden mehr sind. Man kann sich denken, wie die Haussuchungen und die Haft die gute Frau erregt hatten. Als aber die Revolution nun wirklich gekommen war und ihr Mann einer der Führer des Volkes wurde, da überfiel sie eine unbeschreibliche Angst.

Zu den Kunden des Meisters gehörte der Geheimrat Wagener, welcher damals die Konservativen zum Widerstand sammelte, eine Zeitung begründete, die Kreuzzeitung, und als der entschiedenste Gegner der Revolution galt. Die Frau hatte vor ihrer Heirat in dem Hause gedient und verehrte den Geheimrat Wagener, der ihr immer als ein höheres Wesen erschienen war, und auch der Geheimrat und seine Familie hatten Elschen, denn das war der Name der Frau, immer gern gehabt wegen ihres treuen und aufrichtigen Gemüts, und Frau Wagener war sogar Patin bei dem ältesten Kind geworden.

An einem Abend, kurz vor zehn Uhr, als gerade die Haustür schon geschlossen werden sollte, klingelte der Bäckermeister bei dem Geheimrat und verlangte den Herrn zu sprechen. Er wurde in das Arbeitszimmer geführt und entschuldigte sich dort vielmals, daß er störe; dann bat er darum, daß sein Besuch verschwiegen bleiben möge, denn er selber sei ja wohl nicht so einseitig und erkenne die Berechtigung des gegnerischen Standpunktes an; aber seine Freunde würden sagen, daß er das Volk an die Reaktion verrate, wenn sie erführen, daß er bei dem Herrn Geheimrat gewesen sei.

Nach dieser Vorrede begann er nun seine Gedanken vorzutragen. Er hatte die Geschichte der französischen Revolution studiert. Man lebte in einer Revolutionszeit. Das Volk hatte gesiegt. Der Herr Geheimrat mußte doch zugeben, daß das Volk gesiegt hatte.

Der Geheimrat Wagener gab es zu.

Nun, man weiß, was geschehen kann, wenn das Volk seine ewigen Rechte in die Hand nimmt, die eine kurzsichtige Regierung ihm vorenthält. Das Volk ist edel; aber es kann auch schrecklich sein. Das heißt, der Meister billigte es ja nicht, wenn Mord und Totschlag geschah. Wenn man die Preßfreiheit hatte, wenn man die Versammlungsfreiheit hatte, wenn man die Verfassung hatte, was wollte der friedliebende Bürger mehr? Er wollte seinen Geschäften nachgehen und ein nützliches Glied der menschlichen Gesellschaft sein. Aber zum Beispiel die Bäckergesellen gingen weiter.

Hier nickte der Geheimrat bedeutungsvoll. Aber der Meister, welcher in dem Nicken wohl eine Bestätigung zweifelnder Stimmen in seinem Innern ahnte, schlug sich an die Brust und rief, er werde die heilige Sache des Volkes nie verlassen.

Unvermittelt an diesen Ausruf schloß er nun einen Vorschlag. Das Volk hatte gesiegt. Der Meister hatte das Vertrauen des Volkes. Aber er verehrte auch den Geheimrat. Wenn nun, was Gott gewiß verhüten würde, das Volk seine Feinde zur Rechenschaft zog, dann konnte der Meister dem Herrn Geheimrat doch nützlich werden?

Der Geheimrat Wagener nickte zustimmend.

Nun also. Wenn man sich aber umgekehrt dächte, daß die Reaktion siegte, daß die Führer des Volkes eingekerkert würden, dann konnte der Herr Geheimrat dem Meister doch nützlich werden?

Der Geheimrat Wagener räusperte sich und wiegte den Kopf. Aber der Meister fuhr fort. Er war ein angesessener Bürger. Er hatte immer pünktlich seine Steuern gezahlt. Er verlangte ja nichts, das dem Herrn Geheimrat gegen das Gewissen ging. Der Herr Geheimrat war Beamter, das wußte er wohl. Aber der Herr Geheimrat kannte ihn doch. Haussuchung hatte die Reaktion bei ihm gehalten, in Haft hatte sie ihn gesetzt. Er war ein unbescholtener Mann. Das hatte gewurmt. Er hatte keine Verbindung mit verdächtigen Leuten, er hat sich aus Büchern und Zeitungen selber gebildet. Und weiter wollte er ja nichts, als daß der Herr Geheimrat ihm bezeugte, daß er ein rechtschaffener Bürger war. Er hatte nur seine Bürgerpflicht erfüllt. Vielleicht hatte er einmal ein Wort zuviel gesagt, das wollte er nicht abstreiten; der Mensch redet manches, wenn er in der Volksversammlung steht und die Leute wollen etwas von ihm hören. Wenn er da gefehlt hatte, gut, das wollte er büßen. Aber etwas anderes hatte er nicht getan, denn die Ehre ging ihm vor.

Der Geheimrat Wagener antwortete lächelnd, daß er für ihn einstehen werde, wenn man ihn wirklich anklagen sollte; er wisse, daß das wahr sei, was der Meister gesagt habe, und das werde er denn auch bezeugen.

Der Meister stand von seinem Stuhl auf, und ehe der Geheimrat es sich versehen, hatte er in seine Rechte eingeschlagen und gerufen: »Topp, es gilt.« Und dann fügte er hinzu: »Und auf mich können Sie sich auch verlassen. Wenn das Kopfabschneiden angeht, für Sie wird gesorgt.«

Dann bat er noch um eine Empfehlung an die Frau Geheimrat, und darauf ging er.

Der Mann wurde später wirklich angeklagt auf Grund von Aussagen untergeordneter Persönlichkeiten, und es wäre ihm wahrscheinlich schlecht gegangen bei der allgemeinen Verwirrung damals, wenn nicht der Geheimrat für ihn eingetreten wäre und ein gutes Zeugnis für ihn abgegeben hätte.

Ein Schicksal

Etwa um die Mitte des achtzehnten Jahrhunderts lebte in einer französischen Provinzialhauptstadt in einem glücklichen und zufriedenen Zustand ein wohlhabender Kaufmann mit seiner Frau und einzigem Kind, einer nun achtzehnjährigen Tochter namens Clemence.

Clemence war ein hübsches Mädchen und hatte ein gutes Gemüt; wie das so geht, sahen ihr die zärtlichen Eltern an den Augen ab, was sie ihr Liebes antun konnten, und das gute Kind seinerseits hatte alle die kleinen Liebkosungen und Aufmerksamkeiten gegen die Eltern, welche einem wohlbehüteten jungen Mädchen gut anstehen.

In die Heiterkeit dieses Familienlebens kam eine Trübung, als ein neuer Präsident des Provinzialtribunals in die Stadt versetzt wurde. Dieser war ein unverheirateter Mann von etwa vierzig Jahren, stammte aus einer vornehmen Familie und war nicht unvermögend. Die Eltern von Clemence betrachteten es als das größte Glück, das ihrem Kind zuteil werden konnte, als dieser Mann sich um ihre Hand bewarb.

Clemence war so kindlich, daß sie von dem Wesen der Ehe noch gar keine Vorstellung hatte. Aber irgendein dunkles Gefühl in ihr bewirkte, daß sie sich gegen den Präsidenten sträubte. Er schmatzte beim Essen, sprach sehr laut, erzählte Geschichten, die nicht immer fein waren, kurz, er hatte eine Anzahl von Eigenschaften, die an sich ja wohl ein braver Mann haben kann ohne merklichen Schaden für seine Seele; aber die einem feinfühlenden jungen Mädchen die Vorstellung erwecken, namentlich wenn er nicht ganz jung mehr ist, daß er ein gewöhnlicher, ja roher Mensch sei.

Begreiflicherweise fanden die Eltern die Gründe der Tochter nicht stichhaltig. Heute und bei uns würde man ja dem jungen Wesen nachgeben, indem man sich sagte, daß eben die Liebe nicht da sei und nicht herbeigezwungen werden könne; aber in jenen Zeiten und in Frankreich hörten die Eltern mehr auf den eigenen Verstand wie auf das Gefühl des Kindes; und der Verstand sagte dem Vater, daß der Bewerber ein solider Mann sei, der sich die Hörner abgelaufen hatte, in einer besseren Lage war, als seine Tochter nach ihrer Herkunft erwarten konnte, und Clemence gewiß auf den Händen tragen würde; und der Mutter sagte der Verstand, daß Clemence durch die Heirat die erste Dame der Provinz wurde.

Die Heirat wurde also beschlossen und der Vermählungstag festgesetzt.

Im Geschäft von Clemencens Vater war ein junger Mann angestellt, wir wollen ihn Rodolphe nennen, der, wie die meisten unverheirateten Angestellten des Geschäfts, eine heimliche Liebe zu Clemence fühlte. Herr Rodolphe war ein sehr tüchtiger und zuverlässiger Mensch, und deshalb trug ihm der alte Herr öfter besondere Arbeiten auf, die ihn denn gelegentlich in die Familie führten, wenn der Herr nicht in seinem Arbeitszimmer war. Es konnte dann wohl vorkommen, daß Herr Rodolphe von der Gattin seines Herrn eingeladen wurde, mit am runden Tisch Platz zu nehmen und eine Tasse Kaffee zu trinken; Clemence goß ihm die Tasse ein und reichte ihm den Kuchenteller; man darf sich vorstellen, daß solche Ereignisse die Liebe des Herrn Rodolphe noch steigerten.

Natürlich war Herr Rodolphe über die ganze Angelegenheit genau unterrichtet, denn sie wurde ja allgemein besprochen. Er sagte sich, daß er eine gute Stelle habe und bei seinem Herrn vorwärts kommen werde, aber die Liebe war ihm wichtiger wie alles; denn er sagte sich auch, daß er überall wieder eine Stellung finden könne, daß er noch jung sei, und daß man gar nicht wisse, ob ihm sein Glück nicht überhaupt in einem ganz andern Ort blühe. Kurz und gut, er beschloß, Clemence mitzuteilen, daß sie über ihn verfügen könne. Er tat das, sobald er sie allein sprechen konnte; sie weinte, Herr Rodolphe weinte mit ihr. Herr Rodolphe hatte gar seine bestimmte Vorstellung davon, was er nun eigentlich tun müsse, nachdem er sich der Geliebten zur Verfügung gestellt hatte, Clemence aber konnte sich nicht anders denken, als daß er ihr eine gemeinsame Flucht vorschlage. Herr Rodolphe erschrak zwar über diesen Gedanken, daß er mit einem jungen Mädchen, und noch dazu der Tochter seines Herrn fliehen solle, aber es war ihm peinlich, Clemence aus ihrem Irrtum zu reißen, und so bestärkte er sie in ihrer Vorstellung, indem er ihr dabei freilich die Schwierigkeiten und Gefahren einer Flucht ausmalte, in der stillen Hoffnung, daß sie erschrecken und von dem Plan abstehen würde; Clemence aber war ein Mädchen von Mut, denn die schlimmsten Gefahren konnte ihr der gute Rodolphe ja natürlich nicht andeuten. So wurde denn also die Flucht besprochen.

Sie wurde auch ausgeführt. Die beiden kamen unbehelligt nach Paris. Herr Rodolphe mietete zwei Wohnungen, welche dicht nebeneinander lagen. Wenn Clemence ängstlich war oder klagen wollte, dann klopfte sie an die Wand und Rodolphe kam und tröstete sie. Die Stunden, welche er so mit ihr verbrachte, schienen ihm göttlich zu sein. Es war notwendig, daß die beiden sich im Haus hielten, denn man mußte die Nachforschungen der Eltern und des verschmähten Liebhabers fürchten; nur am Abend ging Rodolphe aus, um alles Nötige zu besorgen. So vergingen einige Monate.

Rodolphe hatte einige Ersparnisse gehabt; aber die wurden im Lauf der Zeit aufgebraucht; und es war nötig, daß er sich nach einer Tätigkeit umsah, durch welche er soviel Geld verdiente, um sich und die Geliebte zu erhalten. Er fand bald eine Stelle als Buchhalter in einem großen Geschäft. Clemence weinte heftig, als er ihr ankündigte, daß er nun den Tag über nicht mehr neben ihr sein könne, sie machte ihm Vorwürfe, daß er sie ihren Eltern entführt habe und sie nun kaltblütig allein lasse; aber da Rodolphe einsah, daß notwendig Geld geschafft werden mußte, so konnte sie nicht erreichen, daß er ihr nachgab.

Clemences Vater und Bräutigam hatten natürlich alle möglichen Nachforschungen angestellt. Da alle Spuren des Paares nach Paris zeigten, so hatten sie monatelang in Paris gesucht, aber durch die Vorsicht des Pärchens schien ihnen endlich nicht die geringste Möglichkeit mehr vorhanden zu sein, sie aufzufinden. So hatten denn die beiden schon beschlossen, unverrichteter Sache und sehr traurigen Gemüts wieder abzureisen, der Vater tief betrübt durch den Verlust des einzigen Kindes und der Präsident fast gebrochen, denn er war ein guter und braver Mensch und hatte zum ersten Mal in seinem Leben durch Clemence eine Liebe gefühlt, weil er bis dahin immer nur fleißig, gewissenhaft und liebevoll seine Amtsarbeit getan hatte. Aber am letzten Abend vor der Abreise sah der Präsident zufällig

Herrn Rodolphe, wie er als elegant gekleideter junger Kaufmann aus seiner Geschäftsstube mit beflügelten Schritten nach Hause eilte, gelegentlich einen Einkauf in einem Laden machte für das Abendbrot, sich zuweilen ängstlich umsah, dann stolze Blicke auf die gleichgültigen Gänger neben ihm warf, und kurz und gut genau so erschien, wie er nach der Vorstellung des Präsidenten erscheinen mußte. Der Präsident folgte ihm, erkundete die Wohnung, rief schnell den Vater Clemences herbei, holte Polizeibeamte; und so ging man, die jungen Leute zu verhaften.

Der Führer der Polizisten war ein gewissenhafter Mann und hielt es für seine Pflicht, erst bei der Wirtin des Hauses Erkundigungen einzuziehen. Die brave Frau hatte sich wohl schon gedacht, daß mit den beiden jungen Leuten nicht alles in Ordnung sei, und da sie selber, nachdem sie einen einzigen Jugendfehler aus übergroßer Liebe begangen, gleichzeitig Verständnis für die Tugend wie für die Macht der Leidenschaft besaß, so hatte sie sich bereits eine Geschichte ausgedacht, welche ihr das eigentümliche Verhalten ihrer Mietsleute erklärte. Als die beiden Herrn nun mit der Polizei ankamen, da wurde ihr gutes Herz bewegt, und sie schickte verstohlen einen Jungen nach oben, welcher das Liebespaar warnen sollte.

Clemence und Rodolphe erschraken heftig. Aber Rodolphe wußte, daß er die Verantwortung trug, daß er besonnen und Herr der Lage bleiben mußte.

Die beiden hatten zwei jener kleinen Wohnungen inne, zu denen ein Balkon gehört, der in Wirklichkeit ein Stück eines Ganges vor den Fenstern des ganzen Geschosses ist, welcher, je nach der Anzahl der Wohnungen, die sich im Geschoß befinden, in einzelne Teile abgeteilt ist und in manchen Straßen, deren eine auch die unsres Paares war, sich ununterbrochen von Haus zu Haus fortsetzt. Ihre Wohnung war die äußerste des Hauses, und der eine Balkonnachbar wohnte also schon im Nebenhaus. Diesen Balkonnachbar aber hatten Rodolphe und Clemence kennen gelernt, als sie an einem Abend vor ihren Fenstern gesessen, um den Zauber von Paris zu genießen; er war ein Student der Medizin, welcher in einer scheinbar erst nur vorläufig geschlossenen Ehe mit einer reizenden jungen Frau lebte, einer Plätterin und sehr tugendhaften Person. Rodolphe eilte auf den Balkon, verständigte mit einigen Worten die Nachbarn, diese wußten sofort, um was es sich handelte; Rodolphe half Clemencen über die trennende Bretterwand zu klettern, der Student empfing sie. Rodolphe mußte noch einmal in das Zimmer zurück, er hatte Schriftstücke aus dem Geschäft mitgenommen, welche er zu Hause hatte erledigen wollen, und die mußte er mit in Sicherheit bringen. Clemence aber in ihrer Angst, als sie in der Wohnung des Studentenpaares war, mochte nicht warten, bis Rodolphe ihr nachkam; sie ließ sich nicht halten, stürzte aus der Wohnung, eilte die Treppe hinunter; der Student wollte ihr nach, aber seine Frau war eifersüchtig geworden und drohte, sie werde ihm die Augen auskratzen, worauf er erklärte, die Sache gehe ihn überhaupt nichts an, er müsse auf seine Prüfung ochsen, und so nahm er sein Handbuch der Osteologie vor. Als einige Minuten später Rodolphe durch die Balkontür in das Zimmer trat, fand er die beiden in einer gewissen Verstimmung, die sich gleich gegen ihn richtete; er stürzte Clemence nach; aber wie er auch suchte, er fand sie nicht mehr auf der Straße; sie war verschwunden.

Unterdessen waren Vater, Bräutigam und Polizei mit der Wirtin zusammen die Treppe hochgestiegen und hatten die Wohnungen der beiden geöffnet. Man sah, daß noch eben Menschen in den Räumen gewesen waren, man suchte, die Polizei schaute verwundert über das Balkongitter hinunter auf die Straße, die Unterbewohner standen auf ihren Balkons und sahen neugierig nach oben. Die beiden Männer waren gebrochen auf Stühle gesunken, die Wirtin stand vor ihnen, die Arme in die Hüften gestemmt, und sang das Lob der jungen Leute, namentlich des jungen Mannes, der immer so höflich und bescheiden war, seine Miete stets im voraus bezahlte, nie eine Nacht aus dem Hause blieb, und es schwer hatte mit dem Fräulein, die immer weinte; und da nun die Tatsache der beiden voneinander abgeschlossenen Wohnungen dem Bewußtsein allmählich offenbar wurde und die gute Wirtin auch weitere Aufklärungen gab, so verschwand auch der letzte Rest von Groll in der Brust des Präsidenten, wenn solcher überhaupt vorhanden gewesen war, die Liebe nahm wieder überhand.

Indessen kam der verzweifelte Rodolphe von seiner Suche zurück. Es war ihm nun alles einerlei. Er trat in das Zimmer, warf sich seinem Herrn zu Füßen und wollte seine Schuld bekennen; die beiden fragten ihn aber ungestüm, wo Clemence sei, er brachte unter Tränen die Erzählung des Unglücks vor; der Präsident umarmte ihn, rief aus: »Wir lieben sie beide, wir werden sie nun beide vereint suchen«, der Vater drückte ihnen stumm die Hände; der junge Mann war zunächst noch eingeschüchtert, aber dann begriff er die Lage, und nun wurden die Polizisten unterrichtet, und unter großem Geräusch eilten alle die Treppe hinunter und machten sich auf die neue Suche nach Clemence.

Sie suchten vergeblich; Clemence blieb verschwunden.

Als sie die Treppe hinuntergelaufen war und die Straße erreicht hatte, war sie gedankenlos weiter fortgestürzt durch solche Straßen, auf welche ihr irrer Fuß gerade traf. Es war, wie wir wissen, die Zeit, wo die Geschäfte geschlossen werden und die Straßen von Menschen angefüllt sind; man redete sie an, rief hinter ihr her, es wurden Witze über sie gemacht, aber die Eile ihres Ganges bewirkte, daß sich niemand ihr anhängen konnte. So ging es vielleicht eine halbe Stunde vorwärts, oder im Kreise, oder rückwärts, wie es eben kam, da gelangte sie in den Garten des Palais-Royal.

Das Palais-Royal war damals eine sehr übelberüchtigte Örtlichkeit, und es war nicht anzunehmen, daß ein anständiges Mädchen sich in den Garten des Palais verirrte.

Clemence setzte sich todmüde auf eine Bank und weinte. Es mag wohl oft vorgekommen sein, daß ein Mädchen in dem Garten saß und weinte; viele Männer und weibliche Personen gingen gleichgültig an ihr vorüber.

Zufällig hatte Mutter Peyron im Palais zu tun, denn ein junges Mädchen, welches früher bei ihr Kost und Wohnung gehabt, war von ihr gegangen und hatte sich im Palais eingerichtet und hatte mit der gewohnten Undankbarkeit dieser Geschöpfe Schulden bei der guten Mutter Peyron zurückgelassen. Mutter Peyron also kommt an der Bank vorbei, sieht mit dem Blick ihres Geschäftes auf die Weinende, setzt sich neben sie, nimmt ihr eine Hand fort auf ihren Schoß und streichelt sie.

Sie streichelt eine längere Zeit langsam und liebevoll, Clemence nimmt die andere Hand von den Augen, seufzt und legt ihr Köpfchen an den vollen Busen der Mutter Peyron. Mutter Peyron rückt so, daß Clemence bequem sitzen kann, streichelt die nassen Backen, stößt unbestimmte mütterliche Töne aus und geht dann langsam und zielbewußt weiter, indem sie mit herzlichem Ausdruck fragt, was denn dem Putthühnchen geschehen ist, ob denn das Pütthühnchen fortgelaufen ist. Clemence versteht nur wenig von den Worten der Mutter Peyron, aber der liebevolle Ton beruhigt sie und macht sie zutraulich. Es stellt sich heraus, daß sie nicht zu ihren Eltern zurück darf, und daß sie verirrt ist, und daß sie nicht weiß, wo sie die Nacht bleiben soll. Mutter Peyron schüttelt bedächtig den Kopf, denn sie ist zwar eine lebenserfahrene Person, wie sich das ja bei ihrem Beruf von selber versteht, aber so etwas wie Clemence hat sie noch nicht kennen gelernt, und so schließt sie denn, daß Clemence ganz besonders helle ist.

Nun, ihr kann das ja einerlei sein, sie wird sich jedenfalls in acht nehmen und weshalb soll sie nicht auf die Redeweise Clemences eingehen? Gott, die Menschen sind eben nicht gleich, jeder ist anders in seiner Art. Also, sie bietet Clemencen an, mit ihr zu kommen; sie ist eine alleinstehende Witwe, der es Freude macht, jungen Mädchen zu helfen, denn die jungen Dinger sind immer so dumm und verstehen nichts vom Leben. Clemence folgt ihr harmlos und vertrauensvoll.

Es ist für unsern Zweck nicht nötig, daß wir erzählen, wie Mutter Peyron sehr schnell hinter die wirklichen Verhältnisse Clemences kommt, daß Clemence in ihrer Unschuld sich wohl oft über das Benehmen der Pensionärinnen wundert, welches sie nicht für fein halten kann, aber daß sie doch weit entfernt ist, etwas zu ahnen; und daß Mutter Peyron mit Umsicht und Besonnenheit alle Schritte tut, um den Schatz, welcher ihr so unvermutet in die Hände gefallen ist, auch richtig zu verwerten.

Herr Emile war seinen Eltern in ihrem Alter geboren. Denn die Eltern hatten sich als junge Leute geliebt, aber hatten sich nicht heiraten können, weil die Eltern des Mädchens nicht ihre Einwilligung geben wollten; der junge Mann war ins Ausland gegangen – er war Zuckerbäcker – und hatte ein Vermögen erworben; mit fünfzig Jahren war er zurückgekehrt, hatte seine Jugendgeliebte geheiratet, die ihm durch alle Anfechtungen treu geblieben; ein Grundstück, das den Schwiegereltern gehört hatte, war Millionen wert geworden; und kurz und gut, Herr Emile war ein lieber und guter junger Mann von zwanzig Jahren ohne Eltern und Anverwandte, welche sich um ihn kümmerten, und mit einem sehr großen Vermögen.

Er hatte soeben die erste große Enttäuschung seines Lebens gehabt. Auf einer Bank im Bois de Boulogne an einem Sonntag hatte er ein junges Mädchen angetroffen, welche in einem Band Gedichte las. Auch er liebte die Dichtung, und so kam er mit ihr in ein Gespräch, dann wurde er bekannter mit ihr; sie war Näherin und liebte die Natur; und so hatte er denn ein Liebesbündnis mit ihr geschlossen. Zwar sein Kammerdiener, welcher ein welterfahrener Mann war, hatte ihn gewarnt und ihm vorgeschlagen, daß er ihm eine ordentliche Geliebte verschaffen wolle, aber Emile hatte sich solche Einmischungen verbeten. Nun, plötzlich stellte sich ein Herr Adolphe heraus, die Geliebte weinte und beteuerte, daß Herr Adolphe ihrem Herzen überhaupt nicht nahestehe, aber Emile war auf das tiefste verletzt und brach rücksichtslos mit ihr.

Der Kammerdiener unterhielt Beziehungen zu Mutter Peyron. Die beiden beschlossen, Clemence bei Herrn Emile zu verwerten. Der Kammerdiener, welcher die Seele seines jungen Herrn inzwischen besser kennen gelernt, ging diesmal klüger vor; er bestätigte die Anschauungen Emiles über die Treulosigkeit des weiblichen Geschlechts, über die Notwendigkeit, sich ihm einfach als Pascha gegenüber zu stellen, über allgemeine Weltverachtung, über den brutalen Genuß als das einzig Vernünftige, und ging dann zu einer Beschreibung von Mutter Peyron über, ihrem Gewerbe, ihrer Erfahrung und Zuverlässigkeit, und zu Clemence, die gerade das war, was Herr Emile brauchte.

Emile war in einem Zustand heiterer Ironie. Das Schicksal hatte ihn zum Herrn eines großen Vermögens gemacht; er war vielleicht zu Höherem bestimmt; aber weshalb sollte er die tolle Laune des Zufalls nicht benutzen, weshalb nicht in vollen Zügen den Becher des Vergnügens genießen? Die Welt war ja nicht mehr wert.

Er besuchte Mutter Peyron, er wurde mit Clemence bekannt gemacht, und da sein Herz noch von der Treulosigkeit der ersten Geliebten tief verwundet war, so war es um so leichter empfänglich, und er verliebte sich heftig. Daß Mutter Peyron und der Kammerdiener die Lage verständig nutzten, ist wohl nicht wunderbar, und Emile bezahlte gern an Mutter Peyron eine sehr große Summe für das Recht, ihrer Tochter, denn dafür wurde Clemence ausgegeben, eine reizende Wohnung einzurichten. Clemence glaubte, daß Emile aus Edelmut handle, um ihr die Möglichkeit zu geben, sich in der Hauptstadt eine höhere Bildung anzueignen, die sie in ihrer Heimat nicht hatte erwerben können. Sie besuchte mit ihm das Theater, in welchem die klassischen Werke ihr weniger gefielen, als die lustigen Stücke, sie las die Bücher welche er ihr gab, sie erhielt Musikunterricht, und da Emile doch sehr viel jünger war wie ihr Vater, und ihre Dienerin nie etwas befahl, so fühlte sie sich viel glücklicher, wie im elterlichen Hause.

Emile seinerseits hatte einen neuen Entschluß gefaßt. Er wollte um seiner selbst wegen geliebt werden. Er wollte nichts seinem Reichtum verdanken. Alles seiner Persönlichkeit. Man begreift, daß bei diesen Absichten sich seine anfängliche Verliebtheit bald in wirkliche Liebe verwandelte, zumal Clemence sich, ohne es zu ahnen, sehr geschickt benahm. Als sie sich von Mutter Peyron verabschiedete, hatte sie noch einige Lehren erhalten, deren Grund sie zwar nicht verstand, aber sie befolgte sie trotzdem, denn sie sagten eigentlich nur aus, was ihr gewöhnlich selber richtig schien. Mutter Peyron hatte ihr gesagt, wenn Emile in eine zärtliche Liebesbegeisterung komme, dann könne sie von ihm immer etwas erhalten, das sie sich gewünscht habe; wenn er schmachtend werde, dann müsse sie lachen und ihm sagen, sie finde ihn komisch; wenn er so recht zufrieden und behaglich sei, dann müsse sie weinen und über irgendein Leiden klagen oder auch ihm Vorwürfe machen, und wenn er begeistert sei, dann müsse sie ihm sagen, er sei langweilig und solle ihr einen Spaß erzählen.

Hätte ihr früherer Bräutigam sie einmal mit Herrn Emile sehen können, so wäre er gewiß auf das innigste gerührt gewesen und hätte gesagt, daß man da nun die Früchte einer guten und zielbewußten Erziehung sehe, denn ihre Tugend blieb unverletzt in den Monaten, die sie mit Herrn Rodolphe zusammen lebte, kein Hauch berührte sie, während sie bei Mutter Peyron wohnte, sie blieb auch unerschüttert in den Händen des Herrn Emile; ja, Herr Emile erklärte, daß er selber sittlich geläutert werde durch ihre Gespräche.

Auf solche Weise kam es denn im Laufe der Zeit, daß Emile den Entschluß faßte, Clemence zu heiraten.

Er glaubte sie noch immer die Tochter von Mutter Peyron, und dieser Umstand hielt ihn lange zurück, denn er bedachte, daß seine gesellschaftliche Stellung verloren war, wenn das bekannt wurde. Aber endlich hatte er sich gesagt, daß das Herz alle Unterschiede ausgleiche, daß ihm an der Liebe Clemences genüge, und daß er ja nicht in Paris zu wohnen brauche, wo ihn bei seiner Liebe für das Landleben und das Idyll ohnehin nichts halte, sondern er werde sich ein schönes Gut in einer entfernten Provinz kaufen, wo man von Mutter Peyron nichts wisse, und dort werde er dann nur seiner Clemence, der Natur und dem Glück leben.

Der Plan des guten Emile stieß aber auf einen unerwarteten Widerstand bei Clemence. Diese erklärte nämlich, sie hätte die erste Dame in ihrer Provinz werden können, wenn sie gewollt hätte, und sie wolle Emile nicht heiraten. Man kann sich die Bestürzung Emiles vorstellen, sein Fragen, seine Erkundigungen, Nachforschungen. Wir wollen uns nicht mit Nebensachen aufhalten; kurz und gut, der Vater, der Bräutigam und Herr Rodolphe erscheinen zugleich mit Emile in der reizenden, entzückenden, molligen kleinen Wohnung Clemences. Man umarmt sich, man weint, man tauscht seine Gefühle aus.

Zuerst fand der Vater seine Ruhe wieder. Liebevoll machte er seine Tochter aufmerksam auf die großen Gefahren, denen sie bei ihrer Unkenntnis des Lebens sich ausgesetzt, er pries den Engel der Unschuld, der ihr unsichtbar zur Seite gestanden, er öffnete seine Arme weit, um die verloren geglaubte Tochter zu umschließen, und endlich konnte er nicht umhin, ihr vorzustellen, daß drei brave Männer, jeder in seiner Art ausgezeichnet, jeder sehr verdient um sie, sich um ihre Hand bewarben. Er selber war kein Tyrann, nein, das war er nicht. Er wollte ja nur das Glück seines geliebten Kindes. Und er liebte Herrn Rodolphe und Herrn Emile ebenso, wie er den Herrn Präsidenten liebte, wenngleich er sagen mußte, daß er für den Herrn Präsidenten ein ganz besonderes, aus Hochachtung und Verehrung gemischtes Gefühl empfand. Und er kannte auch die Welt. Clemences Flucht hatte Aufsehen erregt. Zwar, man hatte Erklärungen gegeben, man hatte gesagt, daß sie sich in Paris zu ihrem künftigen Beruf als Gattin und Mutter, als Leiterin eines vornehmen Haushaltes noch weiter ausbilden wolle. Aber die Verleumdung schweigt nicht. Ja, sie zerreißt das elterliche Herz. Er mußte darauf bestehen, in seiner Eigenschaft als Vater mußte er darauf bestehen, daß Clemence dem einen der drei Bewerber die Hand reichte, denn nur so konnte sie ihren unbedachten Schritt – schonend, aber fest mußte er das sagen – vergessen machen.

Clemence trocknete sich einige Tränen ab, sah sich im Kreise der drei Bewerber um, errötete tief; dann warf sie sich in die Arme ihres Vaters und flüsterte: »Wählen Sie für mich, ich bin Ihre gehorsame Tochter.«

Der Vater küßte sie auf die Stirn und sagte stolz: »Ich wußte, was du erwidern würdest.« Dann führte er sie zu dem Präsidenten, gab sie an dessen Brust, legte seine Hände auf die Häupter der beiden und sagte: »Seid glücklich.«

Herr Rodolphe und Herr Emile schauten sich, gerührt über dieses Bild, an; dann stürzten sie einander in die Arme und weinten.

Eine fürstliche Liebesheirat

Der regierende Herr in einem kleinen norddeutschen Fürstentum zu Anfang des achtzehnten Jahrhunderts war ein junger Mann, welcher durch den plötzlichen Tod seines Vaters eben aus Paris zurückgerufen war, wo er sich kaum sechs Wochen aufgehalten hatte.

Der alte Herr pflegte abends, wenn das Wetter danach war, mit einem Krug Bier neben sich, im Tore seiner Residenz zu sitzen, und mit den Untertanen zu plaudern. Im größten Dorf des Fürstentums, das nur zwei Stunden von der Hauptstadt entfernt lag, war ein Pastor bestellt, auf dessen Rat er große Stücke hielt, denn der Mann war in jungen Jahren als Regimentsprediger weit in der Welt herumgekommen und hatte Einsichten. Der fuhr an einem Tage auf dem Heuwagen des Schulzen in die Hauptstadt, erledigte seine Besorgungen, und ging dann gegen Abend zu dem Tor, unter welchem der Fürst saß. Der Fürst lud ihn ein, auf der Bank neben ihm Platz zu nehmen, ließ ihm auch einen Krug Bier kommen und begann ein Gespräch über die Ausbildung des Erbfolgers.

Was der Pastor riet, das stimmte mit den Gedanken des alten Fürsten überein. Der junge Herr hatte einen Hofmeister gehabt, indessen der Pastor war der Ansicht, daß er ja wohl nun seinen Namen leidlich schreiben konnte, aber viel mehr war aus dem Unterricht auch nicht herausgekommen. Dafür konnte er eine Fuhre Mist laden wie der beste Knecht, ritt mit Verstand seine beiden Pferde, war in der Brauerei erfahren, war ein weidgerechter Jäger, wenn er auch nichts von den neumodischen Feinheiten bei der Jagd wußte, und kurz, man konnte wohl schon jetzt sehen, daß er einmal einen tüchtigen Familienvater und Herrscher abgeben würde, der das Seinige zusammenhielt und seinen Untertanen nichts Böses zufügte.

Das wäre ja nun an sich ganz gut gewesen. Aber der Pastor sah weiter, der Fürst auch. Die neue Zeit machte ihre Anforderungen geltend. »Pastor«, sagte der Fürst, »wozu sollen wir anders werden? Ich habe zu leben, meine Untertanen auch. In meinem Lande wird der reine Glaube gepredigt. Es kommt ja wohl einmal vor, daß ein Mädchen ein Kind kriegt; ich sorge dafür, der Kerl muß sie heiraten. Mord, Totschlag, Raub, Diebstahl – gibt es nicht bei mir. Was fehlt uns denn? Ich habe auch nicht mehr gelernt in meiner Jugend wie mein Junge. Na, ich will mich nicht rühmen, aber die groben Laster habe ich nicht. Die feinen –, wir sind alle sündige Menschen, ich mache keine Ausnahme.« Hier schwieg der Fürst und tat einen tiefen Schluck. Dann fuhr er fort. »Wozu sollen wir anders werden? Pastor, ich will es Ihm sagen: der Kaiser tut seine Pflicht nicht. Ich bin Fürst. Die Untertanen müssen mir gehorchen. Ich will ihm auch gehorchen. Er soll mir nur vernünftige Befehle zukommen lassen. Aber da liegt es. Pastor, die Fürsten müssen heutzutage für sich selber sorgen, sie haben keinen Kaiser mehr, der für sie sorgt.«

Nun entwickelte der Fürst dem Pastor, was er alles überblicken solle, wie die großen Fürsten sich breit machten, wie die kleinen sich drücken mußten, wie man hier hinhorchen mußte, und da Versprechungen geben, und hier etwas erlauben und dort etwas verbieten, und wie man seinen Einblick in die große Politik haben mußte. Aber wo gewann man den? Zu Hause gewann man ihn nicht. Nach Paris mußte man gehen.

Der gute Fürst war nur einmal außer Landes gegangen, als er seinen Nachbarn besucht hatte, um sich mit seiner Base trauen zu lassen. Er hatte vom französischen Hof eine Vorstellung, daß es da ähnlich zugehe wie bei ihm, nur daß alle Verhältnisse viel größer seien; und da mußte denn freilich der junge Thronfolger manches sehen und lernen können.

Der Pastor wußte ja nichts von den Schwierigkeiten des Fürsten, aber er sagte sich, daß die Zeiten überhaupt anders geworden waren, daß höhere Ansprüche an den Menschen gestellt wurden, und daß ein Aufenthalt in Paris für den jungen Herrn schon aus allgemeinen Gründen notwendig war.

Also es wurde damals abgemacht, daß der junge Herr nach Paris reiste und der Pastor ihn begleitete, weil er etwas Französisch verstand, und auch, um ein Auge auf den jungen Herrn zu haben.

Was die beiden in Paris getan haben, das ist nie so recht bekannt geworden. Wahrscheinlich ist es ihnen selber auch nicht ganz klar gewesen, denn wenn der junge Fürst nachher von seiner Reise erzählte, dann war immer nur vom Louvre die Rede, das so lang war wie die Hauptstraße zu Hause, vom Bäcker Schmidt an bis zur Residenz, von zwei großen Figuren aus Bronze, die zweimalhunderttausend Franken gekostet hatten, von der Oper, in der ein Kronleuchter war von drei Mann Höhe und einem Umfang, wie der große Saal in der Residenz, und von den Wasserträgern, die einen Sou für ein Glas abgestandenes, pattiges Wasser verlangten. Der Aufenthalt war aber auch, wie wir wissen, durch den plötzlichen Tod des alten Herrn unterbrochen, und vielleicht hätten die beiden mehr von der Reise gehabt, wenn sie länger hätten bleiben können.

Nachdem der junge Fürst aber nun die Regierung einige Monate geführt, machte sich doch eine Nachwirkung des Pariser Aufenthaltes bemerkbar. Er kam nämlich auf den Gedanken, sich eine Geliebte anzuschaffen.

Bäcker Schmidt hatte eine einzige Tochter, die ein hübsches, appetitliches Mädchen war, mit blauen Augen, roten Backen und blonden Zöpfen. Die Alten lebten in behaglichen Verhältnissen und konnten es sich wohl gönnen, ihrem Kind ab und zu eine Freude zu machen, und so ging denn Klärchen, so hieß das Mädchen, immer auf das niedlichste und zierlichste angezogen. Der junge Fürst war ihr schon oft begegnet, hatte sie freundlich angeschaut und ihren tiefen Knicks höflich erwidert; endlich faßte er sich ein Herz, und als er eines Mittags auf der heißen und ausgestorbenen Straße an ihr vorbei ging, da flüsterte er ihr zu: »Heute abend um neun komme ich, Klärchen.« Dann ging er von der Erstarrten schnell weiter.

Klärchen war nicht in Paris gewesen und konnte deshalb nichts von den Absichten des Fürsten ahnen. Sie verstand also, daß der Fürst ihre Eltern besuchen wollte. Das war aber eine ganz unerhörte Ehre, denn es geschah ja wohl, daß der Fürst sich bei adligen Untertanen zu Gaste lud, aber daß er in einem Bürgerhaus verkehrte, das war noch nie geschehen. Sie lief so schnell sie konnte nach Hause, um ihren Eltern Mitteilung zu machen.

Die Mutter war so erschrocken, daß sie sich auf einen Stuhl setzen mußte. Der Vater aber sagte: »Das weiß jeder, daß ich nicht nach Ehren begierig bin, die mir nicht zustehen. Aber wenn mich mein gnädiger Herr besuchen will, so soll er sehen, daß auch der Bürger seinen Fürsten empfangen kann.« Und nun entwarf er mit kurzem Entschluß einen Speisezettel, indem er berechnete, was in der Schnelligkeit zu beschaffen war. Der Fleischer hatte gestern ein Schwein geschlachtet; die eine Hälfte hing noch unzerteilt. So sollte denn das Hauptgericht der Schweinebraten werden. Der Meister schärfte der Frau ein, daß die Schwarte auch geschmackvoll eingekerbt und daß sie reichlich mit kaltem Wasser begossen werde beim Braten, denn die knusprige Schwarte ist die Hauptsache. Um den Rotkohl im Garten war es ja eigentlich schade, die Köpfe waren noch klein, aber zum Schweinebraten gehört Rotkohl. Vorher Karpfen in Bier. Der Lehrjunge wurde schnell zum Bürgermeister geschickt, welcher den Feuerteich gepachtet hatte, in dem es Karpfen gab. Eine Suppe: der Fürst, die Eltern, Klärchen, also vier Personen, vier Pfund Rindfleisch, das gab eine gute Fleischbrühe. Die Sandtorte buk der Meister selber, er machte einen Zuckerguß darüber, mit einem Herzen, in welchem die Inschrift war »Hoch lebe unser geliebter Fürst«. Und so trieb er denn gleich Frau, Tochter, Lehrjungen und Gesellen an, die Vorbereitungen für das Festmahl zu beginnen.

Wie der junge Herr auf den französischen Begriff einer fürstlichen Geliebten gekommen war, ist nicht ganz klar; seine Kenntnisse müssen ja wohl sehr mangelhaft gewesen sein, denn sonst hätte er wissen müssen, daß nach der französischen Sitte nur der Adel berechtigt ist, die Geliebte zu stellen. Auch die Einleitung des Verhältnisses war ja nicht nach französischer Sitte. Am Hof war ein junger Bursche, mit dem er als Kind gespielt hatte, und der nun Holz hackte, die Öfen heizte und ähnliche Arbeiten besorgte. Er duzte sich noch mit ihm, wenn er mit ihm allein war, denn vor den Leuten ging das nicht, des Respekts wegen; den hatte er gefragt, wie man wohl so eine Liebschaft anfangen müsse, und da dem jungen Mann ebensowenig klar war wie ihm selber, daß auch Liebeserklärungen nach den Standesunterschieden anders ausfallen, so hatte ihm der treuherzig beschrieben, wie er selber in einem solchen Fall vorgehen würde. Die beiden nahmen an, daß das schöne Klärchen um neun an ihrem Fenster sein werde; es ging auf den Garten hinaus, das Fenster, das wußte der Fürst, und daß eine zärtliche Zwiesprache erfolgen werde. Man wundere sich nicht über die Zeit; neun Uhr erscheint uns heute reichlich früh für eine solche Begebenheit; aber unsere ehrlichen Altvorderen gingen früher zu Bett wie wir entarteten Nachkommen, und man konnte annehmen, daß um neun schon die ganze Hauptstadt in den Federn lag.

Also während es langsam vom Turm mit dröhnenden Schlägen die verabredete Zeit schlug, ging der Fürst allein die noch nicht allzu dunkle Hauptstraße hinunter. An der Ecke, welche eben durch Bäcker Schmidts Haus gebildet wurde, dachte er umzubiegen; hinter den Häusern lagen gleich die Gärten, und der Schmidtsche Garten war somit der äußerste, in den er durch Übersteigen des niedrigen Zaunes leicht gelangen konnte.

Aber als er vor das Schmidtsche Haus kam, da sah er beide Türflügel weit geöffnet, den Flur hell erleuchtet; eine Girlande hing um die Türöffnung, aus deren Mitte oben, schön schwarz und rot geschrieben, ein freundliches »Willkommen« niedergrüßte; im Flur standen der alte Schmidt mit seiner Frau, beide im Abendmahlsgewand, Klärchen im weißen Kleide an ihrer Seite, hinter ihnen die Gesellen und der Lehrjunge in ihren guten Anzügen; als der Fürst in den Lichtschein der Tür getreten war, da hob der Bäckermeister seine Hand, und alle riefen einstimmig: »Hoch lebe unser geliebter Fürst.«

Nun wurden auch die Fenster in den andern Häusern der Straße geöffnet, die Leute zeigten sich, die bis dahin aus Respekt nur verborgen hinter den Scheiben gelauscht hatten, und weil alle ihren Landesherrn liebten und sich über die Ehre freuten, welche dem Bäckermeister zuteil wurde, so stimmten sie ein und riefen mit: »Hoch lebe unser geliebter Fürst.«

Man kann sich vorstellen, daß der junge Fürst nicht recht begriff, was diese allgemeine Rührung und diese festliche Aufnahme bedeutete, denn es war doch nicht anzunehmen, daß die Anbahnung eines Liebesverhältnisses so gefeiert werden sollte, wie etwa eine Hochzeit. Und da er unklar über die Lage war und die andern ganz klar zu sein glaubten, so ergab es sich, daß er alles über sich ergehen ließ, den Empfang und die Händedrücke, das Abnehmen von Mantel und Hut, und das Führen in das Zimmer, wo an der Tafel ein erhöhter Sitz für ihn bereitet war; denn der Meister hatte ihm den Ohrenstuhl des Großvaters hingestellt und Kissen in den hineingelegt, so daß er weicher und gleichzeitig ansehnlicher zu sitzen kam wie die andern.

Und nun setzten sich auch der Meister, die Meisterin und Klärchen, und die Ordnung an dem viereckigen Tisch war so, daß Meister und Meisterin an den beiden Seiten saßen und Klärchen dem Fürsten gegenüber.

Das weibliche Geschlecht hat bekanntlich ein sehr empfindliches Gefühl, wenn von seiten des männlichen eine Zuneigung oder ein Begehren vorhanden ist. Klärchen war ein kluges Kind und wußte ganz genau, weshalb der Fürst gekommen war, nämlich nicht des Vaters wegen, wie der meinte, auch nicht wegen des berühmten guten Essens der Mutter, wie die glaubte, sondern ihretwegen. Die Gemütsarten sind ja verschieden. Manches Mädchen wäre da nun bestürzt gewesen, hätte dagesessen und nichts reden können, Klärchen aber war ganz keck und unverfroren und regte ihr Schnäbelchen und schwatzte niedlich von allerhand Dingen, von denen sie dachte, daß sie dem Herrn Spaß machen könnten.

Ein Dienstmädchen war nicht im Hause, denn die beiden Frauen versahen das ganze Wesen. Da aber Frau und Tochter des Beehrten mit am Tisch sitzen und den hohen Herrn unterhalten mußten und demnach nicht in der Küche wirken konnten, so war eine Nachbarin gebeten, die Speisen auszutragen. Diese erschien nun in der Tür, rotbäckig und strahlend vor Sauberkeit, Gesundheit und Stolz, im krachenden schwarzseidenen Kleid, welches sich über ihrem mütterlichen Busen stattlich wölbte, und trug auf einem Speisenbrett vor sich die Teller mit der Suppe; mit einem freundlichen »Wohl bekomm's« und einem tiefen Knicks setzte sie dem Fürsten seinen Teller vor, dann dem Hausherrn, dann den beiden Frauen, und nun begann das Löffeln, und der Fürst pries die kräftige Fleischbrühe, der Meister erzählte, daß sie von vier Pfund Rindfleisch ohne Knochen gemacht war, denn für das Ausbrühen von Knochen war er nicht, und die Meisterin erzählte, daß sie nur eine Kleinigkeit Muskatnuß auf die Fleischbrühe rieb, nur eine Kleinigkeit, daß man es kaum sah, aber die gab eben der Suppe ihren Geschmack.

Nun; wir wollen nicht das ganze Festessen beschreiben, den Fisch in seiner braunen Tunke, den mächtigen Schweinebraten mit rautenförmig eingekerbter Schwarte, und für die beiden Herrn das schäumende Bier in stattlichen bunten Krügen; auf einem war ein Jäger mit seinem Gewehr abgemalt, auf dem andern ein springendes weißes Pferd. Wir wollen nur sagen, daß es dem Fürsten sehr gut schmeckte, und daß Frau Schmidt nötigte, und daß er sich vom Karpfen zweimal nahm und vom Braten dreimal, und daß der Meister seine Philosophie vorbrachte, nach welcher ein Mensch mit einem guten Charakter auch ordentlich essen wollte, und aus den Leuten, die immer am Essen herumstochern, aus denen machte er sich nichts, denn auf die ist kein Verlaß; und daß der Fürst aus Paris erzählte, wie es da herging, und daß der König empfing, wenn er – mit Verlaub zu melden – auf dem Nachtstuhl saß und die Königin, wenn sie im Bett lag, wo denn die Meisterin sagte: »Pfui, schämen sich die Leute denn gar nicht«, auch der Meister seine Mißbilligung ausdrückte, und das gute Klärchen teilnehmend fragte, ob die Franzosen überhaupt Christenmenschen seien, das arme blinde Volk. Aber da erzählte der Fürst weiter, in jedem Haus in Paris gab es Wanzen, und da wechselten die Leute nicht etwa jeden Sonntag ihr Hemd, nein, schmutzig war alles, daß es einem grauste etwas zu essen, und ein richtiges Schweinegut war ihm in der ganzen Zeit nicht vorgesetzt, das kannten sie gar nicht. Nur der Wein war gut, sehr gut, und billig, er war billiger wie bei uns das Bier. Das war aber auch das einzige, der Wein, sonst zog ihn nichts weiter nach Paris. Kurz und gut, der Abend war sehr gelungen, man hatte gut gegessen und hatte sich gut unterhalten und hatte sich allseitig verstanden.

Man konnte es ja wohl nicht eigentlich Liebe nennen, was den Fürsten bewogen hatte, mit Klärchen zu sprechen. Aber als er nun den Abend bei den Eltern gewesen, und sie halte ihm so freundlich gegenübergesessen und hatte so verständige und liebe Reden geführt, da war sein Gefühl viel warmer geworden, und ohne daß er es wußte, hatten auch die treuherzigen Eltern viel dazu beigetragen, in ihm eine Stimmung von Ruhe und Frieden zu erwecken und eine Sehnsucht nach gleicher Behaglichkeit, Ordnung und gutem Gewissen.

Der Gedanke an eine Liebschaft war ja ohnehin ein fremdes Gewächs in seinem Geist gewesen, und wenn er ihm jetzt noch nachgehangen, dann hätte er sich ja vor sich selber schämen müssen, denn in Sachen der Ehre verstand der Meister keinen Spaß, das hatte er wohl gemerkt, und wie hätte er dann wohl Klärchen in die Augen sehen sollen, wenn er sich halte sagen müssen, daß er an ihrem Unglück schuld sei? Aber es kam ihm ein anderer Gedanke: nämlich Klärchen zu heiraten.

Wir wollen nicht die Widerstände schildern, welche dieser Plan fand, bei den Untertanen sowohl wie bei den benachbarten Fürsten; ihre Darstellung gehört nicht mehr zur Aufgabe dieser Erzählung; wir wollen nur noch mitteilen, daß die Widerstände durch treues Ausharren der beiden Liebenden überwunden wurden, daß eine fröhliche Heirat stattfand, daß aus der Ehe ein Dutzend Kinder entsproßten, und daß manche fürstliche Familie in Europa heute in ihrem Blut auch einige Tropfen von dem Blute des Bäckermeisters Schmidt und seiner braven Ehefrau hat.

Eheglück

In der Familie eines höheren Beamten, des Präsidenten eines Regierungskollegiums, wuchs eine Tochter auf, wir wollen sie Anna nennen, welche nun in das Alter eingetreten war, wo die Liebe zu einem Manne und der Wunsch, für Kinder und ein eignes Heim zu sorgen, in einem Mädchen erwacht.

Anna hatte keine Freundinnen gehabt und war aufgezogen, ohne daß sie viele Einflüsse von außen verspürt hätte. So war sie nun ein träumerisches, in sich befangenes Wesen, das nichts von sich und seinen Wünschen wußte. Hätte man sie gefragt, ob sie sich von ihren Eltern fortsehne, so hätte sie verwundert den Kopf geschüttelt; und die Verwunderung wäre nicht ein halbbewußtes Verschleiern der Wünsche vor sich selber gewesen, wie das wohl oft bei Mädchen ist, sondern sie glaubte wirklich, daß sie nichts anderes begehre, als dem Vater im Flur entgegenzugehen und ihn zu küssen, wenn er vom Amt nach Hause kam, bei der Mutter zu sitzen und mit ihr zu nähen, aus dem Fenster verloren auf das Treiben der Menschen auf der Straße zu schauen und in der Küche dem Mädchen geschickt und flink zu helfen.

Ein junger Assessor, der ein Untergebener ihres Vaters war, kam öfters ins Haus. Sie hatte ihn sich verstohlen oft angesehen und sich auch wohl gefragt, ob sie mit ihm am Arm in eine Gesellschaft gehen möchte, er war ein kurzgewachsener Mann, dem man ansah, daß er einmal eine gewisse Körperfülle bekommen werde, er hatte schon eine leichte Glatze und seine Augen hinter den scharfen Brillengläsern zwinkerten etwas. Sie verglich ihn mit ihrem hohen schlanken Vater mit seinem scharfgeschnittenen Gesicht und schüttelte sich, dann lachte sie.

An einem Tage hörte sie zufällig ein Gespräch zwischen dem Vater und dem Assessor. Sie halte in der Nebenstube gesessen und hatte sich nicht rechtzeitig bemerklich machen können; sie verstand auch nicht alle Sätze, durch das Gefühl aber wußte sie, daß von ihr selber die Rede war. Ihr Vater sagte, der andere wisse, wie sehr er ihn schätze, er werde ihm nichts in den Weg legen, er solle sich mühen, zu erringen. Was der andere erringen sollte, verstand sie nicht. Sie lief schnell aus dem Zimmer und schlug hastig die Tür hinter sich zu, nachher dachte sie, die beiden müßten doch gemerkt haben, daß sie gelauscht.

Sie saß mit ihrer Mutter. Die Frauen hatten jede eine Näharbeit vor, die Mutter spürte, daß Anna etwas ans dem Herzen trug, Anna sprach über gleichgültige Dinge und suchte das Gespräch scheinbar zufällig in die Nähe der Fragen zu bringen, auf die sie gern Antwort gehabt hätte. Halb belustigt, halb gerührt sah die Mutter auf die emsig Nähende, die so schlecht verbergen konnte, was sie empfand. Sie sagte, die Ehe sei für die Frau, was für den Mann der Beruf, man dürfe nicht glauben, wie die gemeinen Menschen annehmen, daß man heirate, um ein besonderes und unerhörtes Glück zu genießen; sondern man müsse seine göttliche Bestimmung erfüllen, und wenn man das mit rechtem Herzen tue, dann werde auch das scheinbar Schwere leicht und man erhalte die Ruhe und Heiterkeit des Gemütes, welche die guten Menschen haben.

Die Tränen stiegen Anna in die Augen. Sie legte ihre Arbeit fort, kniete vor ihrer Mutter, schlang ihre Arme um sie und verbarg in ihrem Schoß das Gesicht. Die Mutter strich ihr zärtlich über den Kopf und sagte leise: »Das Leben ist heute schwer für die Guten, aber du hast ein tapferes Herz, nicht wahr?« Anna verstand nicht recht, was die Mutter meinte, aber sie nickte stumm mit dem Kopf, denn das Schluchzen hätte ihre Stimme erstickt, wenn sie hätte sprechen wollen.

Ein früheres Dienstmädchen, welches lange im Hause gewesen, hatte in der Stadt geheiratet, in welcher Annas Eltern lebten. Es bestanden noch immer Beziehungen zu der treuen Dienerin; der Präsident war Pate zu dem ersten Kind; die Frau kam zuweilen, erzählte von ihren Schicksalen, fragte nach Fräulein Anna und ging dann mit allerhand Geschenken von der Art, wie in solchen Verhältnissen üblich sind. An einem Tage besuchte Anna die Frau.

Sie fand sie in einem sauberen Mansardenstübchen; in der einen Ecke stand der Gebrauchstisch, an dem gegessen wurde, weißgescheuert, mit zwei Küchenstühlen untergeschoben; polierte Möbel aus Nußbaum waren mit gehäkelten Decken belegt; an der Wand hing über dem Sofa zwischen zwei bunten Alpenlandschaften ein Bauer mit einem hüpfenden Kanarienvogel; vor dem Fenster war ein Thron, auf welchem die Frau an der Nähmaschine saß, indem sie an einem Kleidchen für das jüngste Kind arbeitete; auf den gescheuerten Stubendielen spielten die beiden ältesten Kinder mit einem hölzernen, längst seiner Wolle beraubten Schäfchen, das einst Anna gehört hatte.

Anna mußte sich auf das Sofa setzen, mußte wieder aufstehen und Hut und Mantel ablegen, die gute Frau rannte in die Küche und stellte Wasser auf für Kaffee, rannte dann wieder zurück, dachte plötzlich an ihre Küchenschürze, lief wieder aus der Stube und band die ab; der Kanarienvogel schmetterte in die Verwirrung seinen Gesang; endlich aber überwand sie die Verlegenheit, lachte über sich selber, freute sich des Besuches, nahm Annas Hände zwischen die ihrigen und drückte sie; die Kinder standen daneben, den Finger im Mund; das älteste suchte etwas zu erzählen von dem Schaf, konnte aber mit den Worten noch nicht fertig werden, und so entstand denn eine heitere und glücklich-ruhige Stimmung.

Die beiden sprachen miteinander, und die Frau fühlte, was Anna bedrückte. Über ihr offenes Gesicht flog eine Röte; aber dann bezwang sie sich und erzählte. Sie fühlte, daß ihre Erzählung Anna nützen konnte.

Ja, da war ein Zuschneider gewesen in einem großen Geschäft, der sehr viel verdiente, er hatte erzählt, daß er sich auf sechstausend Mark stehe im Jahr. Der sagte, daß sie sich gleich selber ein Dienstmädchen halten sollte; und sie brauchte morgens nicht aufzustehen, der Kaffee würde ihr ans Bett gebracht, und er hatte sich auch schon viel gespart und wollte sich einmal selbständig machen; da hätte sie in den Glückstopf gegriffen. Und er war auch ein guter Mensch, er hatte nichts Rohes und Gemeines, er war immer manierlich, und sie hätte es gut gehabt bei ihm. Aber wo die Liebe nicht spricht, da ist es so komisch. Er ging doch immer fein angezogen, aber er hatte so etwas an sich, wenn er lachte; er machte immer »hihi«, und es war nun eben so, daß das Herz nicht sprach. Er war sehr traurig, daß es nichts wurde, und sagte zuletzt: »Fräulein, Fräulein, Sie werden es noch bereuen, so gut wird es Ihnen nicht wieder geboten.« Er hatte sie wirklich lieb gehabt, und deshalb sagte er zuletzt, nun wolle er auch nicht mehr hier in der Stadt bleiben, denn das könne er nicht, wenn er vielleicht sehen sollte, daß sie mit einem andern gehe, und lieber wolle er seine gute Stelle aufgeben und anderswohin ziehen.

Nun machte sie eine Pause und erzählte, daß der junge Mann nach Berlin gegangen sei, und da habe er sich dann nachher auch verheiratet, und habe ihr das Bild geschickt, auf dem er mit seiner jungen Frau war, und habe ihr dabei geschrieben, seine Frau sei sehr gut, ordentlich und fleißig, aber sie könne er doch noch nicht vergessen. Sie habe weinen müssen, so sei der Brief gewesen, und sie habe ihn lieber ihrem Mann nicht gezeigt, denn wer weiß, was ein Mann sich schließlich alles denkt.

Sie mußte sich etwas überwinden, ehe sie weiter erzählte, deshalb sprach sie auch noch so viel von dem Zuschneider. Aber nun bezwang sie sich und erzählte von ihrem jetzigen Mann. Der war Tischler in einer großen Fabrik; er war jahrelang an derselben Stelle gewesen, und der Herr vertraute ihm alles an. Er ging immer am Haus vorbei, und sie wußte, wann er kam, und stand dann jedesmal hinter dem Fenstervorhang, um ihn heimlich zu sehen. Er war in einem Gesangverein, dem auch ihre Verwandten angehörten; das wußte sie, und deshalb bat sie ihren Oheim, er solle sie doch einmal am Sonntagabend mitnehmen, wenn Kränzchen wäre, und so wurde das nun verabredet, daß sie die Verwandten abholen sollte, und nun fing sie es so an, daß sie spät kam, und daß schon alles besetzt war, wie sie in den Saal traten; sie sah sich um, und da saß ihr späterer Mann allein an einem Tisch, und die anderen Plätze waren noch frei, da zog sie die Tante zu dem Tisch, und der Onkel fragte um Erlaubnis, ob sie hier Platz nehmen dürften, der junge Mann antwortete sehr höflich, und so setzten sie sich denn und kamen ins Gespräch, und der junge Mann wurde mit ihnen bekannt. Sie sah wohl, daß er heimlich nach ihr schielte, aber sie wendete sich so ab, daß er ihr Gesicht nicht sah und sprach mit der Tante, indessen er mit dem Oheim ein Gespräch über Politik führte.

Nun veranstaltete der Verein am nächsten Sonntag einen Ausflug mit der Bahn. Die Verwandten wollten nicht teilnehmen, der junge Mann fragte, ob sie nicht allein kommen werde; sie erwiderte, das sei doch nicht möglich, da sie nicht Mitglied sei und es passe sich auch nicht, da sie seinen Anschluß habe; aber er redete ihr zu und sagte, er habe das Recht, auf seine Mitgliedschaft eine Dame mitzubringen, und die Verwandten redeten gleichfalls zu und sagten, daß viele von ihren Freunden an dem Ausflüge teilnähmen, denen sie sich anschließen könne. Dann sagte sie, daß sie kein helles Kleid habe, und als die Tante einwarf, daß sie doch den Stoff für ein helles Kleid besitze und es sich noch ganz gut nähen könne, da wendete sie ein, daß sie nicht wisse, ob es ihre Herrschaft erlaubte, und so machte sie noch verschiedene Ausflüchte, bis sie endlich versprach, sie wolle sich mühen, daß sie die Hinderungen entferne, aber sie könne noch nicht sicher sagen, ob sie kommen werde.

Nun schnitt sie sich ihr neues Kleid zu und nähte abends, wenn sie mit ihrer Arbeit fertig war, und nähte bis in die Nacht hinein; und das Kleid war wunderschön, es waren ganz kleine Rosenknospen auf weiß darauf gedruckt, und in der Mitte trug sie einen schwarzen Samtgürtel mit einem echten Schloß, es war schon am Donnerstag fertig, und sie zeigte es ihren Freundinnen, und die hatten ja nun wohl gemerkt, daß etwas war, und fragten sie nach ihm und bestürmten sie, und sie konnte doch gar nichts erzählen. Die Freundinnen waren aber auch im Verein, und deshalb verabredet sie sich mit denen und sie gehen zusammen zur Bahn, und es ist ein wunderschöner Tag im Juni, der Flieder blühte wie er noch nie geblüht hatte, und die jungen Männer sehen sich nach ihr um, denn ihr Kleid war wirklich geschmackvoll. So setzen sie sich nun zu dreien allein in ein Abteil, und sie selber setzt sich in die Ecke an der Tür und zieht den Vorhang vor das Gesicht, daß sie von außen nicht zu erkennen ist; die andern sagen, das tut sie, um ihren Schatz zu ärgern, aber es war auch, daß ihr die Sonne gerade in die Augen schien. Da kam er gerade an, er hatte einen Blumenstrauß in der Hand, und nun ging er am Zug entlang und sah in jedes Abteil. Sie schämte sich, und er wollte auch wirklich vorübergehen, da riefen ihm die Freundinnen zu: »Hier ist sie«, denn sie hatten gleich gemerkt, daß er es war. So stieg er denn ein, gab ihr den Blumenstrauß, und sie war zuerst sehr verlegen, aber dann unterhielten sie sich alle gut.

Und so ging es nun weiter, er hatte ja seinen guten Verdienst und sie beide hatten gespart, und so konnten sie heiraten, und er war ein guter Mann für sie, er war ein sehr strenger Mann, vor dem sie Furcht hatte, aber er kannte nichts als seine Familie, die ging ihm über alles. Jeden Sonnabend brachte er sein Geld nach Hause und behielt nichts für sich übrig, wie so viele tun, die der Frau nicht den dritten Teil des Lohnes geben, und dann wurde ausgerechnet und eingeteilt, und was gespart werden konnte, das mußte sie immer gleich Montag auf die Sparkasse bringen.

Anna hatte mit gesenktem Haupt zugehört. Nun war aber inzwischen der Kaffee fertig geworden, und es wurde ein reines glänzendes Mundtuch über den runden Tisch gebreitet, der Kaffee aufgestellt,

Semmeln mit Butter geschmiert, und sie mußte mit der guten Frau essen und trinken.

Was die Mutter gesagt und was die Frau erzählt, das ging ihr immer im Kopf herum; sie wußte nicht, was sie tun sollte und hatte deshalb Angst. Aber nun war ihr Verehrer einmal mit ihr allein im Zimmer und sprach etwas, sie wußte nicht, was; und plötzlich fühlte sie, daß sie verlobt war, er umarmte sie und küßte sie auf die Stirn, und in ihren Augen standen Tränen.

Als sie verheiratet war, da dachte sie einmal über alles nach und verglich sich mit andern Mädchen und Frauen. Es wurde ihr klar, daß sie es gut hatte, denn sie konnte doch für ihren Mann sorgen.

Die wunderliche Verlobung

Ein verwundeter Offizier kam in einen Winterkurort. Es war ihm ein Finger abgeschossen, die Wunde war so unbedeutend, daß er nicht zu liegen brauchte. Bei Tische bekam er vom Wirt eine Stelle neben einer jungen Dame angewiesen, die mit ihrer Mutter den Tag vorher gekommen war. Das gewöhnliche Gespräch begann, von dem Offizier mit Lebhaftigkeit geführt; denn noch zitterte die Erregung der Schlacht in ihm nach, noch lebte er ganz in der Stimmung der letzten Monate, wo jede Stunde der Tod kommen konnte, und jede Minute deshalb so kostbar war, daß man sie mit der höchsten Kraft der Empfindung und des Geistes auszufüllen suchte. Die Wirtstafel war, wie so Wirtstafeln sind; da saßen so viele Menschen, die genau so gleichgültig waren, wie sie immer sind; aber der junge Leutnant war wie im Rausch; es flimmerte vor seinem Blick von Menschen, Leben, Bewegung, Interesse, er hätte jeden einzelnen umarmen mögen und mit ihm sprechen – ja über was sprechen? Er konnte nicht sagen über was, aber er meinte, über die Wonne des Lebens. Draußen vor dem Fenster glitzerte der Schneestaub in dem starken Sonnenschein, blendend zog sich die weiße Schneefläche hin; Menschen kamen in weißem Schneeanzug, mit geröteten Wangen und strahlenden Augen, und eine Lust, ein Glück, ein Jubel lag in der Luft, daß er an sich halten mußte, um nicht laut herauszuschreien.

Das Essen ging zu Ende, die Gäste standen auf, der Leutnant, seine Nachbarin – Fräulein Else wurde sie genannt –, die Mutter; einige der

Gäste gingen auf ihr Zimmer, andere eilten hinaus in die Schneebahn; plötzlich sah sich der Offizier allein, und wie ein Rückschlag auf den inneren Jubel von vorhin kam ihm nun eine tiefe, grundlose Traurigkeit, die ihn fast zu Tränen trieb. Er sagte sich, daß seine Nerven noch unruhig waren und versuchte nach Kräften über die Schwermut Herr zu werden. So war er denn beim Abendessen ruhiger, sprach mehr in dem Ton der anderen; er machte Bekanntschaften, erzählte und hörte; Fräulein Else schien ihm das reizendste von vielen hübschen Mädchen zu sein, die er sah, und er suchte nach dem Essen wieder in ihre Nähe zu kommen, er merkte, daß sie seine Bemühungen verspürte und schelmisch lächelte, indem sie ihn verstohlen ansah.

Aber am anderen Mittag, als er kam, sah Fräulein Else mit hochrotem Gesicht auf ihren Teller und verbiß mit Mühe ein Lachen. Er begrüßte die Damen, das Gegenüber, und rückte den Stuhl, um sich zu setzen. Da sah er, wie sie nicht mehr an sich halten konnte und losplatzte. Sie hielt das Taschentuch vor dem Gesicht. Die Mutter sagte ihr leise ein paar strenge Worte, die Röte stammte auf Wangen und Stirn noch höher auf, ihre Schultern zitterten vor Lachen, und zuletzt stand sie auf, das Taschentuch immer vor dem Gesicht, als habe sie irgendein Übelsein, und ging aus dem Saal. »Sie ist noch das reine Kind«, sagte die Mutter entschuldigend zu dem Leutnant, »trotzdem sie schon neunzehn Jahre alt ist.« Er sagte irgend etwas Freundliches, die Suppe wurde gereicht, man löffelte; als die Suppenteller abgenommen waren, kam Fräulein Else zurück, noch rot im Gesicht, aber mit ernster Miene.

Um etwas zu sprechen, bemerkte er, die Suppe sei ausgezeichnet gewesen. »Das sagt er mir, und durch ihn habe ich sie versäumt«, rief sie ihrer Mutter zu. Er war verwundert über sie; Mutter und Tochter machten einen sehr vornehmen Eindruck, und nun plötzlich war da etwas, was man als schlechten Ton bezeichnen konnte, eine merkwürdige, unbegründete Vertraulichkeit. Er wurde verlegen und sprach vom Rodeln; sie sah ihn schräg an, ihr Gesicht blitzte mutwillig auf, ein neues Lachen schien kommen zu wollen, aber sie bezwang sich noch und sagte: »Nein, ich will ernst sein.« Sie fragte ihn: »Nicht wahr, Ihnen ist es doch lieber, wenn ich ernst bin?«

Nach dem Essen zog die Mutter den jungen Mann in ein Gespräch, sie ging mit ihm in das Lesezimmer und wies auf ein Tischchen am Fenster. Fräulein Else war verschwunden. Er hatte eigentlich gar nicht die Absicht gehabt, ein längeres und gründlicheres Gespräch mit der älteren Dame zu führen, und war sehr verwundert über die Art, wie sie ihn mit Beschlag belegte. Noch mehr verwundert wurde er über den Gang des Gespräches. Die Dame erkundigte sich nach seinen Eltern, fragte, ob er Geschwister habe, forschte diskret, aber doch immerhin merkbar nach seinen wirtschaftlichen Umständen; er konnte sich das alles gar nicht mit dem sonstigen Wesen der würdigen Dame zusammenreimen. Sie erzählte dann auch von sich und ihren Verhältnissen, die sehr günstig waren, lobte ihre Tochter, ihr einziges Kind, wie sie sagte, und trocknete sich dabei eine Träne; dann fuhr sie fort, daß ja heute alles sonderbar und unerhört sei, der Krieg habe so viele festgewurzelte Anschauungen geändert, und so viele, viele junge Leute seien gefallen, vornehmlich aus den höheren Ständen, und endlich schloß sie, man wolle doch seinem Kinde nicht im Wege stehen, und wenn ein Mädchen heiraten könne, so sei das immer ein Glück für sie, denn das Studieren oder das Malen sei doch nur ein Notbehelf, und sie selber sei mit ihrem seligen Mann sehr glücklich gewesen. Es sei ja schrecklich, auf was die jungen Mädchen heute alles kommen, wenn sie keinen Mann kriegen. Ein junges Mädchen aus ihrem Stande sei wahrhaftig Hebamme geworden, die Eltern haben nichts dagegen tun können. Man habe sie ja zuerst nicht fallen lassen wollen, aber es sei auf die Dauer nicht mit ihr gegangen, sie habe immer Geschichten aus ihrem Beruf erzählt und sich dabei auf die Schenkel gehauen. Es schoß dem jungen Mann durch den Kopf, ob die Dame nicht das beabsichtige, was man Männerfang nennt, aber er schämte sich gleich seines Gedankens, als er in ihr gutes, offenes und anständiges Gesicht sah, und so schob er denn das ganze merkwürdige Gespräch auf das allgemeine weibliche Mitteilungsbedürfnis.

Im Laufe des Nachmittags sah er die beiden Damen nicht, am Abend saß er schon, als sie zum Essen kamen. Er sprang dienstbeflissen auf und rückte ihnen die Stühle zurecht; die Mutter setzte sich mit freundlichem Nicken, die Tochter, welche blaß aussah, warf ihm seinen Blick zu und wußte so zu sitzen, daß sie ihm die Schulter zuwendete. Auf seine Gesprächsversuche antwortete sie einsilbig, und weil er in der langen Zeit des Krieges die gesellschaftliche Gewandtheit etwas verloren hatte, so wußte er zuletzt nicht mehr, was er sagen sollte und aß aus Verlegenheit sehr viel. Er mühte sich ungeschickt mit der verwundeten Hand; Fräulein Else sah das und sagte: »Soll ich ...«, sie wollte fortfahren. »Ihnen helfen«, aber sie besann sich plötzlich, und indem sie vergaß, daß sie an der Wirtstafel saß, klopfte sie sich mit dem Händchen auf den Mund, wie junge Mädchen wohl tun, wenn sie unter sich sind. Aber sie behielt die steife Haltung nicht bis zum Ende der Tafel bei. Die schwere Wasserflasche stand in einiger Entfernung von ihr. »Noch nicht einmal ein Glas Wasser gießen Sie einem ein«, sagte sie zu ihm. Überrascht sah er ihr ins Gesicht; wieder war der Ton so merkwürdig vertraut. »Nun ja!« fuhr sie fort; ein merklicher Unmut war in ihrem Gesicht, und er sah eine Träne blitzen. »Habe ich Ihnen etwas zuleide getan?« fragte er bestürzt; sie schüttelte den Kopf, sah vor sich hin und spielte mit der Gabel. »Kommen Sie nach dem Essen noch mit mir hinaus«, sagte sie hastig und leise, »Mama bleibt abends immer in ihrem Zimmer.« Er machte eine leichte Verbeugung. »Vielleicht haben die Damen ein Anliegen«, dachte er bei sich.

Aber als sie nun warm verhüllt auf dem knirschenden Schnee gingen, zwischen den kleinen Häusern, welche an der Straße lagen, wo man durch die kleinen Fenster den Leuten in ihre behaglichen niedrigen Stuben mit dem glühenden, eisernen Ofen sehen konnte, da begann sie ihm heftige Vorwürfe zu machen. Sie habe immer ihre eigene Ansicht über die Männer gehabt. Aber es gebe doch Ausnahmen. Ihn habe sie für eine Ausnahme gehalten. Aber sie sehe nun wohl ein, daß sie sich getäuscht habe. Er habe vielleicht geglaubt, sie werde ihrer alten Dame nichts sagen. Ihre alte Dame wisse alles. Sie sei sehr vernünftig, man könne mit ihr sprechen. »Aber was denn nur?« fragte sprachlos der junge Offizier.

Sie waren auf der Straße weiter gegangen bis an das Ende der Häuser. Von den Fremden kam um diese Zeit niemand hierher. Vor ihnen lag die bläulich weiße Schneeebene, weit hinten abgegrenzt durch den Streifen des dunkeln Waldes, über ihnen funkelten in der kalten Luft die Sterne.

Fräulein Else schluchzte laut auf und warf sich an seine Brust. »Es ist schändlich!« rief sie. »Sie wissen, daß ich nicht kokett bin. Sie wissen, daß, daß ... quäle mich doch nicht so. Weshalb stehst du denn da wie ein Stock!« rief sie empört, riß sich von ihm los und stand vor ihm mit geballten Fäustchen und stampfte mit dem Fuß auf.

Nun war er ja eigentlich noch ratloser wie vorher. Aber hier kam ihm nun plötzlich das Gefühl aus dem Schützengraben zur Hilfe: »Ach was!« dachte er, soweit er überhaupt dachte, »morgen ist morgen, du küßt sie ab.« Also ergriff er sie, drückte sie fest an sich und küßte die halb Willige, halb Widerstrebende auf die Lippen, eine Träne war niedergelaufen, und er schmeckte das salzige Naß.

»Hast du mich denn wirklich so lieb?« fragte sie, indem sie sich an ihn schmiegte. »Meine Mutter sagte, es ist bloß große Liebe gewesen.« »Was denn?« fragte der Leutnant unschuldig. Ärgerlich riß sie sich los und rief: »Nun tut er schon wieder dumm.« Dann nahm sie seinen Arm, wendete mit ihm um nach dem Haus und sagte: »Komm.«

Sie zog ihn in das Zimmer der Mutter. Er versuchte leicht zu widerstreben, aber das half ihm nichts.

Die Mutter saß in einem tiefen Korbstuhl. Sie faltete die Hände und sagte: »Es ist ja ungewöhnlich, Kinder, es ist ja ungewöhnlich.« Er wußte nicht recht, was er sagen sollte, Fräulein Else legte ihren Hut ab und knöpfte energisch ihren Mantel auf. »So schnell, Kinder, so schnell«, sagte die Mutter. »Wann sind Sie doch gekommen, Herr Leutnant?« Der junge Mann stotterte verlegen die Antwort. »Du kannst alles mit mir anstellen, was du willst, Kind! Wenn dein Vater noch lebte, der würde das nicht dulden«, fuhr sie fort. Fräulein Else kniete vor der Mutter nieder, streichelte ihre Hände, legte ihren Arm um sie, schmiegte den Kopf in ihren Schoß, blickte lachend zu ihr auf und sagte: »Ach, ich bin so glücklich.« Die Mutter fuhr ihr liebkosend mit der Rechten über das glatte Haar. »Bist du glücklich, Kind?« fragte sie. »Seien Sie gut zu ihr«, sprach sie zu dem Leutnant, indem sie sich zu ihm wendete, »sie ist ein stolzes Mädchen, ich kenne sie nicht wieder, sie hat Sie sehr lieb.« Hier kam ein heftiges Schluchzen über Fräulein Else; sie klammerte sich an die Mutter an und rief: »Nein, ich lasse dich nicht, ich will bei dir bleiben, ich gehe nicht von dir fort.« Die Mutter strich ihr liebkosend über die Haare.

»Es ist sehr heiß im Zimmer«, sagte der Leutnant, indem er sich mit dem Zeigefinger zwischen Hals und Kragen fuhr.

»Weshalb haben Sie denn nur den Brief geschrieben? Sie hat den ganzen Nachmittag geweint«, fragte die Mutter mit leichtem Vorwurf.

»Welchen Brief?« fragte er verwundert.

»Den zweiten«, erwiderte sie.

»Den zweiten Brief? Ich habe gar keinen Brief geschrieben!«, erwiderte er.

Fräulein Else sprang auf. »Was, keinen Brief ... Sie leugnen die Briefe ab ... Ich habe mich ihm an den Hals geworfen, er will mich gar nicht!« schrie sie auf.

»Es liegt hier ein Irrtum vor«, sagte er mit bebender Stimme. »Ich liebe Sie, Fräulein, und ich werde mich glücklich schätzen, wenn Ihre Mutter mir Ihre Hand gibt. Aber ich habe keinen Brief geschrieben!«

Fräulein Else lief in ihre Kammer, holte ein Kästchen, schloß es mit einem Schlüsselchen auf, das sie in der Geldtasche hatte, und hielt ihm zwei Briefe vor. »Das ist nicht meine Handschrift«, sagte er. »Darf ich lesen?« Fräulein Else warf sich in einen Stuhl, schlug die Hände vors Gesicht und nickte.

Die beiden Briefe waren ohne Unterschrift. Der erste enthielt eine leidenschaftliche Liebeserklärung, der zweite heftige Vorwürfe, daß Fräulein Else kokettiere. »Die Briefe sind jedenfalls von einem Herrn an der Tafel geschrieben, der nicht wagte, persönlich vorzutreten«, sagte der junge Mann.

»Wer kann das denn sein? Der bucklige Rechtsanwalt!« rief das junge Mädchen und lachte, aber dann fuhr sie fort: »Nein, das ist schlecht von mir. Der arme Mensch!«

»Aber was muß denn der Herr Leutnant von uns gedacht haben?« fragte die Mutter. Beide Frauen wurden tödlich verlegen. Er aber nahm seine Braut in den Arm, und indem er sie lachend küßte, sagte er: »Endlich bin ich auch einmal Herr der Lage.«

Geprüfte Liebe

In Paris lebte in der letzten Hälfte des achtzehnten Jahrhunderts ein junger Maler namens Monnier, von welchem seine Genossen und Freunde erwarteten, daß er in Zukunft einmal recht berühmt werden würde. Er hatte einen Gönner in einem desgleichen jungen Herzog gefunden, der sich seines Lebens freute und die Kunst liebte als die Verschafferin von Freude und Glück.

Der Herzog hatte das alte Märchen von Eros und Psyche gelesen und mit so tiefem Sinn erfaßt, als es seinen Jahren und Gaben angemessen war. Als Monnier ihm einmal seine Aufwartung machte, wie er das nach Schuldigkeit öfter tat, da erzählte er ihm von seinem Eindruck und trug ihm auf, ein Bild der Psyche zu malen, wie sie nachts unbekleidet vor dem Lager des Eros steht und den bis dahin ungesehenen Geliebten mit der Lampe neugierig, schüchtern und beglückt überleuchtet.

Monnier fühlte aus der kurzen Erzählung des Herzogs, trotzdem der nicht die richtigen Worte fand, doch die Bedeutung der Geschichte und die Gestalt der Psyche, er faßte seine Aufgabe mit Freude und Begeisterung, indem er sich dachte, wie der Schein der Öllampe auf dem jugendlichen Körper, wie die rosig durchleuchteten Finger, das verschwimmende Dunkel des Zimmers, wie das schöne, so Verschiedenartiges ausdrückende Gesicht, der reine und keusche Leib, wie alles andere zu malen sei, das er darstellen mußte. Er wußte, daß er hier alles mit seinem Gefühl beleben konnte, das Lager selbst und die Wand, denn es war ihm plötzlich klar, was Lager und Wand bedeuteten für das Bild, und er erschrak zugleich, als er an seine früheren Bilder dachte, bei welchen er gar nicht auf den Gedanken gekommen war, daß man in solchen scheinbaren Nebensachen etwas sehen könne. Und da kam ihm dann der Zweifel: wenn nur seine Begabung und sein Können ausreichte für eine solche Arbeit! Er sah ein, daß seine früheren Werke ganz gewiß schlecht waren, daß er das nur nicht gesehen hatte, wie man ja immer nur sieht, was man hat malen wollen. Sein zuerst eiliger Schritt verlangsamte sich, es wurde ihm schwer zumute, seine Freude schlug um in Kummer, und eine grenzenlose Trauer trieb ihm Tränen in die Augen. Er trat in den Torweg eines Hauses und wischte sich verstohlen das Gesicht.

Während er so dastand, ging ein ganz junges Mädchen von vielleicht sechzehn Jahren mit schnellen Schritten an ihm vorbei. Er empfand fast nur die Bewegung, den jugendlichen und federnden Gang, der auf ein reines, schuldloses Gemüt deutete, plötzlich war aller Kummer verschwunden und er wußte, daß dieses Mädchen das Modell für seine Psyche war. Er folgte ihr gleich. Sie ging über den Hof, erstieg die Treppen und öffnete im obersten Stock mit dem Schlüssel eine Tür, durch welche sie in eine Wohnung trat. Monnier las auf dem Namensschild, daß hier eine Schneiderin wohnte. Er klopfte, eine Frau in mittlerem Alter öffnete und fragte höflich nach seinem Begehren. Er erwiderte, daß er einen Auftrag für sie habe und von Freunden an sie gewiesen sei.

Die Frau forderte ihn auf, in die Wohnung zu kommen. Sie führte ihn durch eine saubere kleine Küche mit blankem Kupfergeschirr über dem Herd in die Wohnstube. Das junge Mädchen stand in der Mitte des Zimmers; das Jäckchen hatte sie schon ausgezogen, auf einen Bügel getan und in den noch offenstehenden Kleiderschrank gehängt. Nun hielt sie beide Arme erhoben und löste mit den Händen die Nadeln aus dem Haar, welche den Hut festhielten. Sie erwiderte unbefangen und freundlich den Gruß Monniers, indessen die Mutter einen Stuhl holte und ihn zum Sitzen einlud.

Die wunderhübsche Stellung des Kindes, bei welcher die stolze Haltung des Köpfchens, der Halsansatz und die zierliche Gestalt recht zur Geltung kamen, erfreuten das Auge Monniers, aber er zwang sich zur Gleichgültigkeit, setzte sich und begann seine Rede, daß er für eine Schwester ein Kleid bestellen wolle, er sei in Verlegenheit gewesen, da sie in der Provinz wohne und er ihre Maße nicht besitze, aber eben sehe er das Fräulein, welche genau ihre Figur habe, so daß das Kleid, wenn es nach deren Maßen gemacht werde, passen würde. Die Mutter wiegte bedenklich den Kopf und erklärte, sie wolle ja den Herrn nicht beleidigen, und der Herr werde es gewiß verstehen, daß sie nur an ihn denke, an sich denke sie nicht, aber die Herren wissen doch nicht so Bescheid mit Frauensachen und es sei ihr schon öfters vorgekommen, daß ein Herr erscheint und sagt, er will seiner Frau eine Überraschung bereiten, und will ihr ein Kleid schenken, und nun soll Maß genommen werden bei einer Freundin, und das Maßnehmen gehe ja wohl schließlich noch zur Not, aber dann kommt das Anproben, und da ist ihr bis jetzt nun noch immer geschehen, daß die Damen nachher nicht zufrieden waren, weil das Kleid nicht saß, aber das war nicht ihre Schuld, denn bei der Dame, der es angeprobt wurde, hatte es gesessen, denn die Menschen sind ja zu verschieden. Die Kleine mischte sich auch in das Gespräch, indem sie hinter den Stuhl trat, auf dem die Mutter saß, und die Lehne mit den Händen festhielt, sie fand auch, daß die Menschen zu verschieden sind, und der eine bat diesen Geschmack, und der ist sehr gut, und der andere hat jenen Geschmack, und der ist auch sehr gut. Monnier hätte das nette Geschwätz gern weiter angehört, denn er konnte das ernsthafte Gesichtchen mit den hochgezogenen Brauen und die anmutigen Bewegungen der Arme und des Oberkörpers genau beobachten, aber die Mutter unterbrach und sagte, sie wolle ja niemandem Vorschriften machen, davon sei sie weit entfernt, und die Herrschaften seien ja verschieden, und sie sei Schneiderin, und was bei ihr bestellt werde, das mache sie, natürlich, wenn es nicht gegen ihr Gewissen gehe, denn manche Herrschaften gebe es, die auch nicht für einen Sou Geschmack haben und dann verlangen, man solle genau so arbeiten, wie sie vorschreiben, aber das tue sie nicht. Und unter solchen und ähnlichen Gesprächen holte sie denn Proben vor und zeigte die dem jungen Mann, und da dem gänzlich gleichgültig war, wie das Kleid aussehen werde, denn er hatte gar keine Schwester, so kamen sie beide bald überein.

Unterdessen aber hatte sich die Kleine auf ihren Stuhl am Fenster gesetzt, hatte das Nähstöckchen vor sich geschoben, eine Näherei auf ihm festgestellt und hatte begonnen, die Füße auf die Fußbank des Nähstockes gestellt, fleißig zu sticheln, indem sie mit der Linken einen Saum formte und mit der Rechten nähte. Nun konnte der Maler sich nicht mehr bezwingen, er dachte auch, schon vertraut genug geworden zu sein, denn er hatte die Preisforderung ohne Wimperzucken angehört; und so holte er Zeichenbuch und Stift aus der Tasche und zeichnete das sitzende Mädchen mit schnellen und treffenden Linien. Die Mutter verwunderte sich erst, trat dann hinter den Fremden und sah ihm über die Schulter, und endlich schlug sie in die Hände vor Erstaunen und rief ihrer Tochter zu, sie solle schnell kommen und sich das Bild ansehen, das der fremde Herr da zeichne. Der war nun glücklicherweise im Wesentlichen fertig, so daß die Störung des Modells seiner Arbeit nicht mehr schadete, und so ließ er denn die Ausdrücke der Verwunderung und des Lobes über sich ergehen, mit welchen die beiden Frauen freigebig genug gegen ihn waren.

Monnier erzählte von seinem Beruf, rechnete ihnen vor, was er im Jahre verdiente, sprach von den Herrschaften, welche Bilder bei ihm bestellten und vorzüglich von dem Herzog, und da die beiden Frauen ihm mit Begeisterung zuhörten, so erzählte er immer mehr. Wir wollen ja nicht gerade sagen, daß der gute Monnier eitel war und etwa aufschnitt, aber die Teilnahme und Verwunderung taten ihm doch wohl, daß er mehr sprach, als er sonst wohl getan hätte, denn er war doch auch noch ein junger Mann; er sagte sich dabei, daß es ja auch ganz gut sei, wenn er die beiden zutraulich mache, denn dann könne er seinen Plan ihnen später besser unterbreiten, diesen wollte er ihnen aber nicht gleich setzt vorstellen, sondern erst beim zweiten Besuch. So trennte er denn am Schluß das Blatt mit der Zeichnung vorsichtig aus seinem Buch und überreichte es mit einer höflichen Verbeugung Corisandren – denn diesen Namen hatte das junge Mädchen nach der tugendhaften Heldin eines rührenden Romans, welchen ihre Mutter gelesen, als sie geboren war – dann nahm er ein Goldstück aus seinem Geldbeutel und gab es der Mutter, indem er sagte, das zweite Goldstück bringe er in drei Tagen und das dritte, denn drei waren für das Kleid abgemacht, zahle er bei der Ablieferung, und damit erhob er sich, nahm seinen Hut und ging zur Tür, indessen die Mutter beteuerte, daß er ein anständiger Kunde sei, und daß es für sie keine größere Freude gebe, als für solche Kunden zu arbeiten.

Nach drei Tagen also kam er wieder, um die Entwicklung des Kleides zu betrachten und das zweite Goldstücks zu bezahlen. Er traf die Mutter allein, wie er beabsichtigt, denn er hatte die Ausgehzeiten Corisandrens erkundet, er besah mit Anerkennung, was ihm vorgelegt wurde und bezahlte, und dann brachte er mit Vorsicht das Gespräch auf seine Kunst und auf die Schwierigkeiten, gute Modelle zu bekommen. Da er bei diesem Übergang seine Zeichnung Corisandrens erwähnt hatte, so kam die Mutter, welche sich für Malerei und Modelle nicht weiter interessierte, auf das Lob ihrer Tochter zu sprechen, in das sie dann auch in bescheidener Weise das eigene Lob mit vermischte; sie sagte, daß das Kind ja wohl freilich keine Schönheit sei, wie sie selber ihrer Zeit gewesen, was man ihr denn ja wohl auch noch ansehe, trotz des vielen Kummers in ihrem Leben, aber sie sei tugendhaft, hierbei wischte sie sich eine Träne aus den Augen, und sei fleißig und ordentlich, und die Zeichnung habe sie im Heiligenleben aufbewahrt, und sehe sie immer an, und frage dabei nach ihm, Herrn Monnier, und sage, das tue ihr leid, daß er so mutterseelenallein stehe, und niemand bekümmere sich um ihn, denn die Aufwärterinnen, das wisse man wohl, sehen nur auf den eignen Vorteil, und so ein Mann muß doch seine Ordnung haben; so ein gutes Herz habe das Mädchen; und in dieser Weise redete die Mutter ohne Unterbrechung, und es wurde dem Maler sehr schwer, das Gespräch wieder an sich zu reißen. Als er es aber hatte, da dachte er, daß er nun gleich auf sein Ziel losgehen müsse, denn sonst komme er wieder ab, und so fragte er denn unvermittelt, ob ihm Corisandra nicht zu einem Bild sitzen könne.

Die Mutter erwiderte freundlich, das würde sie gern erlauben, und als Monnier weiter fragte, ob auch Corisandra einverstanden sein werde, da sagte sie, ihre Tochter sei so gut erzogen, daß sie alles tue, was die Mutter verlange. Nun dankte der Maler vielmals und sagte, daß er für die Mühe angemessen bezahlen werde, und daß die Sitzung bei ihm stattfinden müsse, weil hier in der Stube nicht das richtige Licht sei, und die Mutter war mit allem einverstanden und versprach, daß sie mit ihrer Tochter den nächsten Vormittag kommen wolle, denn das müsse sie sich natürlich zur Bedingung machen, daß sie immer zugegen sei, denn Corisandra dürfe nicht mit einem jungen Mann allein sein, denn sie sei aus guter Familie. Das aber war wieder für den Maler selbstverständlich, und so trennten sich denn die beiden mit den herzlichsten Händedrücken.

Also am andern Morgen kamen nun die beiden, der Maler half ihnen ihre Überkleider ablegen, die Mutter setzte sich auf einen breiten Stuhl mit Armlehnen und sah sich wohlwollend in der Werkstätte um, Corisandra trat harmlos lächelnd und bereitwillig auf eine Stufe, welche ihr der Maler vorher gezeigt hatte, und nun trat für Monnier denn die eigentliche Schwierigkeit ein.

Verlegen sagte er, daß das Fräulein das Kleid nicht anbehalten könne. »Ach, das ist wie beim Anprobieren«, rief sie, knöpfte das Jäckchen auf und legte ab, schnürte dann den Kleiderrock auf, ließ ihn fallen, trat aus ihm heraus und hängte beides an einen Nagel im Türpfosten. Als sie wieder an ihre Stelle zurücktrat, kamen ihr die nackten Arme plötzlich zum Bewußtsein, sie legte die Arme vor der Brust übereinander, machte einen runden Rücken und sah verlegen, mit gerötetem Gesicht, sich auf die Lippen beißend, zur Erde. Monnier ging zur Mutter, beugte sich über sie und sprach leise mit ihr, er stellte ihr vor, daß Corisandra sich ganz ausziehen müsse. Entrüstet stand die Mutter auf und rief der Tochter zu: »Zieh das Kleid wieder an.« Corisandra war ratlos und blickte von der Mutter auf den Maler, dieser redete immer auf die Mutter ein, sie erwiderte ihm heftig, er beschwor sie und rang die Hände, sie sagte endlich: »Mein Herr, wir haben Kultur. Ich weiß, daß es unschuldig ist, was Sie verlangen, denn die Künste erheben die Menschen. Aber wenn es bekannt wird, daß meine Tochter Ihnen ohne Kleider gestanden hat, dann kann sie nie heiraten.« »Nun, dann heirate ich sie selber«, rief der Maler in Verzweiflung, denn Corisandra, die halb gehört und halb geschlossen hatte, stand da in der lieblichsten Verwirrung, doppelt beschämt wegen der Arme, und sie war die Psyche, die er sich gedacht, die er brauchte, die er haben mußte, ohne die es nicht ging. »Gut, mein Herr, Sie haben Ihr schönes Einkommen, ich bin mit Ihrem Vorschlag zufrieden«, sagte die Mutter. Es wurde Papier und Feder geholt, der Maler setzte ein Heiratsversprechen auf, und nun beredete die Mutter die widerstrebende Corisandra, auch die übrigen Bekleidungsstücke abzulegen, indem sie ihr vorstellte, daß ihr Gatte das Recht habe, das von ihr zu verlangen. Inzwischen wurde besprochen, daß die Hochzeit gefeiert werden solle, wenn das Bild beendet sei, und daß das Geld, welches Monnier für das Bild bekommen werde, für die Kosten verwendet werden sollte.

Corisandra zwang mutig ihre Tränen zurück, sie blickte verstohlen auf Monnier, welcher die ersten Umrisse mit der Kohle entwarf, ein Gefühl der Sicherheit überkam sie, ein Vergessen und eine eigne Seligkeit. Die Mutter aber überlas noch lange das Heiratsversprechen, dann faltete sie es und steckte es in ihr Korsett, das sich stattlich über ihrem Busen wölbte.

Wir wollen über die weiteren Sitzungen nicht berichten, wir brauchen nur zu erzählen, daß das Kleid inzwischen fertig wurde, und daß Monnier es Corisandren schenkte, indem er gestand, daß die Bestellung nur ein Vorwand gewesen sei, was die Mutter nicht so in Verwunderung setzte wie die Tochter; Corisandra hatte noch nie ein so schönes Kleid gehabt und gewann nun ihren Verlobten nur noch lieber; und so wurde das Bild denn unter allgemeiner Freude fertig und war sehr gut gelungen.

Monnier brachte es zum Herzog und stellte es auf. Der Herzog trat vor das Bild und rief entzückt aus: »Monnier, Sie sind ein großer Künstler.« Monnier erwiderte, er wisse selber nur zu genau, was seinem Bilde fehle, er verdanke das meiste von dem, was dem Herrn Herzog so sehr gefalle, seinem Modell, und nun wollte er eine Erklärung der Einzelheiten beginnen. Aber der Herzog ließ ihn gar nicht weiterreden und fragte ungestüm nach dem Modell. Der Maler erzählte die Geschichte, wie er das Mädchen auf der Straße gesehen habe und wie er hinter ihr hergegangen sei, und erzählte dann weiter bis zum Schluß, indem er seufzend an die Stelle kam, wo er der Mutter hatte das schriftliche Heiratsversprechen geben müssen. Hier konnte der Herzog das Lachen nicht mehr zurückhalten. Er warf sich in seinen Stuhl und bog sich nach vorn über, er lachte, daß ihm die Tränen kamen; Monnier war zuerst gekränkt über diese Lustigkeit, aber dann mußte er an das Bild denken, wie die würdige, breitbusige Mutter sich aufknüpfte und das Heiratsversprechen sauber gefaltet in das Korsett steckte, und da konnte er denn auch nicht anders, und so lachte er mit.

Nun erholte sich der Herzog, wurde ernsthaft und sagte, er wolle den Preis verdoppeln, den er für das Bild ausgesetzt, und glaube, doch noch einen guten Kauf zu machen. Aber Monnier dürfe noch nicht heiraten. Er sei in seiner Entwicklung, er müsse frei sein, er müsse einige Jahre in Italien leben. Monnier nickte traurig mit dem Kopf und sagte, das habe er sich ja auch schon alles gedacht; aber er könne doch nicht zurück, und er sei damals so in der Begeisterung für sein Bild gewesen, daß er das Mädchen auch sofort geheiratet hätte, wenn gleich ein Priester dagewesen wäre.

Der Herzog machte ihm einen Vorschlag. Er hatte sich nach dem Bild in das Mädchen verliebt; er wollte es ihm abnehmen, er wollte sich verpflichten, für sie zu sorgen, Monnier brauche sich keine Vorwürfe zu machen, es werde ihr besser gehen, als wenn sie heirate. Monnier ergriff die Hand des Herzogs mit beiden Händen, drückte und küßte sie, und zeigte seine Freude auf alle Weise. Der Herzog lachte wieder; er fand, daß der Maler ein Stockfisch sei, wenn er freiwillig auf ein so hübsches Mädchen verzichte. Monnier erwiderte, er habe das Mädchen ja ganz gern, denn sie habe einen guten Charakter, und wenn er nicht den Herrn Herzog kennte, der ein Ehrenmann sei, so würde er nicht tun, was der ihm vorschlage, aber er habe keine eigentliche Liebe zu dem Mädchen, und nun lasse er seine Vernunft sprechen und sage sich, daß er doch höher kommen wolle, damit er einmal etwas Ordentliches leisten könne. Der Herzog drückte ihm die Hand und sagte, er spreche wie ein verständiger junger Mann, und er selber sei ja nun wohl nicht so verständig, aber das sei doch auch ganz gut, denn dadurch befreie er ihn von der Last.

Nun hatte Monnier mit den beiden Frauen abgemacht, daß die Ablieferung des Bildes durch ein heiteres Mittagessen in seiner Werkstatt gefeiert werden solle. Der Herzog beredete mit ihm, daß er zu der Stunde wie zufällig kommen wolle, um Bilder anzusehen. Und nach dieser Besprechung geschah das Zusammentreffen.

Die Gesellschaft wollte sich eben an den Tisch setzen, wo Corisandra auf einem glänzenden Tuch das Essen angeordnet hatte, als der Herzog eintrat. Monnier spielte in ungeschickter Weise den Überraschten, die beiden Frauen knicksten in Ehrerbietung mehrere Male, der Herzog faßte Corisandren unter das Kinn und sagte ihr eine Freundlichkeit, dann lud er sich selber zu dem bereitstehenden Mahl, indem er der betroffen sich entschuldigenden Mutter erwiderte, daß Kunst und Schönheit jeden Standesunterschied aufheben.

Man wird nicht annehmen, daß die Mutter dumm war. Sie dachte sich ihr Teil, als der Herzog auftrat, und es war ihr sofort klar, daß ihre Tochter, oder vielmehr sie selbst, welche sich als ihre Tochter vorkam, keinen üblen Tausch machte; denn wenn die Liebe des Herzogs auch nur eine Laune sein mochte, so bot sie doch jedenfalls Corisandren eine glänzende Versorgung.

Also das Gespräch kam bald auf die bevorstehende Heirat, Corisandra sah errötend und glücklich auf ihren Teller, Monnier malte mit nicht ganz echten Farben sein Glück, und die Mutter preßte eine Träne heraus, indem sie beteuerte, daß sie nur für die Zukunft ihres Kindes lebe. Der Herzog legte seine Stirn in Falten. Wie? Ein Künstler in so jungen Jahren schon heiraten? Unmöglich! Er mußte noch frei sein, mußte reisen können, mußte sich in der Welt bewegen, um Gönner zu finden. Nein, die beiden waren noch jung. Sie konnten noch warten. Der Herzog war ihr Freund. Er verpflichtete sich, für Corisandren zu sorgen. Er schenkte ihr ein entzückendes kleines Haus, das er in einem Vorort besaß, dort konnte sie mit ihrer Mutter wohnen, er verschrieb ihr eine Rente, damit die Frauen in Muße die Zeit erwarten konnten, er beschaffte Lehrer, welche Corisandren unterrichteten, in Musik, im Zeichnen, in den wissenschaftlichen Fächern; er … und so fuhr er fort, zu erzählen, was er alles für Corisandren tun wollte. Die Mutter faltete andächtig die Hände und sah zu ihm auf; Corisandra blickte ihn mit unruhiger Verwunderung an und sagte am Schluß seiner Rede, ihr wäre es doch lieber, wenn die Heirat gleich sein könne, und sie sei sparsam und wolle sich einrichten, sie werde ihrem Bräutigam schon nicht zur Last fallen, denn ihre Kleider schneidere sie sich alle selber, und sie habe ja nun auch erst das schöne neue Kleid von ihm bekommen, das er am Anfang der Bekanntschaft bestellt. Aber die Mutter schüttelte den Kopf. Sie fand, daß der Herr Herzog recht hatte, der verstand mehr vom Leben wie zwei alleinstehende Frauen; und so redete sie weiter. Corisandra sah Monnier bittend an, aber der blickte verlegen fort; und da sie nun wohl merkte, daß er auch der Ansicht des Herzogs war, so faßte sie sich Mut und sagte, wenn es denn für ihren Bräutigam gut sei, so wolle sie gern warten, und mit nicht ganz fester Stimme setzte sie hinzu, das Warten mache ihr sogar Freude, denn sie könne sich doch in der Zeit alles so schön ausmalen, wie es später sein werde.

So wurde denn nun angeordnet, wie der Herzog gesagt hatte, und der Herzog vertraute auf den verständigen Sinn der Mutter, daß sie schon Corisandren allmählich dahin bringen werde, wo er sie wünschte. Inzwischen aber kamen in das schöne Häuschen, das die beiden nun bewohnten, die Lehrer, um Corisandren zu unterrichten, den rohen Edelstein zu schleifen, wie der Herzog sich seinen Freunden gegenüber ausdrückte.

Unter diesen Lehrern war auch Monnier. Der Herzog hatte keine Bedenken gehabt, ihm den Zeichenunterricht zu übergeben, weil ihm ja ganz klar war, daß er Corisandren nicht liebte.

Aber wir haben wohl schon bemerkt, daß Corisandra Monnier liebte. Es war nicht das erste Mal, daß die Liebe bei einem jungen Mädchen Wunderdinge bewirkt. Das gute Kind machte solche Fortschritte im Zeichnen, daß es jedem unglaublich erschienen wäre, der es nicht gesehen hätte. Monnier war viel zu harmlos, um den Grund einzusehen, er glaubte an ein außerordentliches Talent, denn anders konnte er sich diese Fortschritte nicht erklären, Und nicht nur das Können entwickelte sich in der merkwürdigsten Weise, auch das Gefühl und das Verständnis. Oft überraschte es ihn, wie sie Dinge klar sagte, die ihm selber nur undeutlich bewußt waren; ja, er konnte sich bald nicht verhehlen, daß er in manchem von ihr lernte, denn er wurde fester, bestimmter als er gewesen durch ihre Art, die Natur zu sehen, die in so merkwürdiger, fast konnte er sagen vorbestimmter, Art mit der seinigen übereinstimmte.

So kann es denn uns nicht weiter wundernehmen, daß sich nunmehr auch Monnier in Corisandren verliebte.

Seine Gefühle, wenn er nun bei der ahnungslosen Geliebten saß, welche alle Wonnen einer reinen und unschuldigen Empfindung genoß, brauchen wir nicht zu beschreiben. Wir werden aber verstehen, wie es kommen konnte, daß er an einem Tage in eine Tränenflut ausbrach, zur Tür lief, wieder umkehrte, vor der erstaunten Geliebten kniete und sein Gesicht in ihrem Schoß barg. Sie fragte ihn bekümmert, was er habe; er antwortete nicht und schluchzte. Aber sie fühlte wohl, was ihn bewegte, nur deutete sie das falsch, da sie nicht verstanden hatte, was mit dem Herzog geschehen war. So beugte sie sich denn über ihn und flüsterte ihm verschämt zu: »Wenn du willst, dann müssen wir ja nicht warten mit der Heirat; ich bin es ja zufrieden; und du sollst sehen, daß du dann viel besser arbeiten wirst wie nun.«

Als sie das aber gesagt hatte, da trat mit wütendem Gesicht und unter heftigen Scheltworten die Mutter in das Zimmer. Der war die Verwandlung in dem Benehmen Monniers nicht entgangen, und sie hatte deshalb gelauscht, um ihre Tochter zu behüten. Aus dem Schelten der Mutter und der Verteidigung Monniers wurde Corisandren plötzlich alles klar. Wie das so geschieht, sie verstand nun mit einem Male, daß sie unbewußt sich über manche auffällige Erscheinungen geängstigt hatte; aber sie hatte immer die feste Zuversicht auf Monnier gehabt, wenn ihr nun jetzt auch bewußt wurde, daß sie sich über sein scheues Wesen gewundert; denn auch das verstand sie nun, daß sie die ganze Zeit über nicht hatte ihrer Mutter trauen können. Aber das leuchtete ihr alles mit Blitzesschnelle auf, und dazu die Einsicht, daß Monnier sie verraten hatte. Sie schrie leise auf, faßte sich an das Herz und fiel ohnmächtig zurück in ihren Stuhl.

Die Mutter und Monnier bemühten sich um sie, die Dienstboten kamen, aber Corisandra war nicht zu erwecken. Verzweifelt lief die Mutter aus dem Hause, um den Herzog zu holen und ihm Vorwürfe zu machen.

Nach einer langen Zeit kam Corisandra wieder zum Bewußtsein. Monnier stand über sie gebeugt, und die Tränen rollten ihm über die Backen und tropften ihr ins Gesicht, wo er sie ungeschickt abwischte. »Ach, bist du da, Liebster!« rief sie aus und schlang ihre Arme um ihn. »Nun wirst du mich nie wieder verlassen.« Er schickte die Dienstboten aus dem Zimmer, dann wollte er stockend beginnen, ihr zu erzählen, wie alles gekommen war.

Aber sie ließ ihn nicht viel sprechen. »Damals hast du mich nicht geliebt«, sagte sie, »aber nun liebst du mich, nun gibst du mich keinem andern, nicht wahr, nun darf ich bei dir bleiben?« Monnier verstand zuerst nicht, was sie meinte, er glaubte, sie müsse zürnen über seine Handlungsweise. Aber sie sagte nur immer wieder: »Damals hast du mich nicht geliebt, aber nun darf ich bei dir bleiben.«

Der Herzog kam, er traf die beiden in Tränen, die Gesichter dicht aneinandergepreßt. Der Bericht der Mutter hatte ihn wütend gemacht; aber als er die beiden so sah, da war er entwaffnet, er wurde plötzlich verlegen, als Corisandra ihn anblickte.

Es wird gewiß niemand die gute Corisandra für kokett halten, sie war doch eigentlich das, was man wohl ein Dummchen nennt. Aber als sie nun den Herzog so stehen sah, da dachte sie gleich daran, wie wichtig es für Monnier war, daß er die Gönnerschaft behielt. Sie wischte sich geschwind das Gesicht ab und sagte: »Ach Gott, nun werde ich vom Weinen eine rote Nase haben«, und das sagte sie unbewußt in einem solchen Ton, daß man merkte, wieviel ihr daran lag, daß der Herzog sie schön finde.

Dadurch aber verschwand der Ärger des Herzogs mit einem Male, und er mußte von Herzen lachen. Die Mutter stand verdutzt daneben, noch verdutzter stand Monnier da; aber plötzlich fing Corisandra an und stimmte in das Lachen des Herzogs ein. Da schlug auch bei Monnier das Gefühl um, und er lachte mit.

Die Mutter schüttelte den Kopf, ging aus dem Zimmer und schlug ärgerlich die Tür hinter sich zu. Dieser Ärger erweckte in den dreien eine neue Heiterkeit, und sie lachten so sehr, daß sie sich setzen mußten; und weil sie gar nicht wußten, weshalb sie eigentlich so heftig lachten, so lachten sie endlich aus bloßer Verlegenheit weiter.

Zuerst ermannte sich der Herzog, denn Corisandra wollte ihm den Vorrang lassen und Monnier fürchtete sich etwas vor der Aussprache. Er sagte, er sehe nun wohl ein, daß er zu spät gekommen sei; aber wenigstens sollten die beiden ihm versprechen, daß sie ihn als Paten lüden für das erste Kind. Und das versprachen sie ihm denn auch.

Der geschickte Polizeileutnant

Der Marquis von Salinges, welcher vor der Revolution in Paris in einem schönen Schloß wohnte, war ein zufriedener Mann von mittleren Jahren, nicht gerade dick, aber doch auch ganz bestimmt nicht mager, der gern aß und trank und auch ganz damit einverstanden war, daß andere Leute aßen und tranken, wenn er selber nur seine Ruhe hatte.

Er wollte auf jeden Fall seine Ruhe haben, denn Ärger und Aufregungen schaden der Gesundheit, und weshalb soll man sich ihnen aussetzen, wenn man nicht muß? Also er hatte nicht geheiratet und hatte den Grundsatz: »Ich bezahle meinen Leuten hohe Löhne, ich bezahle ein Drittel mehr wie andere, aber wenn es mit einem einmal nicht gehen will – raus. Einfach raus. Ohne weiteres raus.«

Bei diesen Anschauungen war sein Verwalter ein Mann, der eine sehr schöne Frau besaß, und da der Marquis doch nicht verheiratet war und da man mit einer richtigen Geliebten immer seinen Ärger hat, so hatte er mit dieser Frau ein Liebesverhältnis angefangen.

Der Verwalter war ein tüchtiger, fleißiger und ehrlicher Mann, der seine Frau bewunderte, denn er war ebenso häßlich, wie seine Frau schön war. Der Marquis war nicht gerade sehr begabt, wie wir uns wohl denken können; die Frau war es auch nicht, und so hätte ein argwöhnischer und scharfsinniger Mann wohl Verdacht schöpfen können, wenn er ihr Benehmen beobachtete. Aber der Verwalter war auch nicht sehr begabt und war sehr respektvoll, und so geschah es denn, daß die drei in Frieden und Eintracht miteinander lebten.

Der Verwalter mußte jede Woche einmal auf die Domäne hinausfahren, wo er denn die Nacht über blieb. Es hatte sich im Lauf der Zeit so gemacht, daß der Marquis an diesem Tage regelmäßig die Frau besuchte. Er saß dann in der guten Stube neben ihr auf dem Sofa, über dem die Bilder der Eltern des Gatten hingen, der runde Tisch war schön gedeckt, die Teemaschine war in Gang gesetzt, die Frau hatte Brötchen geschmiert; und so pflegte er denn zu sagen: »Nun wollen wir genießen, was uns Gott beschert hat.«

In solcher Weise hätte das Glück ungestört lange Jahre andauern können, wenn es nicht durch den Übermut der Frau zerstört wäre.

Die Frau hätte es als eine unverdiente Gunst genießen sollen, daß ihr Mann draußen in Wind und Wetter mit seinem Korbwägelchen auf der Landstraße fuhr, indessen sie ihren Ofen heizen konnte, wenn es ihr zu kalt war – ihr Mann hatte freie Feuerung bei seiner Stelle – und dem Marquis aus der Maschine mit eleganten Bewegungen Tee eingießen durfte. Aber sie dachte plötzlich, daß sie die Überlegenheit, welche sie durch die vornehme Liebe über ihren guten Mann zu haben meinte, auch äußerlich bekunden müsse. Der Mann will sich mit einem Kuß von ihr verabschieden, sie wendet sich ab und sagt, er sei gewöhnlich. Er möchte zu Mittag Schweinebauch mit Steckrüben zusammengekocht, sie erwidert, ein solches Essen sei wohl für einfache Leute passend, aber nicht für sie. So folgte ein Widerspruch und Ärger auf den andern; der Mann ertrug lange alles geduldig, in der ersten Zeit dieser Laune war er sogar der Ansicht, daß seine schöne Frau im Recht sei, wenn sie ihn geringschätze; aber endlich, er hatte gerade vorher einen Ärger mit dem Kutscher gehabt, welcher heimlich den Hafer verkaufte, endlich erwiderte er einmal, er sei ebenso fein wie die Frau, und wenn er etwas gesagt habe, so habe er es gesagt, und er wünsche, daß sie seine Befehle befolge, und so sprach er weiter, wie in solchen Fällen gesprochen wird. Dieser Ton verdroß die Frau und sie erwiderte ihm scharf, und da sie nichts Besonderes wußte, womit sie ihn herabsetzen konnte, so sagte sie ihm, daß er ein Hahnrei sei und daß sie schon seit Jahren ein Liebesverhältnis mit seinem Herrn habe, und daß der immer komme und bei ihr Tee trinke, wenn er selber über Land auf die Domäne fahre.

Dies erbitterte nun den Mann sehr, wie man sich wohl denken kann; er nahm seinen Stock, welcher in der Ecke stand, und schlug auf seine Frau los, und nicht eher hörte er auf, bis sie ihn um Verzeihung bat und unter vielen Tränen versprach, daß sie das Verhältnis zu dem Marquis lösen wolle.

Nun lebten die beiden einige Tage wieder ruhig zusammen. Als aber der Verwalter wieder fahren mußte, da besuchte der Marquis die Frau; und sie erzählte ihm alles, klagte mit vielen Worten über die Schläge, deren Spuren sie noch auf ihrem Körper halte, und sagte auch, daß sie ihrem Mann habe versprechen müssen, ihn, den Marquis, nicht mehr zu lieben.

Der Marquis saß auf dem Sofa, pustete die Backen auf und machte runde Augen vor Erstaunen. Dann sagte er, das sei nicht möglich, daß er das Liebesverhältnis aufgebe, denn so, wie alles jetzt sei, sei es ihm gerade bequem, denn heiraten wolle er nicht, und mit einer richtigen Geliebten habe man immer seinen Ärger.

Man kann sich vorstellen, daß die Frau schon vorher bei ihrer Erzählung geweint hatte. Aber nun ließ sie ihre Tränen deftiger fließen und sagte, daß sie eine solche Liebe und Treue gar nicht verdiene, denn sie sei nur eine einfache Frau und sei nicht hochgeboren, aber freilich ihr Herz sei seiner würdig, und sie habe dieselben Empfindungen wie der Herr Marquis und Treue und Liebe müssen bis in den Tod gelten.

So wurden noch mehrere Reden ausgetauscht, und endlich beschlossen die beiden, daß es das beste sei, wenn sie sich des Mannes entledigten.

Nun war es im damaligen Frankreich aber sehr leicht für einen vornehmen Herrn, einen einfachen Bürger zu beseitigen, der ihm lästig war. Der Marquis schrieb einen Brief an den Minister, in welchem er erzählte, die Frau seines Verwalters, eine brave, ordentliche und anhängliche Person, habe ihm geklagt, daß sie von ihrem Mann mißhandelt werde; er bitte, damit die arme Frau in Ruhe leben könne, den rohen Patron verhaften zu lassen und in die Kolonien zu senden. Der Minister beeilte sich, dem Marquis zu erwidern, daß sein Wunsch erfüllt werden solle, und es wurde ein Befehl ausgefertigt, den Verwalter zu verhaften und mit der nächsten Ladung nach Martinique zu schicken.

Dieser Befehl ging zur Ausführung an den Polizeileutnant des Bezirks, in welchem das Schloß des Marquis lag.

Dieser Polizeileutnant aber war ein guter Freund unseres Verwalters. Jede Woche einmal kamen die beiden Männer in einer ehrbaren Weinwirtschaft zusammen, spielten pünktlich zwei Stunden lang ein Kartenspiel um Rechenpfennige und tranken jeder eine halbe Flasche Wein. Der Polizeileutnant kannte also den Verwalter ganz genau und wußte, daß er nicht ein so roher Mensch war, wie er in dem Befehl beschrieben wurde, der seine Frau beständig mißhandle; und als ein erfahrener Mann schloß er denn, daß die Sache wohl so zusammenhängen werde, wie es wirklich war.

So schickte er denn zu seinem Freund und verabredete für den Abend das gewohnte Kartenspiel. Und als die beiden behaglich saßen und die Karten mischten, da brachte er das Gespräch auf die Frauen, auf die Ehe im allgemeinen, auf die Täuschungen, welche die Frauen oft begehen, und so bewirkte er denn, daß der treuherzige Mann, welcher noch niemanden zu seinem Vertrauten gemacht hatte und doch das Bedürfnis fühlte, seine Geschichte zu erzählen, ihm alles berichtete, was er wissen wollte, nämlich von seinen Fahrten auf die Domäne, von dem Teetrinken, von der üblen Laune der Frau, und endlich auch von der Versöhnung. Mit dieser schloß der gute Mann seine Geschichte, indem er schilderte, wie die Frau wieder zu ihren Pflichten zurückgekehrt war, und wie glücklich er jetzt lebte, und wie seine Frau ihm alles an den Augen absah, und wie er jetzt keinen Wunsch mehr hatte, als daß alles so bleiben möge, wie es jetzt war.

Während dieser Erzählung hatten die beiden die Karten ruhen lassen. Aber nun sagte der Polizeileutnant, daß er recht gehandelt habe, und daß ein verständiger Mann seiner Frau, wenn sie sonst gut sei, auch einmal verzeihen müsse, und damit hob er das Kartenspiel auf und die beiden spielten weiter wie gewöhnlich. Im Verlauf des Spieles bat der Polizeileutnant seinen Freund, ob er ihm nicht bei seinen Fahrten über Land einmal einen Schinken mitbringen könne, einen hausschlachtenen Schinken, der ordentlich geräuchert sei, man bekomme in Paris für sein Geld nichts Ordentliches, und er habe eine rechte Sehnsucht, einmal wieder in ein unverfälschtes Stück Schweinebein so richtig hineinzubeißen. Der Verwalter sagte, daß er morgen fahren werde und ihm auf dem Dorf seines Herrn den Schinken besorgen könne, der Leutnant freute sich sehr, daß er ihn so bald bekommen sollte und fragte, ob die Fahrt auch gewiß sei und ließ sich die Stunde sagen; und so redeten die beiden noch manches andere, was zwei Männer beim Kartenspiel zu reden pflegen.

Am andern Tag fuhr der Verwalter mit seinem Wägelchen ab; alsbald deckte die Frau ihren runden Tisch in der guten Stube, stellte die Teemaschine auf und erwartete den Marquis. Der kam denn auch, sie rückte den Tisch zurecht, daß er bequem auf das Sofa gelangen konnte, dann bereitete sie ihm den Tee, und dann saßen die beiden recht zärtlich nebeneinander.

Aber da öffnete sich plötzlich die Tür, der Polizeileutnant mit zwei Leuten erschien, ging auf den erstaunten Marquis zu, berührte ihn mit seinem Stab und sagte: »Im Namen des Königs, Sie sind verhaftet.«

Der Marquis erklärte vergeblich, er sei nicht der Verwalter; die Frau bezeugte, daß der Herr der Marquis war; lächelnd entgegnete der Leutnant: »Ich verstehe die Herrschaften wohl; aber der Mann, mit dem eine anständige Frau so vertraulich zusammensitzt, ist immer ihr Ehegatte.« Dann forderte er den Marquis von neuem auf, ihm gutwillig zu folgen. Der Marquis stieß Beleidigungen gegen die Polizei aus, der Leutnant wurde ernst und machte ihn auf die Folgen aufmerksam. Der Marquis sträubte sich, der Leutnant befahl seinen Leuten, Gewalt zu gebrauchen; und kurz und gut, der Marquis wurde gefesselt und in das Polizeigefängnis gebracht, von wo er in einigen Tagen dem Schub nach Martinique zugeteilt werden sollte.

Der Leutnant machte dem Polizeipräsidenten seine Aufwartung. Der Präsident empfing ihn mit gerunzeltem Gesicht und wollte ihn anfahren; aber der Leutnant hatte schon kaltblütig seinen Bericht über die Verhaftung begonnen. Er erzählte, daß er den Verwalter bei seiner Frau betroffen habe, und daß der Mensch angegeben habe, er sei der Marquis, obwohl durch die Lage, in welcher er ihn gefunden, seine Persönlichkeit in der unzweideutigsten Weise festgestellt gewesen sei;

und so wollte er mit dienstlichem Gesicht fortfahren. Aber der Präsident warf sich in seinen Sessel, haute sich auf die Schenkel, brüllte vor Lachen, bog sich, krümmte sich, sah dann in das unbewegte Gesicht des Leutnants und sagte: »Hier habe ich die Beschwerde der Frau. Sie schreibt, daß Sie ihren Mann kennen.« »Nur außerdienstlich, Herr Präsident«, antwortete der Leutnant. »Nur außerdienstlich kennt er ihn«, schrie der Präsident unter neuen Lachanfällen. »Gehen Sie gleich zum Minister, bei dem liegt schon die Beschwerde des Marquis, erzählen Sie die Verhaftung, aber mit denselben Worten wie mir.«

Der Leutnant ging zum Minister. Der Minister lachte nicht, er lächelte nur. Dann sagte er: »Sie scheinen ein gewandter Mensch zu sein. Wenn eine Stelle frei wird, die für Sie in Frage kommt, dann können Sie sich melden.«

Fortsetzung der Geschichte vom Nobelpreis

Wie bei der Taufe entwickelte sich ein allgemeines Gespräch. Das knüpfte an die Gedanken an, welche damals geäußert waren, und suchte die neueren Vorgänge mit ihnen zu verbinden.

Herr von Lukács wies auf die russische Revolution hin und auf die großen Gedanken, welche durch sie in Wirklichkeit umgesetzt sind. Die russische Revolution ist ein Ereignis, dessen Bedeutung für unser Europa noch nicht einmal ungefähr geahnt werden kann; sie macht die ersten Schritte, die Menschheit aus der bürgerlichen Gesellschaftsordnung der Mechanisierung und Bureaukratisierung, des Militarismus und Imperialismus hinauszuführen in eine freie Welt, in welcher wieder der Geist herrschen und die Seele wenigstens leben kann.

Herr von Lukács wendete sich lächelnd zu Paul Ernst und fuhr fort, indem er über Paul Ernsts Glauben an den Staat, und noch dazu an den deutschen Staat, leise scherzte; er wies darauf hin, daß schon heute in Preußen eine militärische Jugenderziehung geplant sei, wo denn die Ablichtung von Geist und Körper noch weiter getrieben werde, wie das schon geschehe, und der Jugend die letzten paar freien Stunden genommen werden müssen, die heute noch angewendet werden können auf freie Ausbildung des Geistes und Vertiefung der Seele; er wies hin auf die unerhörte Anstrengung aller Kräfte, die in Deutschland nach dem Kriege notwendig sein werde, um den Platz auf dem Weltmarkt wieder zu erobern und auf die damit weiter zunehmende Verrohung; und er schloß, daß das deutsche Volk nichts von diesem furchtbaren Kriege gelernt habe, als daß es sich auf einen neuen, noch furchtbareren Krieg vorbereiten müsse; das sichere Zeichen dafür, daß die geistige Führung der Welt nicht mehr bei den Deutschen sein könne; denn auf irgendeine Weise müsse doch ein Ausweg aus dieser Weltordnung gefunden werden.

Paul Ernst hatte Herrn von Lukács still zugehört. Er erwiderte: »Es ist mir sehr schwer, das zu sagen, was ich jetzt sagen werde. Sie sind Ungar, Sie stehen als Zuschauer in diesem Kampf zur Seite, wenn auch freilich als sehr beteiligter Zuschauer, aber wir Deutschen sind doch heute die ersten Kämpfer, wir dürfen sagen, daß wir gegen die ganze Welt kämpfen, und mit Ehren kämpfen. Es ist nicht leicht für den Stolz eines solchen Volkes, das zuzugeben, was Sie sagen. Aber wir müssen es zugeben.

Wenn ich betrachte, was heute die Russen verlangen, dann muß ich an unsern Bauernkrieg denken. Fast wörtlich dasselbe wie Lenin und Trotzki wollte unser Geismayer: die Zerstörung der Städte, die Verstaatlichung von Industrie und Handel und die Freiheit der Bauern, eine Mischung also, wenn man allgemeine Worte gebrauchen will, von Anarchismus und Staatssozialismus. Ein freier Bauernstand, der etwa so lebt, wie unser Justus Möser ihn beschreibt, würde in sogenannter demokratischer Verfassung die Herrschaft im Lande haben, Industrie und Handel, durch Beamte getrieben, wären von ihm abhängig; für Unterdrückung einer Bevölkerungsklasse durch eine andere, für Entstehen einer törichten Herrenkaste – noch dazu einer so törichten, wie wir sie in Deutschland erzeugt haben –, für Unterjochung anderer Völker, für die sinnlose Volksvermehrung wäre bei einer solchen Ordnung der Gesellschaft keine Möglichkeit.

Unser Bauernkrieg ist gescheitert; warum, das hat noch kein Geschichtsschreiber gezeigt, vielleicht ist den Gelehrten die Aufgabe zu bedenklich gewesen, denn vieles von dem, was man seitdem als Ruhm des deutschen Volkes ausgibt, würde ganz anders aussehen, wenn man den Bauernkrieg besser verstände. Luther hatte zuerst auf der Seite der Bauern gestanden, erst als ihre Sache für den Klarsehenden verloren war, wendete er sich von ihnen ab, als vernünftiger Mann, der noch andere Aufgaben zu erfüllen hatte. Er hat die Roheit, Albernheit und

Dummheit der deutschen Fürsten wohl gekannt, er wird schon mit ihnen gegangen sein, weil er mußte.

Politisch unter Roheit, Albernheit und Dummheit der Fürsten und Raffgier und Engherzigkeit der herrschenden Familien in den Städten, dem freiwillige Knechtseligkeit des ganzen Volkes entsprach, gesellschaftlich und wirtschaftlich unter Entwicklung des Kapitalismus und Wuchers in jeder Gestalt hat sich dann Deutschland gebildet bis 1620. Wir erfahren geschichtlich von diesen Jahrzehnten nur wenig, es waren Jahrzehnte, ähnlich denen von 1870 bis 1914.

Glauben Sie, lieber Freund, ich meinte diese Gesinnung, als ich davon sprach, daß im Staatsgefühl des deutschen Volkes der Keim einer neuen Religion liegt? Sie können die Feigheit unseres Beamtentums, seine Streberei und Gedankenlosigkeit nicht tiefer verachten, wie ich selber sie verachte. Ich weiß wie Sie, daß der Krieg, den wir mit der höchsten Aufopferung führen, uns nichts nutzt durch die Dummheit, Albernheit und Roheit der Männer, welche wir herrschen lassen. Aber Sie wissen auch wie ich, daß nur wenige Völker, seit es Menschen gibt, einen ähnlichen Krieg so geführt haben wie wir, und daß man diese Völker als die ersten Völker der Menschheit rechnet. Ich bin überzeugt, daß nach dem Kriege unser Volk auch politisch erwachen wird. Vielleicht wird es das Glück haben, daß es wieder, wie nach der französischen Revolution durch die Steinsche Gesetzgebung, den Segen der russischen Revolution genießen wird, ohne daß es deren Verbrechen auf sich laden muß, und dieses Mal wird ja wohl dafür gesorgt sein, daß nicht durch einen einfältigen König das Reformwerk wieder gestört wird.«

Herr von Brake räusperte sich und wendete sich zur andern Seite, wo er sich eifrig in ein Gespräch mischte. Sein Schwiegersohn lächelte unmerklich und erwiderte Paul Ernst: »Sie haben vielleicht recht, lieber Freund. Wir sind beide ja konservative Männer, wenn man die konservative Gesinnung nicht im Jasagen zu zufällig bestehenden Einrichtungen oder gar Liebedienerei vor dem Fürsten oder im Hochhalten der Grundrente suchen will, sondern in einem Geiste, der für ein Volk die ihm angemessenste Art eines ruhigen und naturgemäßen Lebens wünscht, in dessen Verlauf es das ihm von Gott gesetzte Ziel für die ganze Menschheit erreichen kann. Wir haben uns vielleicht auch immer zu sehr vor der Unordnung in den westlichen Demokratien gefürchtet und deshalb zu der sehr tief empfundenen Unzulänglichkeit der eignen Ordnung zu lange geschwiegen.«

Hier nahm Georg von Lukács wieder das Wort. »Es wäre denn im Grunde kein allzu großer Unterschied zwischen uns vorhanden. Nehme ich zusammen, was Paul Ernst eben sagte und was er sonst über die deutsche klassische Zeit gesagt hat, so würde er zugeben: Wie nach der Reformation in Deutschland die Zeit bis 1620 kam, in welcher die Ideen der Reformation ja wohl noch im untern Volk lebendig waren, wo sie eben keine Macht hatten, in den herrschenden Kreisen aber völlige Geistes- und Seelenlosigkeit herrschte, vielleicht weil die Ideen der Reformation nicht weit genug trugen; so ist auch der deutsche Aufschwung der klassischen Zeit seit etwa 1830 in sich zusammengebrochen und hat völliger Geist- und Seelenlosigkeit Platz gemacht. Eine Erneuerung der Menschheit kann deshalb heute von den Deutschen nicht kommen; denn wenn ein paar Menschen in Deutschland – es sind noch nicht ein Dutzend – diesen Zustand wirklich einsehen und für sich die Kraft der Seele haben, sich ein Bild einer bessern künftigen Zeit vorzustellen, so können sie doch nie den nötigen Einfluß auf ihr Volk gewinnen und müssen deshalb vernünftigerweise jeder Wirkung entsagen und als Einsiedler für sich leben; wir wollen ihnen wünschen, daß sie die Lebenskraft haben, das mit lachendem Munde zu tun. Eine Erneuerung kann aber vom russischen Volke kommen.«

Paul Ernst schloß das Gespräch mit folgenden Worten: »Vielleicht ist es allzu starker Stolz auf mein Volk, der mich nötigt, noch eine Anmerkung zu dieser Zusammenfassung zu machen. Man mag von den Deutschen sagen, was man will; und ich bin geneigt, das Härteste von ihnen zu sagen; aber sie sind jedenfalls ein männliches Volk. Sie wissen, wie ich den russischen Geist immer verehrt habe; bin ich doch als junger Mensch von Tolstoi und Dostojewski zu meinem eignen Leben erweckt, nicht von Goethe und Schiller. Aber im russischen Volke steckt etwas Sklavisches. Ich sage das nicht herabsetzend, wir sind ja alle Geschöpfe Gottes, und Gott hat gewußt, weshalb er uns unsere Art gegeben hat. Vielleicht hat dieser Krieg ein gegenseitiges Durchdringen der beiden Völker zur Folge, vielleicht nehmen die Deutschen auf, was Sie den russischen Gedanken nennen und führen durch, was die Russen ja nicht durchführen können. Denn nicht an unsrer mangelnden Kraft im Geistigen oder im Seelischen liegt es ja, daß wir heute im Höchsten versagen; ein Volk, das einen solchen

Krieg durchführt, hat jede Kraft. Uns fehlt die Idee, welche die Kraft zur Tätigkeit bringt. Sie sprechen von dem Dutzend Menschen bei uns; hätte einer von ihnen den beredten Mund, die Idee verständlich zu formen, das ganze Volk würde ihm zujubeln und würde ihm folgen.«

Aber während dieses Gespräches war alles weitergegangen; an einem andern Teil des Tisches hatte sich eine Erzählergruppe gebildet, und so hörte man nun wieder Geschichten an.

Das Gewissen

Zwei Freunde sind im Gespräch beieinander. Der eine besitzt in einer Stadt, welche durch ihre chemische Industrie ausgezeichnet ist, eine kleine chemische Fabrik. Er ist ein tüchtiger Gelehrter und fleißiger Geschäftsmann, aber, wie das heute so ist, er vermag sich nur mit Mühe und unter sehr großen Sorgen und Anstrengungen zu erhalten, da in seiner Industrie der Großbetrieb alle kleinen Unternehmungen erdrückt, sehr zum Nachteil der Arbeit, wie er sagt, da gewisse Erzeugnisse, zu denen auch die seinigen gehören, in kleinen Einzelbetrieben besser hergestellt werden können wie in großen.

Die beiden sprachen von dem Krieg und seinen Folgen für die Menschen. Der Fabrikant erzählte folgendes:

»Ich hatte einen Arbeiter, der ein sehr tüchtiger Mann ist: klug, fleißig, anstellig und, wenigstens bei seiner Arbeit, zuverlässig. Er verdiente sehr viel, ich habe mir ausgerechnet, daß er jährlich an die viertausend Mark bei mir hatte, etwa zwei Drittel der Summe (fügte er lächelnd hinzu), die ich selber verdiene.

Der Mann zeigte den typischen Proletariercharakter. Wenn im Winter Eis geschnitten wurde, dann kam er einfach morgens nicht, er verdiente mehr, wenn er beim Eisschneiden half, es erschien ihm sogar überflüssig, mir auch nur eine Nachricht zu geben, daß er ausblieb. Wenn man mit den Leuten zu tun hat, dann verzichtet man ja bald darauf, daß sie ein Gefühl der Verpflichtung gegen ihren Arbeitsherrn haben, obwohl sie sich doch sagen müßten, daß mindestens bis zu einem gewissen Punkt sein Schaden auch der ihrige ist, sie haben das eben noch nicht gespürt. Schwerer versteht man die Gedankenlosigkeit, daß sie eine sichere und sehr gut bezahlte Arbeit aufs Spiel setzen wegen des Mehrverdienstes einer Zufallsarbeit von einigen Tagen. Unsere Industrie hat sich eben so schnell entwickelt, daß ein solcher Mann immer wieder Arbeit bekommen würde, wenn ich ihn auch wegen einer derartigen Handlungsweise entließe. Sie stehen ja«, er sieht den anderen lächelnd an, einen Gelehrten, der mit dem Leben wenig Berührung hat, »mit Ihren Gefühlen auf der Seite der Arbeiter, und ich will Ihnen keine sozialpolitischen Vorträge halten. Ich meine nur, daß die Sache nicht so einfach ist, wie Sie und andere meinen, die das Beste für unser Volk wollen, aber weder Menschen noch Verhältnisse kennen. Glauben Sie mir, es kann keiner den Kapitalismus mehr hassen wie ich; ich kenne ihn, ich fühle ihn auch; aber seine Fürchterlichkeit liegt ganz wo anders, als Sie denken: sie liegt darin, daß alle Verhältnisse und alle Menschen entseelt werden, die in seinen Wirbel hineingeraten. Ja, ich hasse den Proletarier; aber ich hasse ihn nicht mehr, wie ich den Bourgeois hasse, wie ich mich selber hassen würde, wenn ich nicht meine Seele vor diesem Getriebe gerettet hätte.

Aber lassen wir das. Ich erzählte Ihnen, daß der Mann sehr viel verdiente. Der Verdienst brachte ihm keinen Segen, wie er allen diesen unglücklichen Menschen keinen Segen bringt. Er hatte drei Kinder. Die beiden ältesten, ein Knabe und ein Mädchen, arbeiteten bereits in meiner Fabrik. Ich suchte ihm vergeblich klar zu machen, welches Unrecht er an den Kindern beging, daß er bei seinem Einkommen die Pflicht hatte, den Sohn weiterzubringen, das Mädchen sittlich und zu einer ordentlichen Hausfrau zu erziehen. Er gab mir immer die gewöhnliche Antwort der Leute, daß er ›die paar Groschen gebrauche‹. Die paar Groschen, nun, das waren für die beiden zusammen rund dreißig Mark die Woche, die also noch zu seinem Einkommen hinzukamen.

Ich habe mich vergeblich gefragt, wie die Leute das Geld verbrauchten. Es ließ sich hier ein Mensch nieder, der nachgemachten Brillantenschmuck verkaufte, und ich sah das Mädchen sogleich mit solchem Schmuck zur Arbeit kommen, meine Frau behauptete, daß sie mehrere teure Hüte im Jahr kaufte, daß ihre Kleidung, so schlumpig sie war, mehr kostete wie die ihrige; es schien, daß die Familie unverhältnismäßig viel für das Essen ausgab. Sie werden ja in den Kramläden des Arbeiterviertels hier auffällig viel teure Delikatessen finden. Unser Pastor, Sie kennen ihn, ein seelenguter Mann und ein Idealist wie Sie, meldete sich nach Kriegsausbruch, als eine größere Anzahl Landsturmmänner nach hier kamen, um unsere Werke zu bewachen, daß er zwei Leute in Einquartierung nehmen wolle, er bekommt sie, seine Frau ist glücklich, daß sie auch etwas für das Vaterland tun kann, richtet ihnen das Fremdenzimmer ein, setzt ihnen einen Blumenstrauß auf den Tisch, fragt sie nach ihren Lieblingsspeisen; sie wundert sich etwas, wie die beiden ihr einen Küchenzettel aufstellen, denn da stehen Gerichte, die der gute Pastor kaum einmal an einem hohen Feiertag auf seinen Tisch bekommt; aber sie denkt, die Leute machen einen Spaß und kocht, wie sie gewohnt ist; nach wenigen Tagen erklärt die Einquartierung, solchen Fraß seien sie nicht gewohnt, sie hätten ihren Unteroffizier um eine andere Unterkunft ersucht. Nun, so mag bei meinem Mann das Geld ausgegangen sein; jedenfalls war er immer im Vorschuß bei mir.

Im Laufe des Krieges wurde er eingezogen und kam bald hinaus an die Front. Nach etwa einem halben Jahr kehrte er zurück mit einem steifen Finger. Er arbeitet wieder in meiner Fabrik, er ist im Kriege ein ganz anderer Mensch geworden.

Die Leute sind ja durch ihr Zeitung lesen von dem selbständigen Formen ihrer Gedanken entwöhnt und können sich deshalb schwer ausdrücken, wenn sie etwas Erlebtes darstellen wollen. Aus dem Gemisch von verwirrten Reden und Schlagwörtern, das er vorbrachte, habe ich nun folgendes verstanden.

Neben ihm diente ein Mann aus den gebildeten Ständen; er nannte ihn immer den "Kameraden" und bezeichnete ihn als Professor, wobei es nicht klar wurde, ob er Universitätslehrer oder Gymnasialprofessor war, oder ob er ihn nur so nannte. Er erzählte von ihm, er habe mit ihm zusammen graben müssen, er habe einen Regenwurm vor dem Spaten gehabt und habe den zerteilen wollen, da habe der Kamerad seinen Arm aufgehalten und ihm gesagt, er dürfe das nicht tun. Er habe gelacht und geantwortet, das Tier habe kein Bewußtsein; da habe ihm der Kamerad gesagt: ›Vielleicht ist es so, aber man darf das seiner selbst wegen nicht tun‹; dabei habe er ihn so angesehen, daß er betroffen geworden sei.

Zuerst habe er sich über solche Dinge geärgert; wie er jetzt wisse, weil er beschämt gewesen sei, denn er habe eben eingesehen, daß der andere ein höherer Mensch war und daß er sich ihm ähnlich machen müßte, weil er das konnte. In seinem Ärger verspottete er den Kameraden und erzählte den übrigen solche Geschichten, wie die mit dem

Regenwurm; aber es hatte niemand so recht das Herz, auf den Spott einzugehen; die anderen sagten, jeder habe seine Überzeugung, und Überzeugungen müsse man ehren; und ihm selber war auch nicht wohl bei seinem Spott. Der Kamerad habe sich um die Reden gar nicht gekümmert und sei immer gleich freundlich zu ihm gewesen.

Einmal, er habe sich so recht unglücklich gefühlt und nicht gewusst, weshalb, da habe ihm der Kamerad gesagt: »Du tust mir leid«, und da sei ihm gewesen, als müsse er ihm sein Herz ausschütten; aber er habe gar nichts sagen können und sei deshalb still gewesen.

Zuletzt ist er vorn mit dem Kameraden in der Nähe eines feindlichen Maschinengewehrs. Er konnte mir die Lage nicht genauer beschreiben; es muß wohl in einem wilden Kampf gewesen sein, wo die Leute nur sehen, was notwendig ist, und nachher keine richtige Erinnerung mehr haben. Der Kamerad sagt zu ihm: ›Wenn wir das Maschinengewehr nehmen, dann erhalten wir Hunderten das Leben.‹ Mein Mann erzählte mir, daß er gefühlt habe, nun müsse er vorgehen; er habe aber nichts gesagt, er sei liegen geblieben. Da sei der Kamerad aufgesprungen und habe sich an die feindliche Mannschaft gemacht und alle drei niedergeschlagen; er habe wohl gewußt, das hätte eigentlich er selber tun müssen, und er habe gefühlt, daß der Kamerad das auch dachte, denn an ihm war nicht so viel verloren, wie an dem Kameraden; aber da lag der Kamerad schon am Boden, im Sterben. Der Kamerad wußte, daß mein Mann sich Gewissensbisse machte, weil er wie ein Schuft gehandelt hatte und liegen geblieben war, da tröstete er ihn noch im Sterben und sagte: ›Einer für den andern, das nächste Mal läufst du vor‹, und dabei lächelte er und winkte ihm mit den Augen zu. Dann verdrehte er die Augen und starb.

Und da sei nun der Umschwung bei ihm gekommen. Es sei gewesen wie ein Blitz, er habe gesehen, wie gemein er sein ganzes Leben gelebt habe, er hätte heulen müssen vor Scham über sich, und in seiner Verzweiflung sei er losgegangen, weil er habe sterben wollen aus Scham, er habe aber nur die Verwundung an der Hand bekommen.

Als er wieder hier war, suchte er seine häuslichen Verhältnisse zu ändern. Er meldete die beiden jungen Menschen bei mir ab und sagte, er wolle nicht mehr, daß seine Tochter ein Fabrikmädchen sei, und sein Sohn solle erst etwas lernen. Es scheinen Zwistigkeiten in der Familie gekommen zu sein, denn er trennte sich von seiner Frau und lebt jetzt allein, sehr ordentlich und einfach, die Familie wird von ihm erhalten. Der Sohn scheint an ihm zu hängen und tüchtig zu sein, er soll später ein Technikum besuchen. Die Tochter traf ich kürzlich auf der Straße in bedenklichem Aufzug.

Der Mann ist seelisch nicht wiederzuerkennen.

Ich hielt es für nötig, weil ich glaubte, daß er sich noch immer mit unnützen Gewissensbissen quälte, ihm gut zuzureden. Er hörte mich ruhig an, dann sagte er: ›Was ich getan habe, das habe ich getan, das schafft auch seine Reue aus der Welt; und da kann die ganze Welt mir Trost einsprechen, ich weiß, was ich weiß. Aber wenigstens will ich von jetzt an so leben, wie es gut ist, wenn ich mich irre, so irre ich mich, dann bin ich unschuldig; aber nach meinem Gewissen will ich jetzt leben. Ich weiß auch, daß die Gedanken um das Frühere dumm sind, und einem nur die Kraft nehmen, die man für Vernünftiges braucht, deshalb hänge ich ihnen nicht nach.‹

Was konnte ich ihm antworten? Er hatte ja recht.«

Der Erzähler schloß. Der Freund fragte: »Und hat der Mann nie von religiöser Tröstung gesprochen? Es wäre doch merkwürdig, wenn sich nicht ein Bedürfnis nach Religion in ihm eingestellt hätte, es ist doch nun auch das häusliche Unglück zu allem gekommen.«

Der Erzähler sagte lächelnd: »Sie kommen auf Ihre Gedanken, Sie meinen, daß die Menschen gewisse Ideen nötig haben, die Sie Fiktionen nennen und zu denen Sie den Glauben an Gott, Freiheit und Unsterblichkeit rechnen, und Sie glauben, daß der Mann, nachdem er in eine höhere seelische Sphäre eingedrungen ist, sich dieser Fiktionen bedienen muß. – Ich sprach mit ihm von den Tröstungen der Religion – nun so, wie unsereiner von ihnen spricht. Er fühlte heraus, was ich dachte bei meinen Worten, und ich muß zugeben, mich überkam eine gewisse Beschämung bei seiner Antwort. Er sagte nur: ›Sie haben ja doch auch nichts gefunden.‹ Was sollte ich auf eine solche Antwort erwidern?«

Der Freund sagte: »Ja, Sie konnten freilich nichts auf diese Antwort erwidern. Ich hätte es auch nicht können. Aber doch war die Antwort falsch. Sie sprachen von einer höheren seelischen Sphäre, in welche der Mann gelangt ist. Wenn wir beide aus unsrer jetzigen Sphäre in eine höhere kämen, dann könnten wir ihm vielleicht erwidern.«

»Wie meinen Sie das?« fragte beunruhigt der Erzähler.

»Hätte der Kamerad, der sterbend noch einen Trost für den doch tief unter ihm stehenden Menschen wußte, welcher in der Tat seine

Pflicht nicht getan hatte – hätte der auch nicht auf jene Antwort erwidern können?« fragte der Freund.

»Ich weiß nicht«, erwiderte unwirsch der Erzähler.

»Sie sind in jener Gemütsverfassung, in welcher der Mann sich befand, als ihm die wunderliche Geschichte mit dem Regenwurm geschehen war. Sie müssen es nicht sein, denn ich stehe Ihnen gegenüber nicht höher«, sagte der Gelehrte, und dann schloß er: »Der Mann ist ja nach seiner äußeren Stellung noch das, was er früher war: aber seelisch ist er nicht mehr Proletarier. Sie sagten, Sie hassen den Bourgeois, wie Sie den Proletarier hassen. Wenn wir eine Antwort fänden, wie sie der Gefallene vielleicht gehabt hat, dann vergäßen vielleicht auch wir den Gegensatz der beiden Klassen?«

»Sie meinen, wir würden dann wieder Menschen?« fragte der Erzähler.

Das Menschliche

Eine kleine Abteilung von sechs Mann war bei einem Sturmangriff vereinzelt und hatte sich eingegraben. Sie hatte seit vierundzwanzig Stunden keine Verbindung mehr mit ihrer Truppe gehabt, aber auch vom Feinde war nichts zu bemerken. Die Gegner waren Franzosen.

Als es wieder Nacht war, wurde ein Mann vorgeschickt, um zu erkunden. Er bewegte sich kriechend und möglichst ohne Geräusch vorwärts. Plötzlich machte eine Leuchtkugel das Gelände um ihn hell. Drei Schritte vor sich sah er einen Franzosen in derselben kriechenden Stellung wie er selber.

Die beiden sahen sich eine Sekunde lang mit weit aufgerissenen Augen an.

»Habe ich denn Angst?« dachte der Deutsche bei sich; »ich habe doch keine Angst.« Er dachte, daß er auf den Gegner anlegen müsse; er fühlte, wie der Franzose dasselbe dachte; keiner von ihnen legte an, und sie sahen sich nur mit weit aufgerissenen Augen ins Gesicht im Schein der Leuchtkugel.

Die Leuchtkugel erlosch und die beiden lagen sich lautlos im Dunkel gegenüber.

»Kamerad«, sagte endlich der Franzose, »ich bin kein Feigling, aber wenn man sich so ins Auge gesehen hat, dann kann man den andern nicht mehr töten.«

»Man muß seine Pflicht tun«, erwiderte der Deutsche.

Wieder entstand ein Schweigen. Dann begann der Franzose von neuem: »Wir wollen auseinandergehen, jeder zu seinen Leuten.«

»Das möchte ich ja wohl gern; nun haben wir noch miteinander gesprochen, und es ist doch auch nicht die Aufregung da, bei der man an nichts denkt. Aber wir dürfen nicht«, sagte der Deutsche.

Der Franzose stieß einen Fluch aus. »Ihr wundert euch immer, daß euch alle andern Leute hassen«, sagte er. »Jetzt könnte ich auf dich schießen, wenn es hell wäre.«

Der Deutsche dachte einen Augenblick nach, dann sagte er: »Gib dich mir gefangen.« Kaum war das Wort aus seinem Munde, als die Kugel des andern bei ihm vorbeisauste. »Das war eine Gemeinheit«, rief er, sprang auf und stürzte sich auf den Franzosen. Die beiden rangen miteinander, der Deutsche war in der Oberhand.

Wieder flog eine Leuchtkugel auf. Schüsse von der französischen Seite kamen, die Bewegung der Ringenden war wohl bemerkt. »Duck dich«, rief der Deutsche, und die beiden legten sich nebeneinander in Deckung. Die Schüsse hörten auf, die Leuchtkugel erlosch, die beiden hatten so dicht gepreßt gelegen, daß einer des andern Herz hatte fühlen können.

»Wieviel Kinder hast du denn?« fragte der Franzose. »Drei Jungen, ein Mädchen«, erwiderte der Deutsche. »Ich habe auch drei«, sagte der Franzose. »Es fallen schon genug Menschen«, fuhr er fort; »ich komme mit zu euch.«

Der Deutsche kroch mit seinem Gefangenen zu seinen Leuten zurück. Der Franzose wurde ausgefragt, er antwortete: »Ich hätte mich nicht gefangen zu geben brauchen, aber jetzt verlangt wenigstens nicht, daß ich etwas verraten soll. Vorlügen mag ich euch auch nichts, dazu bin ich zu müde.«

Der Mann, der ihn gefangen genommen, führte ihn zu seinem eignen Lager; der Franzose warf sich hin und schlief sogleich ein. Die andern sprachen leise miteinander, um ihn nicht zu stören; dann schliefen sie gleichfalls; nur der Wachtposten stand aufmerksam, lehnte sich einmal gegen die Rückwand des Grabens, suchte das

Dunkel vor sich zu durchdringen, summte leise zwischen den Zähnen ein Lied und trat von einem Fuß auf den andern.

Die Drossel schlug, die Amsel rief, das Morgenrot kam, andere Vögel erhoben ihre Stimme; die Schläfer reckten sich, richteten sich einer nach dem anderen auf. Der Franzose betrachtete im Tageslicht alle. Nur der Mann, der ihn gefangen, sprach Französisch, er wendete sich an den und sagte, daß er Hunger habe. Die Deutschen besprachen sich, sie holten ihren eisernen Bestand aus dem Tornister, teilten mit dem Franzosen und aßen. Der Franzose hatte seine Feldstasche noch voll Branntwein: die Feldflasche ging um.

Es stellte sich heraus, daß der Gefangene und der Mann, welcher ihn gefangen, Kollegen waren: sie waren beide Oberlehrer. Bald waren sie in ein Gespräch verwickelt über die Methode, nach der man an den deutschen Gymnasien den französischen Unterricht erteilt.

Jetzt schossen die Franzosen von gegenüber; die Deutschen antworteten; der Franzose lachte und sagte, das Schießen werde nichts nützen. Er ging zu dem Loch, durch welches der Wachtposten auslugte; es war zu groß und er meinte, das könne gefährlich sein. Er nahm sein Taschentuch, knüpfte es an den vier Ecken zusammen, tat feuchten Lehm hinein und schob den Packen vor, ließ sich andere Taschentücher geben und arbeitete mit ihnen ebenso.

Die andern Soldaten setzten sich zu ihm und sprachen ihm die Worte vor, die sie kannten; er verbesserte ihre Aussprache und alle lachten. Dann zeigte er ihnen, wie ein Redner in einer Arbeiterversammlung spricht, indessen von hinten und beiden Seiten andere drängen, um auf das Pult zu kommen und auch zu reden, jedesmal wenn er sagte: »*liberté*«, dann gab er einem der Nebenbuhler einen Tritt, der ihn forttrieb. Die andern verstanden ihn, und zeigten ihm nun, wie eine solche Versammlung in Deutschland war; wenn der Redner das Wort »Proletariat« gebrauchte, dann haute er aus aller Kraft mit der Faust auf das Pult und sah sich über die Brille hin verwundert um.

Von der deutschen Seite her wurde ein neuer Vorstoß gemacht, und so bekamen die vereinzelten sechs Mann wieder ihre Verbindung. Als sie sich mit ihren Leuten vereinigt hatten, mußten sie sich von dem Franzosen trennen. Alle gaben ihm die Hand; als die Reihe an den Mann kam, der ihn gefangen, da sahen sich die beiden in die Augen und es war ihnen, als müßte das so sein, daß sie sich umarmten und zum Abschied küßten. Sie schämten sich nachher vor den andern ihres Gefühls. Jeder von denen tat, als ob er nichts gesehen habe.

Am Weiher

Bei der Erkundung einer französischen Grabenstellung wurden die deutschen Soldaten von den Feinden bemerkt und erhielten heftiges Feuer. Sie mußten eilig zurückgehen und konnten einen Kameraden nicht mitnehmen, der einen Schuß durch das Knie erhalten hatte.

Der Verwundete lag am Rande eines dunklen Weihers, der von hohen Pappeln umsäumt war. Leuchtkugeln von beiden Seiten erhellten in kurzen Pausen die Nacht, und es wurde ununterbrochen geschossen. Der Verwundete lag still, das zerschmetterte Knie schmerzte ihn heftig.

Nach langen Stunden rötete sich im Morgen der Himmel. Der Widerschein der Röte erglänzte in dem ruhigen Weiher zwischen den Pappeln. Die Schmerzen des Verwundeten waren jetzt so heftig, daß er ein Stöhnen nicht unterdrücken konnte. Auf seinen Kleidern, im Rasen um ihn war es feucht und kalt vom Tau.

Die Sonne hob sich leuchtend am Rande des Himmels. Der Verwundete zog sein Taschenbuch vor und schrieb. Er schrieb auf: »Acht Stunden habe ich schon mit meiner schweren Verwundung gelegen. Meine Kameraden haben mir nicht helfen können. Vielleicht können sie mich in der nächsten Nacht holen. Das Bein wird steif bleiben.«

Die Sonne stieg langsam höher am Himmel, das Gras, die Uniform wurde trocken, das Frieren verschwand, ein heftiger Durst quälte den Verwundeten. Er nahm den Helm ab, schleppte sich an den Rand des Weihers, schöpfte Wasser und trank.

Die Hitze stieg. Er fühlte die Hitze, und es fröstelte ihn innerlich trotzdem. Er überlegte, wie er sein Leben nun als Krüppel einrichten konnte. Er war Dachdecker, vielleicht konnte er bei einem Buchbinder in die Lehre gehen.

Die Stunden des Tages gingen sehr langsam hin. Zuletzt wurde es Abend, die Dunkelheit stieg langsam.

Aber als es so finster war, daß er Hilfe von den Kameraden erwarten konnte, da stiegen wieder die Leuchtkugeln auf und erhellten das ganze Gelände.

Nun wurde der Hunger stärker bemerkbar. Er dachte, daß die Wunde eitern konnte, wenn keine Hilfe kam. Er überlegte es sich, daß man ihm jetzt keinen Vorwurf machen durfte, wenn er in Gefangenschaft kam, für den Dienst war er ja ohnehin nicht mehr brauchbar. Deshalb rief er nun um Hilfe.

Aber auch die Franzosen konnten nicht ihren Graben verlassen.

Ein junger Freiwilliger auf der französischen Seite war zum erstenmal im Graben. Er stammte aus der Gegend. Seine Eltern waren rechtzeitig geflohen; er hatte die Stelle gesehen, wo das Dorf gestanden; nur einige niedrige Mauerreste waren noch, in den Straßen häuften sich Steine, Balken und Ziegel; ein Eimer ohne Boden lag inmitten der Trümmer seines Vaterhauses. Seitdem er diesen Anblick gehabt, blieb nur noch ein Gedanke in ihm, ein wilder Haß auf die Deutschen. Er sprach nur in den abscheulichsten Schimpfworten, mit den gemeinsten Ausdrücken von den Feinden. Ein älterer Kamerad neben ihm sagte: »Wenn du erst eine Weile hier gestanden hast, dann sprichst du anders.«

Ein Schreien, wie von einer Ziege, dann ein lautes Rufen kam von vorn. Der Freiwillige erschrak und fragte seinen Nebenmann. Der erzählte ihm, da liege seit fünf Tagen ein verwundeter Deutscher und schreie, man könne ihm keine Hilfe bringen.

Die Leute im Graben taten ihren Dienst, die Sonne brannte heiß nieder, es war da auch Schatten; Essen kam; es wurde gesprochen; das Schreien und Rufen wurde immer wieder gehört. »Man wird ganz krank davon«, sagte einer der Soldaten. Der Freiwillige wollte eine Schimpfrede gegen die Deutschen ausstoßen, aber er vermochte die Worte nicht über die Lippen zu bringen.

Gegen Abend wurde das deutsche Feuer still, auch die Franzosen waren ruhig. Die Sonne ging eilig unter, Schollen und Erdhügel, welche durch das feindliche Feuer aufgeworfen waren, warfen lange Schatten. Das Rufen und Schreien dauerte an.

Der Freiwillige kroch vorsichtig aus dem Graben, eilte dem Weiher zu; da fand er den Deutschen liegen mit abgezehrtem Gesicht, großen, flackernden Augen. Ein Lächeln ging über seine Züge, er sagte auf französisch: »Guter Kamerad.« Der Freiwillige nahm ihn auf den Rücken, der Verwundete schrie und wimmerte und entschuldigte sich dazwischen, er sei sonst nicht so feig, aber er habe lange nicht gegessen und geschlafen, da werde die Natur schwach.

So kam der Freiwillige zurück in seinen Graben. Der Deutsche wurde auf die Erde gelegt, man flößte ihm etwas Branntwein ein, wollte ihm Brot zwischen die Zähne geben. Er reichte schwach die Hand zu dem Freiwilligen und sagte leise auf französisch: »Guter Kamerad, danke.« Der andere nahm die Hand nicht und wendete sich ab.

Der Deutsche schüttelte den Kopf zu den Bemühungen der Franzosen, ihm Brot zu geben, seine Zähne gingen nicht voneinander, mit einem Male veränderte sich sein Gesicht, es wurde still und schön, er sagte leise: »In deine Hände befehle ich meinen Geist.« Einer legte ihm die Hand auf das Herz; die Augen brachen, mit leisem Finger drückte ihm der Mann die Augen zu, dann faltete er ihm die Hände über der Brust.

Man fand bei dem Toten das Taschenbuch. Der Mann hatte täglich mehrmals über seinen Zustand, über seine Gedanken Aufzeichnungen gemacht. Viele Seiten des Buches waren beschrieben.

Einmal stand da: »Ich bin ungläubig gewesen. Ich habe mir nie Gedanken über die Lehren unserer Religion gemacht. Jetzt weiß ich, daß ich meine Wünsche auf Wohlergehen in diesem Leben nicht aufgeben mochte. Dieses Unglück hat mich zur Besinnung gebracht. Wenn ich noch gerettet werden sollte, so will ich in meinem Beruf ordentlich arbeiten, aber ich weiß nun, daß es noch etwas gibt, das wichtiger ist. Deshalb ist das Unglück gut für mich. Heute ist der Abend des vierten Tages.«

Die letzte Aufzeichnung lautete: »Es scheint des Allmächtigen Wille zu sein, daß ich sterben und Euch das letzte Lebewohl zurufen soll. Heute ist der Abend des fünften Tages. Heute früh habe ich noch den Herrn um Hilfe angesteht. Ich tue es nicht mehr, denn ich weiß nun, daß das nicht recht ist. Seit ich das weiß, bin ich ruhig und getrost. Der Hunger tut ja wohl noch weh und die Wunde schmerzt sehr, aber das alles ist nichts, denn ich weiß, daß Gott bei mir ist.«

Der Offizier, dem die Leute das Taschenbuch gegeben, hatte die letzten Seiten in französischer Sprache vorgelesen. Die Leute hörten still zu. Der Freiwillige aber weinte, er war noch ein ganz junger Mensch. Er stand still auf und ging zu dem Toten; dem waren die Augen geschlossen und die Hände auf der Brust gefaltet.

Die Kameradschaft der Rivalen

In einer größeren Druckerei war ein Setzer namens Hofmann beschäftigt, ein Mann etwa Mitte der Zwanzig, der bei seinen Mitarbeitern und Vorgesetzten als ein tüchtiger Mann galt. Er hatte immer zurückgezogen gelebt, denn er war ein stiller Mensch und las gern, und so hatte er sich eine hübsche Summe erspart. Nun dachte er zu heiraten und die Ersparnisse zum größten Teil auf den Kauf der Wohnungseinrichtung zu verwenden.

Seine Braut war als Falzerin beschäftigt. Sie hatte schon immer in einer Druckerei gearbeitet, ehe er sie gekannt; seit er mit ihr verlobt war, lag er sie an, ihre Arbeit aufzugeben und bei ihren Eltern zu Hause zu bleiben, wo sie ja denn vielleicht Mäntel oder Schürzen nähen könne; aber sie schlug ihm den Wunsch ab, indem sie sagte, zu Hause sei es ihr zu langweilig und sie wolle sich bei der gutbezahlten Arbeit noch einige Groschen verdienen, denn sie habe die Absicht, sich einen Pelzmantel zu kaufen, der vierhundert Mark koste. Der Bräutigam könne unbesorgt sein, sie sei nicht so eine, die sich mit jedem abgibt; sie sei nun verlobt, und das sei etwas Sicheres, und sie wisse wohl, was die Männer haben wollen, wenn sie einem Mädchen schön tun.

Der Sohn des Besitzers der Druckerei war nach Hause zurückgekommen und war mit im Geschäft tätig, das er später einmal übernehmen sollte. Er war in England und Amerika gewesen und hatte dort viel in seinem Gewerbe gelernt, so daß die Männer in der Druckerei mit Achtung von ihm sprachen.

Die Braut Hofmanns, sie hieß Elsa, stand an der Ecke des großen Tisches, auf dem gefalzt wurde, und der junge Herr mußte oft an ihr vorbeigehen. Es spann sich zwischen den beiden, ohne daß es wenigstens dem jungen Herrn bewußt wurde, ein Band sinnlichen Gefühls, das Mädchen war mittelgroß, wohl gebaut, hatte etwas lässige Bewegungen, die dabei durchaus nicht etwa schlaff waren, wiegte sich leicht in den Hüften, und schlug die Augen in eigentümlicher Weise auf, nicht etwa auffällig, doch so, daß der andere sich ungewollt mit ihr beschäftigen mußte; es ging ein besonderer Reiz von ihr aus, der leicht beunruhigte; und der Reiz machte sich vor allem bemerkbar, wenn der junge Herr vorüberging, selten bei einem andern Mann.

Sie mußte dem Herrn einen Bogen in die Schreibstube bringen, wo er allein vor seinem Pult stand. Sie hatte den Bogen, der noch feucht war, in beide Hände genommen und legte ihn auf das Pult; dabei streifte sie den Herrn, der etwas zurückgetreten war und die Feder in der Rechten behalten hatte. Er legte den linken Arm um sie und zog sie an sich, sie löste seine Hand langsam, sah mit eigentümlichem Blick zu ihm hin, trat einen Schritt zurück und sagte: »Ich wollte fragen, ob es so bleiben kann.« Er sah flüchtig auf den Bogen, nahm ihn hoch und betrachtete ihn unter einem ganz spitzen Winkel, dann fragte er das Mädchen, wie lange sie schon in der Druckerei arbeite. Sie antwortete langsam. Er fragte, ob sie schon einen Schatz habe, sie lachte leise und sagte: »Die Kirschen blühen.« Da wollte er sie wieder ergreifen; aber sie wand sich lachend los, und ehe er es sich versah, hatte sie die Schreibstube verlassen.

Der junge Mann ärgerte sich nachher über sich selber, denn er sagte sich, daß er in seiner Stellung mit dem Mädchen nicht anbändeln durfte, weil sonst die Autorität verloren ging. Wenn er mit Freunden zusammen war und über die Liebe gesprochen wurde, was ja denn sehr häufig geschah, dann pflegte er die Ansicht zu vertreten, für den vernünftigen Mann gebe es nur zwei Arten von Weibern. Die eine heiratet man, die andere: fünf Mark und dann raus! Alles, was dazwischen lag – Hand weg! Hat man mehr Scherereien, als die ganze Geschichte wert ist.

Nun, im Fall von Elsa wurde er seinen Grundsätzen untreu. Er begann ein Verhältnis mit ihr.

Als ihr Bräutigam sah, was vor sich ging, da machte er ihr Vorhaltungen. Sie erwiderte, noch sei sie nicht seine Frau und könne tun, was sie wolle; die Jugend vergehe schnell und deshalb müsse sie genießen, was sich ihr biete. Hofmann sagte, er habe nicht gefragt, was vorher gewesen sei; aber wenn sie seine Braut sei, so müsse sie sich danach halten. Und indem dergestalt die beiden hin und her redeten, kam es zum Bruch zwischen ihnen. Hofmann mochte nicht mehr an dem Ort arbeiten, wo er täglich mit Elsa zusammenkommen mußte; er kündigte und suchte Arbeit bei einer andern Druckerei, indessen Elsa trotzig erklärte, sie habe niemandem etwas zugefügt, sie habe ein gutes Gewissen, sie sehe nicht ein, weshalb sie gehen solle, sie könne sich an ihrer Arbeitsstelle immer sehen lassen.

Der junge Herr erfuhr alles und machte ihr gleichfalls Vorhaltungen. Er sagte ihr, sie habe nun eine Versorgung gehabt, die habe sie sich verscherzt; wenn sie ihm gesagt hätte, daß sie verlobt sei, dann hätte er sie nicht angerührt, denn das sei ein Grundsatz bei ihm. Elsa erwiderte, Hofmann möge sich wohl eingebildet haben, daß sie seine Braut sei, aber für den sei sie doch zu gut, sie wolle höher hinaus. Der junge Mann wurde unruhig; sie merkte das und fragte lachend: »Ach, du überlegst dir wohl, wie du mich wieder los wirst?« Er nahm seinen Mut zusammen und erwiderte, für ewig sei ihr Verhältnis ja doch nicht gemeint. Da warf sie sich an seine Brust, küßte und schmeichelte ihm.

In diesen Zustand kam die Erklärung des Krieges, Hofmann wie sein früherer Herr wurden eingezogen. Sie kamen in dieselbe Kompagnie.

In den ersten Wochen des Krieges ging jene merkwürdige Bewegung durch das ganze Volk, in welcher sich alle verbrüdert fühlten, wo denn die Menschen einander Dinge sagten, die sie sonst nie gesagt hätten.

Der junge Buchdruckereibesitzer war befangen gegenüber Hofmann. Hofmann sagte zu ihm, es sei nötig, daß sie sich einander aussprächen über das Geschehene, damit nichts zwischen ihnen stehe, denn sie seien doch nun Kameraden. Und dann begann er, daß er zuerst einen heftigen Groll gehabt habe, und wenn er in dem Augenblick, als er die Entdeckung gemacht, vor dem andern gestanden, so hätte er ihn totschlagen können. Denn er wisse wohl, daß dem die Liebschaft eigentlich nicht mehr sei, als ob er ein Butterbrot esse. Aber dann habe er sich bedacht, daß Elsa kein Kind sei, sondern eine erwachsene Person, und wenn sie den andern vorgezogen, so sei das ihr freier Wille gewesen. Und das habe ja nun freilich weh getan, daß sie den andern vorgezogen, bei dem sie doch nicht versorgt war, und der eigentlich keine Liebe zu ihr hatte, aber nachher habe er sich gesagt, wenn sie denn so eine sei, der ein seiner Anzug und Ringe an der Hand wichtiger seien wie alles andere, so solle sie nur laufen, wohin sie wolle, dann sei es nur gut, daß das sich noch rechtzeitig gezeigt habe.

Der andere sagte einige gewundene und gedrehte Sätze. Hofmann erwiderte ihm ruhig, er wisse wohl, was der andere fühle. Der habe immer die Vorstellung gehabt, daß er etwas Besseres sei wie ein Arbeiter, und wenn man sehe, wie liederlich die Frauen und Mädchen in den Fabriken oft sind, so könne er das wohl verstehen, und er selber, wenn er Bourgeois wäre, und eine Arbeiterin hätte sich ihm an den Hals geworfen, hätte wahrscheinlich ganz genau so gedacht. Hier atmete der andere auf, drückte ihm die Hand und sagte: »Unter Männern, nicht wahr, weshalb soll man sich denn der Weiber wegen feind werden, es gibt ja genug.« Hofmann erwiderte, so habe er es ja nun wohl nicht gemeint, denn wenn man auch ein Mensch sei und unrecht handle, so müsse man das doch immer einsehen, und unrecht habe er doch an dem Mädchen gehandelt. –

Es war ein gefährlicher Gang nötig, für den Freiwillige aufgefordert wurden. Hofmann trat vor, der andere folgte ihm zögernd. Es meldeten sich noch viele Leute, aber der Hauptmann wählte die beiden aus, weil sie die ersten gewesen waren.

Sie gingen in der Nacht, außerhalb der deutschen Stellung warfen sie sich auf die Erde und krochen; sie kamen an die feindlichen Gräben, erkundeten, was ihnen aufgetragen war, und krochen wieder zurück. Als sie auf halbem Wege waren, stiegen Leuchtkugeln auf; sie hatten gerade keinerlei Deckung und wurden gesehen; eine heftige Beschießung erfolgte. »Aufstehen und rennen«, rief Hofmann dem anderen zu, der aber antwortete stöhnend, daß er einen Schuß erhalten habe. Hofmann kniete nieder, nahm die Arme des anderen über die Schultern, ermahnte ihn, sich mit Armen und Knien festzuhalten, stand auf und lief keuchend mit seiner Last weiter. Sie kamen in ihrem Graben an, da stürzte Hofmann hin; er war selber verwundet.

Die beiden wurden verbunden, der Hauptmann fragte sie aus, sie wurden ins Lazarett geschafft, die Verwundungen beider waren tödlich.

»Ich hätte nicht mehr so leben können, wie ich gelebt habe«, sagte der Buchdruckereibesitzer. »Aber es ist gut, daß ich sterbe, denn ein anderer Mensch konnte ich auch nicht werden, ich bin nicht danach beschaffen.«

Die Fabrik

Vor den Toren einer deutschen Mittelstadt lag eine Fabrik, welche Nippesfiguren aus Metall herstellte: Schiller, Goethe, Kaiser Wilhelm, Bismarck, Hindenburg, Zwerge, Hunde, Pilze, Vögel und sonst noch allerhand Gestalten. Die Fabrik hatte sich aus kleinen Anfängen entwickelt. In den sechziger Jahren hatte an dem Ort ein Zinngießer namens Maier gelebt. Damals verdrängte das Porzellangeschirr endgültig das Zinn von den Tischen und aus den Schränken; Maier war ein anstelliger Mann, der allerlei Geschicklichkeiten besaß, und er hatte auch den Scharfblick, um zu sehen, daß die Zinngießerei keine Zukunft mehr hatte. Das Zink, welches die Form verhältnismäßig gut ausfüllt, wurde billig in großen Mengen hergestellt; Maier machte die ersten Versuche, indem er ein Bild von Napoleon dem Dritten formte, welcher damals allgemein beliebt war, und in Zink abgoß. Der Abguß erhielt einen Anstrich, so daß er aussah wie aus Bronze. Der Gegenstand – man nennt das »Artikel« – gefiel den Frauen, welche die Käuferinnen solcher Waren sind, die Herstellung war sehr einfach, so daß den Händlern ein für die damaligen Zeiten hoher Gewinn zugebilligt werden konnte, und so kamen denn schnell Bestellungen über Bestellungen auf den Napoleon, daß Maier schon nach einigen Wochen sich einen Arbeiter annehmen mußte, nach Jahresfrist fünf Leute in Lohn halte, und außer dem Napoleon noch König Wilhelm goß und einen Storch, der ein Wickelkind brachte, nach zwei Jahren ein kleines Fabrikgebäude baute, und als er Ende der achtziger Jahre als Kommerzienrat starb, ein Verzeichnis mit Bildern hatte herausgeben können, welches über dreitausend Nummern enthielt, und einen Besitz hinterließ, der auf über eine Million geschätzt wurde. Der Sohn führte das Geschäft weiter und dehnte es aus, indem er vor allem einen Absatzmarkt in Ostasien fand; man konnte auch hier wieder die Überlegenheit der deutschen Industrie bewundern, welche sie durch die deutsche Wissenschaft hat. Für Ostasien wurden Götzenbilder gegossen; diese waren aber, natürlich soweit es das billige Material zuließ, treu nach alten Bronzen im Museum für Völkerkunde in der Hauptstadt geformt und schlugen dadurch den englischen Wettbewerb völlig aus dem Felde, denn dieser arbeitete nach Mustern, welche in England selber hergestellt waren. Der Enkel hatte studiert, große Reisen gemacht, er war ein halbes Jahr lang in Indien und China gewesen, und als er nun nach dem Tode seines Vaters, des zweiten Besitzers, die Fabrik übernahm, zu Anfang des zweiten Jahrzehnts dieses Jahrhunderts, da erwartete jeder, und mit Recht, ein noch weiteres Aufblühen des Unternehmens, dessen lange und hohe Häuser mit vielen rauchenden Schornsteinen nun stattlich dalagen, inmitten der schnurgeraden Straßen, welche inzwischen entstanden waren; deren vier- und fünfstöckige Häuser wimmelten von Menschen, welche zu einem großen Teil in der Fabrik ihr Brot fanden.

Der Gymnasialdirektor der Stadt war ein Witwer und lebte allein mit seiner einzigen Tochter, einem jungen und sehr schönen Mädchen. Anna, so hieß diese Tochter, leitete in Stille und mit Umsicht den kleinen Haushalt und half dem Vater bei seinen wissenschaftlichen Arbeiten; denn der alte Herr war Astronom; er besaß ein Teleskop, dessen Mangelhaftigkeit er oft beklagte und beobachtete mit ihm in klaren Nächten den Himmel; sein Name galt in der gelehrten Welt, wenn er auch nur sehr wenig veröffentlichte. Anna war eine gute Rechnerin und mußte ihm oft lange Berechnungen ausführen; aber auch bei den Beobachtungen gebrauchte er ihre jungen und scharfen Augen, und so geschah es oft, daß sie nachts bei ihm in dem Dachstübchen saß, in dessen Fenster das Teleskop aufgestellt war.

Menschen, welche viel die Gestirne betrachten, erhalten ein eigenes Wesen; sie werden, was die bürgerlichen Leute »Idealisten« nennen, denn sehr schnell bekommen sie die Bedingtheit alles dessen ins Gemüt, was den gewöhnlichen Menschen als unbedingt erscheint. Der Erdball selber ist ihnen ja nicht mehr, wie ein anderer Stern, den sie unendlich klein durch ihr Rohr erblicken, von dem sie nichts wissen, wie seine Bewegung im Weltenraum, und die bürgerlichen Geschäfte erscheinen im Gegensatz zu den ungeheuren Räumen und Zeiten, mit welchen sie rechnen, so klein, daß sie den Wertmaß der durchschnittlichen Menschen völlig verlieren. Man versteht, daß Anna sich nicht in den Gesellschaften der jungen Mädchen zeigte, und bei den Tanzvergnügungen und Ausflügen, welche eingerichtet wurden.

Es erregte großes Aufsehen in der Stadt, als der Dr. Maier, der junge Herr des großen Unternehmens, um Annas Hand anhielt. Aber man sagte sich freilich, daß ein so reicher Mann in der Wahl seiner Frau völlig frei war, denn eine Absage durfte er von keinem Mädchen befürchten und er brauchte nicht auf Vermögen zu sehen.

Anna ging mit ihrem Vater zu Rat. Sie sagte ihm, daß sie am liebsten bei ihm bleiben möchte; denn wohl habe sie sich schon gewünscht, einen Mann und Kinder zu haben, wie sich das ja jedes Mädchen wünscht, aber dann habe sie wieder an die gemeinsame Arbeit gedacht und an die tiefe Ruhe des Gemüts, welche die ihr verschaffe; denn so wenig sie zwischen Menschen komme, habe sie doch gesehen, daß alle Leute, welche sich in dem bewegen, was man Leben nennt, unruhig, zerfahren, zerrissen, gedankenlos und ziellos sind. Sie habe auch besondere Bedenken wegen des großen Reichtums des Bewerbers. Sie habe sich solchen ja nie gewünscht, er bedrücke sie, und sie fürchte, daß er sie belästigen werde; und so würde ihr viel lieber gewesen sein, wenn sich ein Bewerber gefunden hätte etwa in den Verhältnissen des Vaters.

Der Vater erwiderte, es sei ihm lieb, daß sie so ruhig überlege; er habe mit Absicht sie früh in die Kunde der Gestirne eingeführt, um sie von der gewöhnlichen menschlichen Albernheit fernzuhalten, welche eine zufällige Empfindung zum Herrn der Handlungen macht. Er müsse ihr zwei Dinge entgegenhalten. Das Weib ist geschaffen für Mann und Kind und alle andere Betätigung ist für sie nur Ersatz. Wenn sie keinen Widerwillen gegen den Mann hat, der um sie wirbt, so soll sie ihn annehmen, denn die Natur hat ihr die Selbsttätigkeit in diesen Dingen versagt, sie hat ihr nur ein Gefühl gegeben, das gegen einen Mann spricht, als Warnung vor unpassender Verbindung; jede ungewarnte Verbindung aber ist passend. Der Reichtum solle sie nicht beängstigen. Es komme ihm immer so vor, als ob die Menschen am Fuße eines Berges ihre Äcker bestellen, von dessen Gipfeln in dünnen Rinnseln das Gold herabfließt, ein Ackersmann könne ja wohl mit seiner Hacke das Gold verständig in diese oder jene Furche leiten, aber daß ein Rinnsal gerade über seinem Acker und nicht über dem des ebenso ehrlich arbeitenden Nachbarn erscheine, das sei nur Zufall. So müsse man denn den Reichtum nicht allzu schwer nehmen; und wenn man ihn verständig anwende, so könne man ja auch viele Vorteile von ihm haben.

Nachdem der alte Mann diese Sätze mit ruhiger Stimme gesagt hatte, ergriff er die Hand seiner Tochter, drückte sie und fuhr fort: »Ich danke dir besonders, daß du nicht die Lügen vorgebracht hast, welche die Menschen sich ja selber machen, daß du mich nicht verlassen könntest und dergleichen. Ich bin im Absteigen und du bist im Aufsteigen. Es handelt sich darum, was für dich richtig ist.«

»Das weiß ich, Vater«, erwiderte Anna und küßte ihn auf die Stirn, und was die beiden nicht sagten, das fühlten sie, daß sie sich liebten.

Anna nahm die Bewerbung an, die Ehe wurde ohne lange Verlobungszeit geschlossen.

Als das junge Paar von der Hochzeitsreise zurückkam, erwartete der Vater sie am Bahnhof. Er schloß Anna in seine Arme und sah ihr ins Gesicht, es war ruhig und freundlich, wie immer. Sie sagte lächelnd zu ihm: »Du bist besorgt? Ich bin ja wohl durch dich verwöhnt. Aber er ist ein tüchtiger Mann, er denkt immer an seine Arbeit, und die Arbeit des Industriellen ist ja auch für die Menschen ebenso nötig wie die des Gelehrten.«

Am andern Morgen zeigte der junge Gatte seiner Frau die Fabrik. Sie hatte noch nie etwas von den Waren gesehen, die hier hergestellt wurden, so sehr sie sich auch zwang, sie wurde auf das tiefste verstimmt, als sie diese Abscheulichkeiten erblickte. Ihr Mann bemerkte es und lachte. »Es ist der Geschmack meines Großvaters, der hier herrscht«, sagte er, »ich selber will mich ja nicht mit deinem Gefühl für Kunst messen, aber daß ich dieses Zeug auch nicht schön finde, das wirst du mir gewiß glauben.« Sie sah ihn entsetzt an, er küßte sie auf die Stirn. Dann fuhr er fort: »Kein Mensch ist frei. Nur etwas höher müßte der Geschmack dieser Waren stehen, dann kaufte sie niemand. Mein Großvater hat das Richtige getroffen, weil er selber der Stufe der Leute angehörte, welche diese Dinge kaufen.«

Sie schwieg, er fuhr fort mit geläufiger Rede, indem er ihr Maschinen erklärte, über die Arbeiter erzählte, sie fühlte sich von feindseligen Blicken der Leute getroffen, er sprach davon, daß er Land angekauft habe, um jedem seiner Arbeiter ein Stück Garten zu geben, nur zehn Hundertteile der Leute hatten Gebrauch von seinem Anerbieten gemacht; er zuckte die Achseln und fuhr fort, daß man seine Vorstellungen von den Menschen bald herabmindere.

In einem Saal waren die Leute zusammengelaufen und standen gedrängt an einer Seite. Der Herr trat schnell näher, der Knäul löste sich; Anna sah, wie ein Ohnmächtiger auf der Erde lag und von einem andern Mann gehalten wurde. Ein Mann, wohl ein Meister, kam zu ihr, begrüßte sie und sagte, ihr Gatte habe ihn geschickt, um sie hinauszubegleiten, er könne sich ihr jetzt nicht widmen.

Sie ging mit dem Mann die Treppe nieder, da das Schweigen drückend wurde, so fragte sie, was geschehen sei. Der Meister erzählte, ein Arbeiter in der Bleikammer sei erkrankt. Die Arbeit in der Bleikammer sei ungesund, wenn einer ein halbes Jahr in dem Bleidunst gewesen sei, dann bekomme er eine Vergiftung; er könne ja wohl vielleicht wieder geheilt werden, aber ganz gesund werde er nie wieder. »Manche sterben?« fragte mechanisch Anna. »Jawohl, die meisten sterben«, erwiderte der Meister. »Finden sich doch immer wieder welche«, fuhr er fort. »In der Bleikammer wird ein schöner Lohn verdient. Mich brächte ja keiner hinein, ich denke an meine Familie. Aber das sagt sich eben nicht jeder.«

Anna wollte noch fragen, wie viele Leute so im Jahre sterben; aber sie brachte die Frage nicht über die Lippen. Sie war mit dem Mann vor dem Wohnhaus angekommen, dankte ihm und reichte ihm die weißbehandschuhte Rechte.

Als der Mann ging, machte sie eine entschlossene Wendung. Sie stieg nicht die Stufen zum Haus hinauf, sondern ging an die Gartentür, und schritt mit schnellen Schritten auf dem Weg der Stadt zu. Sie kam zu dem Hause ihres Vaters und bat ihn, daß er sie wieder zu sich nehme.

Der alte Mann hörte ihre Erzählung an, dann sagte er: »Wenn du ein Kind bekommen solltest, so würdest du das natürlich behalten wollen. Ich werde gleich zum Rechtsanwalt gehen und mit ihm alles besprechen. Du weißt, wir haben ein kleines Vermögen. Wir sparen jetzt auch noch jedes Jahr, solange ich lebe. Du kannst also ruhig in deine Zukunft blicken.«

Der Wald

In einer Gemarkung im nördlichen Deutschland hatte eine Familie Hermann ihren Bauernhof. Die Familie hatte seit undenklichen Zeiten hier gesessen und war immer die angesehenste gewesen. Vielleicht hatten die Vorfahren in der heidnischen und altchristlichen Zeit schon das Amt der Billunge bekleidet, wie die Vorfahren der sächsischen Kaiser, vielleicht floß in den Adern der Hermanns dasselbe Blut, das in den Adern der Heinriche und Ottonen geflossen war; es wäre nach der Lage ihres Hofes nicht unmöglich gewesen, denn er lag ganz in der Nähe eines der Orte, wo nach der Sage Heinrichs Vogelherd gestanden hatte.

Die Familie der Hermanns war in den langen Jahrhunderten die gleiche geblieben: sie wohnte in dem alten strohgedeckten Haus mit den Pferdeköpfen, in dessen Mitte die große Diele sich befand; die Knechte und Mägde aßen noch mit an dem gescheuerten Tisch, und vor dem Essen betete der Hausvater das Tischgebet; vielleicht hatte der Vorfahr noch ebenso zu Thor gebetet, wie heute der Nachkomme zu dem christlichen Gott, an den die Knechte schon nicht mehr glaubten, weil sie die sozialdemokratische Zeitung lasen. Die alte Bauernfamilie war die gleiche geblieben, aber die ganze übrige Welt hatte sich verändert.

Zu dem Hof gehörte ein sehr schöner Eichenwald. Wenn in den Jahrhunderten einmal ein Stamm gebraucht wurde, dann war er sorgfältig ausgesucht, zur rechten Zeit geschlagen, auf den Hof gebracht und bearbeitet; es ward auch wohl an die Nachbarn einmal ein Stamm verkauft. Immer wurde dann ein neues Bäumchen angepflanzt und mit Dornen geschützt. Die Gegend war eben; der Wald lag innerhalb der Felder, nach allen Seiten geradlinig abgegrenzt. Die äußersten Bäume hatten ihre Zweige bis unten hin behalten, im Innern hatten sich die Bäume gereinigt und erhoben sich schlank aus dem dichten Unterholz. Vielhundertjährige Eichen standen da, und von der ältesten wurde erzählt, daß sie noch aus der Heidenzeit stamme, und daß die Hermanns noch unter ihr geopfert haben. Ihr Schaft war noch kerngesund, die Äste breiteten sich weit aus, und es war, als ob die übrigen Bäume des Waldes aus Ehrfurcht vor ihr zurückgetreten waren. Der Baum war in der ganzen Gegend berühmt, wenn man den Wald von weitem sah, so konnte man ihn unterscheiden, denn er erhob sich hoch über die andern Bäume.

In der Erntezeit ruhten die Schnitter unter den Bäumen des Waldrandes, und die Alten erzählten den Jungen alte Sagen, von einer Schlacht, welche hier stattgefunden, daß die Vorfahren sich mit dem Vieh im Walde versteckt, daß Räuber hier Menschen geschlachtet haben – wirre Überbleibsel aus den ältesten Zeiten, denn die Schlacht, welche im Dreißigjährigen oder gar Siebenjährigen Krieg gewesen sein sollte, mußte gewesen sein, als die Leute noch mit Bogen und Pfeil schossen; man fand viele eiserne und sogar steinerne Pfeilspitzen beim Pflügen der Felder, und die Geschichten von Räubern gingen vielleicht auf urtümliche Menschenopfer zurück.

Im Sommer weidete das Vieh des Hermannschen Hofes im Walde, in früheren Jahrhunderten wohl von einem Sohn des Hauses gehütet, heute von einem Knecht, seit undenklichen Zeiten hatten die Frauen, welche in ihrer Jugend auf dem Hof gedient, das Recht, täglich für zwei Ziegen Futter in ihm zu holen. Im Herbst nahm der Bauer die Flinte und schoß ein Reh oder auch zwei.

Im vorigen Jahrhundert waren die großen Umwälzungen in der Landwirtschaft gekommen, die Brache wurde abgeschafft, es wurde Klee gebaut, man fütterte im Stall, dann kam die Zuckerrübe, der Körnerbau ging zurück, der künstliche Dünger kam, die guten Arbeiter zogen fort in die Stadt, es wurden polnische Arbeiter angenommen, die nur für Monate blieben.

Man denkt wohl gewöhnlich, daß da, wo seit so langen Zeiten in natürlichen Verhältnissen und in guter Zucht dasselbe Geschlecht gesessen hat, sich ein besonders knorriges Menschentum entwickeln müsse. Aber es ist, als wenn eine allzu lange Ruhe und Sicherheit für ein Geschlecht auf die Dauer auch nicht gut ist, die Menschen werden zu fein, und es bildet sich eine Vornehmheit bei ihnen, welche bewirkt, daß sie in der Gemeinheit des Lebens nicht widerstandsfähig genug sind. Man muß wohl ein Volk immer im Ganzen betrachten. Da ist alles nötig: Roheit der jungen Kraft, Gemeinheit der untersten Schicht, Vornehmheit des alten Geschlechts, es heben sich Geschlechter und sinken, was für das Geschlecht ein Unglück ist, das ist für das Volk notwendig. Aus der Roheit entwickelt sich Vornehmheit und Gemeinheit, aus der Vornehmheit entsteht oft Gemeinheit, aus der Gemeinheit kann vielleicht wieder Roheit werden, wenn harte Verhältnisse erziehend wirken, oder sie füllt die Plätze aus, welche in einem Volk für die notwendig Untergehenden bestimmt sind.

Auf dem Hermannschen Hofe wehrte man sich gegen jede Neuerung, solange es ging.

Als der letzte Besitzer den Hof übernahm, ein kinderloser Fünfzigjähriger, da waren die Umstände sehr viel schlechter geworden, wie sie gewesen. Nicht dadurch, daß sie an sich zurückgegangen wären, aber dadurch, daß die Umstände der andern so viel besser geworden waren. Knechte und Mägde waren nicht mehr zu halten, denn die Kost sagte ihnen nicht mehr zu, welche doch für die Familie gut genug sein mußte, die Arbeit war ihnen zu viel, welche doch von dem Bauern und der Bäuerin geleistet wurde.

Ein Nachbar besuchte den Bauern und sprach mit ihm über alles. Er hielt ihm vor, daß er keine Erben halte, daß er sich nutzlos quäle und sorge, ohne doch von seiner Arbeit und Sorge Freude zu haben. Dann schlug er ihm vor, er solle den Wald verkaufen und die Äcker um einen billigen Preis an wohlhabende Nachbarn verpachten, mit denen er keinen Ärger hatte; von den Zinsen für die Kaufsumme und von den Pachten konnte er mehr als behaglich leben; einiges konnte er auch für sich zurückbehalten, das er zu seinem Vergnügen bearbeitete, ohne auf fremde Menschen angewiesen zu sein. Dem Bauern kamen die Tränen, als der Freund so sprach; er antwortete: »Ich habe ja auch schon daran gedacht, aber ich habe mich geschämt, das zu tun; wozu bin ich denn auf der Welt, wenn ich mich nicht mehr nützlich machen kann?« Aber der andere erwiderte ihm, daß er so nicht denken dürfe, daß die Menschen verschiedene Gaben von Gott erhalten haben, und daß ihm niemand einen Vorwurf machen werde, denn jeder wisse, daß auf dem Hermannshof immer Ehrenmänner gesessen haben.

Der Mann bedachte sich mit seiner Frau den Rat lange hin und her; sie wußten beide, daß er gut war, und so beschlossen sie denn endlich mit schwerem Herzen, ihn zu befolgen.

Es kam ein Holzhändler, welcher den Wald kaufte; der Förster hatte einen Überschlag gemacht, welches der Preis war, den er bringen mußte, und nach einigem Handeln zahlte der Händler auch diesen Preis, bei dem er immerhin genug verdiente. Dann reiste er wieder ab und erklärte, daß er zum Winter kommen werde, um die Abholzung zu leiten.

Bäume, deren Holz für Möbel, für den Hausbau und für ähnliche Zwecke benutzt werden soll, müssen geschlagen werden, wenn sie ganz saftleer sind, da das Holz später sonst reißt und leicht wurmstichig wird. Es ist eine alte Bauernregel, daß der Saft am zehnten Januar anfängt zu steigen.

Der Bauer wartete auf die Ankunft des Händlers den ganzen Dezember, er wartete den Januar; endlich, im Anfang Februar, kam der Mann, er brachte eine Anzahl Arbeiter mit, nahm noch andere an, und sprach davon, daß er in zwei Wochen den Wald gelegt haben werde.

Der Bauer ging mit ihm in den Wald, wo überall die Axt klang, das Stürzen der gefällten Bäume, das Prasseln der Äste. Er sagte ihm, es sei zu spät zum Fällen, der Saft stehe schon in den Bäumen. Der Händler zuckte die Achseln, er hatte nicht eher kommen können. Der Bauer fuhr fort, das Holz werde reißen. Der Händler lachte und sagte, darauf seien die Tischler schon eingerichtet, das Holz werde heutzutage alles gesperrt, dann reiße es nicht; und wenn es soweit sei, daß der Wurm hineinkomme, dann lebe er schon längst von seinen Zinsen, er mache es wie der Bauer, wenn er genug habe, dann höre er auf und lasse andere Leute auch ein Geschäft machen. Er habe im vorigen Jahr einen Kiefernwald in Russisch-Polen gekauft, da habe im Februar noch der Vogel auf dem Zweige gepfiffen, und im August habe der Polier schon seine Rede vom Gerüst gehalten.

Dem Bauern stieg das Blut zu Kopf. Er sagte: »Die Kiefernbalken sind in zehn Jahren verstockt, wenn da einer mit dem Messer sticht, dann fährt er bis zum Heft hinein.« Der Händler erwiderte: »In zehn Jahren ist so ein Haus schon in der fünften Hand.«

Die beiden standen vor der uralten Eiche. Der Bauer sah langsam an ihr hoch und nieder, sah wieder hoch und nieder, indessen redete der Holzhändler gesprächig, dieser Baum sei ein Prachtstück, für den habe er eine besondere Verwendung, das sei ein Stück für einen Millionär. Der Bauer wendete ihm den Rücken und ging.

Er ging nach Hause und stieg die drei Stufen zur Wohnstube hoch. Hier nahm er aus dem Tischkasten das Rasiermesser, prüfte es auf dem Handballen, dann schritt er in die Schlafkammer; der hochgewachsene Mann mußte sich bücken, als er über die Schwelle trat. In der Kammer legte er sich auf das breite eheliche Bett, schloß die Augen, führte das Messer zum Hals und schnitt entschlossen zu.

Die Truhe

Ein älterer Gelehrter lebte allein mit einer Haushälterin. Vor langen Jahren, als er geheiratet, hatte seine junge Frau diese Dienerin als ganz junges Mädchen angenommen, das noch nicht viel verstand; sie hatte sie selber in den Hausarbeiten unterrichtet, und hatte darauf geachtet, daß sie ordentlich und sparsam mit ihrem Geld umging, indem sie ihr einkaufte, was sie etwa an Wäsche, Kleiderstoffen und Schuhen brauchte und das andere Geld auf die Sparkasse trug, das nicht für notwendige Bedürfnisse gebraucht wurde. In der Ehe waren die Kinder gekommen, und die Dienstmagd hatte ihre Herrin gepflegt, geholfen die Kinder zu baden und zu Bett zu bringen; die Kinder waren größer geworden und sie war des Morgens als erste aufgestanden, hatte die Kinder geweckt, hatte Feuer angemacht und das Frühstück zurechtgestellt, daß Herrschaft und Kinder alles zubereitet fanden, wenn sie aus den Schlafzimmern herunterkamen. Dann waren die Kinder aus dem Haus gegangen, die beiden Söhne als Studenten und die Tochter als

Gattin eines jüngeren Gelehrten, und die Eltern waren mit der Dienerin allein geblieben in dem Haus, das ihnen nun leer und still vorkam. Die Hausfrau war kränklich geworden, hatte ein Jahr lang im Bett gelegen, die Dienerin hatte die Wirtschaft geführt, gekocht und abgestäubt, für den Herrn gesorgt und der Frau das Essen ans Bett gebracht. Als die Frau im Sterben lag, hatte sie zu der Dienerin gesagt: »Verlaß den Herrn nicht«, und die Dienerin hatte es ihr versprochen; und nun lebte der ältere Mann schon seit Jahren mit ihr allein. Er wohnte in seinem Arbeitszimmer, das rings an den Wänden mit Bücherbrettern bestanden war mit wissenschaftlichen Werken in abgegriffenen, graumarmorierten Pappbanden mit rotem Rückenschild, wo Gardinen, Polster, Papiere den beizenden Geruch des Tabakrauches angenommen hatten; er ging im Schlafrock, die lange Pfeife in der Hand, in seinem Zimmer auf und ab und dachte nach, oder saß an seinem Schreibtisch zwischen Büchern und Kästen mit Anmerkungen an seiner Arbeit. Die Zimmer im Hause, welche nicht gebraucht wurden, hatten weiße Vorhänge vor den Fenstern, und die Möbel in ihnen waren mit Tüchern zugedeckt gegen den Staub.

Marie, so hieß die Wirtschafterin, hatte vor langen Jahren ihr einziges Liebeserlebnis gehabt. Es wurde gegenüber gebaut, und ein junger Maurer hatte sie angesprochen, als sie des Morgens die Semmeln beim Bäcker geholt hatte, indem er einen Witz über ihre prallen bloßen Arme machte. Sie hatte ihm nicht geantwortet, war errötet, und hatte ihren Gang beschleunigt, indessen die anderen Männer am Bau laut lachten über den Witz und hinter ihr herriefen. Der nächste Tag war ein Sonntag gewesen. Sie war mit ihren Verwandten am Nachmittag zu einem Ausflugsort gegangen, wo der Oheim ein Glas Bier trank, indessen die Frauen und Kinder zu einer Portion Kaffee mitgebrachten Kuchen aßen. Da war der Maurer an ihren Tisch getreten, hatte höflich gegrüßt und gebeten, ob er sich zu ihnen setzen dürfe. Marie war ganz heiß geworden und wünschte im stillen, daß der Oheim die Bitte abschlagen möge, aber der hatte gesagt, daß der Garten ja öffentlich sei, und daß der junge Mann ruhig an dem Tisch einen Platz einnehmen könne. So war denn ein Gespräch zustande gekommen, der Maurer hatte erzählt, was er verdiene, der Oheim hatte gefragt, ob er auch spare; der Maurer hatte gelacht und gesagt, man sei nur einmal jung, und das Sparen sei nur von den Obern erfunden, die den Armen ihr bißchen Vergnügen nicht gönnen wollten; der Oheim hatte den Kopf geschüttelt, aber der Maurer hatte von der neuen Zeit gesprochen, wo alles anders sei als früher, und so war denn das Gespräch auf die Politik gekommen. Als die Familie aufbrach, hatte sich der Maurer angeschlossen.

Der Oheim hatte Marien gewarnt und gesagt, der Maurer sei ja wohl ein fixer Kerl, aber er habe kein gutes Gemüt, und Marie hatte ihm auch versprochen, sich nicht mit ihm einzulassen. Aber nun stand er abends immer an der Tür, wenn sie Wasser holen ging, half ihr die Eimer vom Brunnenpfosten abnehmen, erzählte, scherzte und lachte, und wiewohl es Marien immer unheimlich war, wenn sie ihn sah, wußte sie doch nicht, wie sie sich ihn fernhalten sollte. Sie erzählte endlich alles ihrer Herrin und die sprach mit ihrem Gatten. Der zog sich am Abend die Stiefel an und setzte den Hut auf, ging auf die Straße hinunter, traf den Maurer und sagte ihm, er wünsche nicht, daß er auf Marien warte; aber der Maurer entgegnete ihm, daß die Straße frei sei, daß er seine Steuern bezahle, und daß niemand ihm verbieten könne, da zu gehen und zu stehen, wo er wolle. Als dann Marie kam, machte er ihr Vorwürfe und sagte ihr, die Herrschaft wolle nur nicht, daß sie mit einem gehe, weil sie eine gute Arbeiterin sei und niedrigen Lohn bekomme, und weil sie ein solches Mädchen nicht wieder bekommen würden, wenn sie heiratete.

So zog sich das Verhältnis der beiden durch Wochen hin, und Marie bat ihn zuletzt nur, daß er wenigstens an der Ecke auf sie warte, damit die Herrschaften nichts sähen. Endlich aber geschah das, was nun zu geschehen pflegt.

Marie erzählte es weinend ihrer Herrin. Sie sagte, sie habe den Maurer gar nicht lieb, und sie wolle ihn nicht heiraten, denn er sei ein schlechter Mensch; und das habe er wohl gewußt, deshalb habe er gedacht, er wolle es so machen, daß sie ihn heiraten müsse, denn sie habe doch neunhundert Mark auf der Sparkasse, Bettwäsche und Tischwäsche, und er habe sich nichts gespart. Die Herrin erschrak, und als sie das gute Mädchen so verzweifelt sah, weinte sie mit. Sie fragte bekümmert weiter, aber sie erfuhr nur, daß sie es geahnt habe, was kommen werde, und daß sie deshalb immer gesucht habe, nicht mit ihm allein zu sein, und nun habe er es doch so eingerichtet gehabt, daß niemand dagewesen sei, und da habe er sie so gebeten, und habe geweint und sei grob geworden, und da habe sie nicht nein sagen können.

Die Herrin versprach, daß sie für sie sorgen wolle und sie nicht verlassen. Marie wollte für die Zeit in eine andere Stadt gehen, denn an ihrem Heimatsort schämte sie sich zu sehr, und später wollte sie dann wieder zu ihrer Herrschaft zurückkommen. Der Maurer kam, verlangte den Herrn zu sprechen und trug dem alles vor, indem er wünschte, daß er Marien berede zum Heiraten; als der Herr ablehnte, wurde er dringender, und zuletzt war er so unverschämt, daß der Herr ihm das Haus verwies. Darauf drohte er, schimpfte laut und verlangte Marien selber zu sprechen, welche angstvoll hinter der Küchentür lauschte, denn sie solle gleich mit ihm aus diesem Hause gehen. Der Herr wurde von einer plötzlichen Wut ergriffen, und obwohl er viel schwacher war wie der Mensch, ergriff er den Verdutzten am Kragen und stieß ihn die Treppe hinunter. Er machte dann gleich eine Anzeige wegen Hausfriedensbruchs; es stellte sich heraus, daß der Mensch schon vorbestraft war, und so erhielt er denn einige Wochen Gefängnis zuerteilt. Im Gefängnis machte er Bekanntschaften, durch welche er auf die Möglichkeit eines vorteilhaften Lebens kam. Es war damals in Berlin eine starke Bautätigkeit; als er das Gefängnis verlassen hatte, ging er nach Berlin, wurde im Dienst einer Gesellschaft von Gaunern vorgeschoben als Bauunternehmer; er machte dann den verabredeten Bankerott und kam wieder in das Gefängnis, fand darauf aber einen Weg, die Gauner, welche ihn verwendeten, selber zu betrügen, und führte nun ein weiteres Leben von der Art, wie man sie sich denken kann, das zwischen Zuchthaus und wüstem Prassen, zwischen Reichtum und Elend abwechselte.

Marie hatte damals einen Sohn gehabt, den sie dann zu braven Leuten auf dem Lande in Erziehung gegeben, indem sie ihn jeden Sonntag besuchte, wo sie denn das Erziehungsgeld mitbrachte. Als der Junge die Schule beendet hatte, wurde er Maurerlehrling, trotzdem die Mutter ihn flehentlich bat, einen andern Beruf zu wählen, weil sie von seinem Vater her für ihn fürchtete. Auch der Herr, welcher Vormund geworden war, stellte dem Jungen auf Mariens Bitten vor, daß er ja doch genug andere Beschäftigungen ergreifen könne als gerade diese, wo er zwischen rohen Menschen sein müsse; der Junge erwiderte frech, er sei ein Jungfernkind, und wenn sich seine Eltern bisher nicht um ihn gekümmert, so könnten sie ihn nun auch in Frieden lassen; er dachte damals nämlich, daß der Herr Mariens sein Vater sei, weil der sich so viel um ihn bemüht hatte. Der Herr hätte ja nun wohl als

Vormund seinen Willen durchsetzen können, aber er bedachte, welche Schwierigkeiten dann der Junge machen würde, und so riet er denn auch Marien zu, daß sie ihn ließ.

Das war nun alles schon lange her. Jetzt war der Sohn Mariens ein junger Mensch von einigen zwanzig Jahren. Er arbeitete in der Stadt und hatte einen guten Verdienst, aber es ging alles bei seinen sinnlosen und prahlerischen Ausgaben auf. Zuweilen besuchte er seine Mutter, und dann verstand er es immer, ihr für irgendeinen Zweck, den er ihr als besonders wichtig schilderte, Geld abzunehmen. Er ging in der Tracht, welche die Burschen seines Standes damals gewohnt waren: in Hosen aus gestreiftem Baumwollsamt, welche nach unten ganz weit wurden und so geschweift geschnitten waren, daß beim Gehen das Unterteil der Hosenbeine nach außen schlamperte, die Jacke stammte von einem billigen und prächtig aussehenden Sonntagsanzug, der einige Male getragen sein mochte und dann für den Werkeltag benutzt wurde; in der Tasche steckte eine Uhr mit dicker vergoldeter Kette; der kleine steife Hut war hinten in den Nacken gesetzt, und unter ihm kam eine Stirnlocke vor, welche frech in das rohe Gesicht mit den unruhigen Augen schnitt.

Marie schämte sich vor ihrem Herrn ihres Sohnes, und da der Herr nie in die Küche kam und nur selten sein Arbeitszimmer verließ, so erreichte sie es, daß er ihn nicht sah bei seinen Besuchen, sie erzählte, daß er in einer andern Stadt arbeite und daß es ihm gut gehe. Ihr Sparkassenbuch hatte von früher her immer die Herrschaft in Gewahrsam gehabt; nun hatte sie es sich ausbitten müssen, da sie ja für die Bedürfnisse ihres Sohnes häufig Summen abheben mußte; der Herr hatte es ihr gegeben und hatte freundlich gesagt, sie sei ja nun auch alt genug, um ihr Geld selber zu verwalten.

Wir wollen nicht im einzelnen erzählen, auf welche Weise der Bursche immer das Geld von ihr verlangte; es genüge, daß endlich alles verbraucht war, was sie sich im Lauf der Jahre gespart hatte. Sie weinte wohl oft, aber dann dachte sie immer, daß sie Gott ja nicht im Stich lassen werde, da sie das Geld doch ihrem Kind gebe, und außerdem verließ sie sich darauf, daß die Herrschaft und deren Kinder ja später für sie sorgen würden, wenn sie einmal alt sei.

An einem Mittag kam der Sohn und erzählte, er brauche notwendig zwanzig Mark, und wenn er die nicht bekomme, so müsse er ins Gefängnis gehen. Marie mußte sich schnell auf den Küchenstuhl setzen, als sie das hörte, der Schreck war ihr so in die Beine gefahren, daß sie fast umgefallen wäre.

Der junge Mensch ging, die Hände in den Hosentaschen, unmutig und verängstigt in der Küche auf und ab. Er erzählte, daß ein Mann auf den Bau gekommen sei, der den Maurern oft etwas verkaufe, weil er immer billige Sachen habe, die – er machte eine Handbewegung, welche das Stehlen ausdrücken sollte – im Laden gekauft seien, wenn keiner drin war. Der habe ihm nun einen Brillantring angeboten – der junge Mensch holte einen vergoldeten Ring mit einem falschen Stein aus der Westentasche und hielt ihn der ablehnenden Mutter vor das Gesicht, steckte ihn dann achselzuckend wieder ein – für den Spottpreis von zwanzig Mark; er habe aber kein Geld gehabt. Nun sei gerade Frühstückspause gewesen; die Maurer lassen sich durch einen Jungen das Frühstück holen, jeder eine Flasche Bier und ein Viertelpfund gehacktes Fleisch, und ein Kamerad habe ihm dabei, als er die Geldtasche zog und dem Jungen das Geld gab, ein Zwanzigmarkstück von Kaiser Friedrich gezeigt, das er bei sich gehabt. Das sei ihm nun eingefallen, und da der Kamerad neben ihm gesessen, so habe er die Schere gemacht, und habe ihm vorsichtig die Geldtasche herausgezogen, das Goldstück genommen, und die Tasche wieder zurückgesteckt und habe dann dem Mann, der noch dagewesen, den Ring abgekauft. Der Kamerad aber ruft aus, er habe noch Hunger, seine Alte bringe ihm heute mittag Kohlrüben mit Schweinebauch, zu so einem Fraß habe er keine Lust; und so winkt er den Jungen noch einmal herbei, daß er ihm noch ein halbes Viertel Gehacktes und eine Flasche Bier holen solle. Wie er die Geldtasche aufmacht, da merkt er, daß das Goldstück fehlt. Er schreit laut, daß er bestohlen ist, die andern laufen alle zusammen und rufen, er wolle sie wohl zu Spitzbuben machen; er erzählt alles, die andern werden bestürzt, fragen unter sich, schimpfen und rufen; einer macht darauf aufmerksam, daß der Bursche den Ring gekauft hat, obwohl er vorher kein Geld hatte, es wird ihm zugesetzt, und zuletzt wird er vom Bau gejagt und es wird ihm gedroht, wenn er das Geld nicht im Laufe des Tages wiederbringe, so werde er auch noch als Spitzbube angezeigt.

Die Mutter hatte alles still mit angehört, ohne ein Wort zu sprechen. Nun ergriff sie das Geschirrbrett und sagte, sie müsse beim Herrn abräumen. Damit ging sie in die Eßstube.

Der Herr hatte gegessen, und da gerade der Erste des Vierteljahres war, so hatte er sein Gehalt, das er noch bei sich trug, noch einmal neben seinem Teller beim Essen aufgezählt und überrechnet. Es stimmte alles, er strich das Geld zusammen in die Geldtasche, und steckte die wieder zu sich. Aber dabei war ihm ein Zwanzigmarkstück entgangen, das sich unter ein Mundtuch geschoben hatte, welches an der Stelle, wo er saß, einen Rotweinfleck auf dem Tischtuch verbergen sollte. Nach dem Essen war er aufgestanden, hatte sich auf den Langstuhl gelegt und war eingedämmert.

Nun kam Marie herein und räumte ab. Sie setzte das Geschirr auf das Brett, hob das auf einen Stuhl neben sich und nahm Mundtuch und Tischtuch auf. Dadurch kam das Geldstück, das sie nicht gesehen hatte, auf dem Tisch ins Rollen, und fiel dumpf auf die Erde auf den dicken Teppich unter dem Tisch. Marie bückte sich, hob es auf, blickte schnell auf den schlummernden Herrn und behielt es in der Hand unter dem eingeschlagenen kleinen Finger und Ringfinger. Sie faltete die Tücher mit der halbgeballten Hand, nahm dann das Geschirrbrett und ging hinaus.

In der Küche legte sie dem Burschen das Goldstück wortlos auf den Tisch. Der nahm es, murmelte mit heiserer Stimme ein paar Worte und ging gedrückt ab. Er kam noch einmal zurück, öffnete die Tür halb und sagte, die anderen wollten ihn nicht mehr auf dem Bau haben; aber denen wolle er es schon zeigen, er sei kein Dummer; er habe an seinen Vater geschrieben, und der habe ihm geantwortet, er könne ihn brauchen in seinem Geschäft. Der fahre immer Droschke erster Klasse und Auto. Als die Mutter eine Bewegung machte, fuhr er fort: »Was hast du denn gehabt von deinem Leben? Die Herrschaften trinken den Champagner, der kommt nicht an unsereinen, und Austern schmecken auch gut.« Damit leckte er sich die Lippen. Dann zog er die Tür zu und ging trällernd ab.

Der Herr hatte aber nur leicht geschlummert. Er war halb aufgewacht, als die Dienerin in das Zimmer trat, und hatte dann regungslos zwischen den Wimpern ihre Bewegungen verfolgt, wie das wohl geschehen kann in dem eignen Behagen nach dem Essen im Zimmer, wenn man ganz gesund ist und vielleicht am Vormittag eine große Arbeit beendet hat, die einem lange auf der Seele lag, so daß man nun für den Tag sich ganz frei und ohne Sorgen fühlt. Er hörte das Auffallen des Goldstückes auf den Tisch und das Rollen, und es fiel ihm ein, daß das eines der Goldstücke sein mußte, die er vorhin gezählt hatte; es war wohl im Augenblick ein Antrieb in ihm, daß er Marien das sagen wollte und ihr auftragen, daß sie es beiseitelege; aber in dem Behagen des Viertelschlummers schwieg er. Da merkte er ihren Blick und erschrak, das Goldstück fiel auf den Teppich, sie nahm es in die Hand; er sah, wie sie mit der halbgeschlossenen Hand die Tücher zusammenlegte und dann das Geschirrbrett nahm.

Er wollte ängstlich und verwundert rufen: »Aber Marie, was machen Sie denn da?«, aber eine andere Angst und eine eigene Scham schlossen ihm den Mund; er drückte die Augen fester zu, und Marie ging hinaus.

Als er allein war, richtete er sich auf. Er wollte ihr nun nachgehen; aber wieder hielt ihn das Schamgefühl zurück; und zwar war es ihm so, als ob er selber sich schämen mußte. »Was ist denn das für eine Feigheit?« sprach er leise vor sich hin, wie alte Leute wohl tun.

Dann plötzlich kam ein unsäglich trauriges Gefühl der Einsamkeit und des Verlassenseins über ihn. Er dachte daran, daß seine Tochter nun mit einem fremden Mann zusammen lebte, den er kaum kannte, und ihre Kinder besorgte, von denen er kaum ein Bild hatte, daß die beiden Söhne in anderen Städten lebten, jeder in seinem Beruf, der eine verlobt; daß seine Kinder nur an sich dachten, an ihre Tätigkeit, ihr Haus, ihre Pläne, und vielleicht auch einmal verloren sich den Vater in die Erinnerung zurückriefen. Ein Mitleid mit sich selber bemächtigte sich seiner, und eine große Träne rollte ihm über die Wange in den Bart. »Nun habe ich doch immer meine Pflicht getan«, dachte er, »nun bin ich ganz allein.«

Er erhob sich, schloß die Tür auf und ging in das Nebenzimmer, wo seine verstorbene Frau gelebt hatte. Die Sonne lag auf den weißverhängten Fenstern, ein Lichtbalken, in welchem Sonnenstäubchen tanzten, legte sich schräg durch das Zimmer. Da stand der Nähtisch, abgeräumt und zugeschlossen; der Spiegel, die Hängelampe waren verhängt; das Sofa und die Stühle waren reinlich mit Tüchern verbunden. Alles war ordentlich und sauber. Er schüttelte den Kopf; mechanisch sagte er leise vor sich hin: »Das hatte ich von Marien nicht gedacht«; aber er konnte in seiner Erschütterung keinen klaren Gedanken über sie fassen.

Marie inzwischen wurde von einer heftigen Angst ergriffen, nachdem der Sohn gegangen war. Sie ließ ihren Aufwasch stehen, band die

Schürze ab und hängte sie an den Nagel und stieg dann die Treppe hinauf in ihr Stübchen.

Als sie eintrat, fiel ihr Auge gerade auf ihre Truhe. Da mußte sie sich der verstorbenen Frau erinnern. Im ersten Jahr noch hatte ihr die gesagt, daß ein ordentliches Mädchen eine Truhe haben muß, in welcher sie ihre Wäsche und ihre Kleider aufheben kann. Nun war in der Straße, wo die Herrschaft wohnte, eine alte Dame gestorben, deren Nachlaß verkauft wurde. Die Frau ging mit Marien zu den Erben, besah eine Truhe, die sich im Nachlaß befand, prüfte sie genau und erstand sie für Marie. Es war eine schöne, alte geschnitzte Truhe aus Eichenholz, mit einem großen, schweren Schloß, und die Frau hatte ihr gesagt, das Stück sei ein Altertum, und sie müsse es recht schonen, es könne noch an ihre Kindeskinder kommen, so gut sei es gearbeitet. Das fiel ihr nun alles ein, und wie die Frau immer für sie gesorgt hatte, auch damals, als das Unglück mit dem Kind kam, denn sie hatte sie selber in der anderen Stadt untergebracht und hatte auch die guten Leute aufgefunden, welche das Kind erzogen. Dann dachte sie, wie die Frau auf dem Sterbebett gelegen hatte und hatte ihr gesagt: »Verlaß meinen Mann nicht«, und sie dachte an den Herrn, wie zufrieden der immer mit allem war, wenn sie nur seinen Schreibtisch beim Abstauben nicht in Unordnung brachte.

Sie setzte sich auf einen Stuhl und begann zu weinen. Aber als sie sich ausgeweint hatte, da faßte sie sich ein Herz, ging wieder die Treppe hinunter, und klopfte beim Herrn an.

Der saß an seinem Schreibtisch, aber er wußte nicht, was er arbeiten sollte. Als Marie eintrat, wendete er den Blick zur Seite, denn es war ihm wieder, als müsse er sich schämen, wenn er sie anblicke. Sie faßte diese Wendung des Kopfes anders auf und erschrak. Da trat sie denn näher und erzählte mit stockender Stimme alles von ihrem Sohn, und daß ihr erspartes Geld alles ausgegeben sei, und erzählte dann die letzte Geschichte mit dem Ring, und dann holte sie tief Atem und fuhr fort, indem sie ihm ihren Diebstahl mitteilte. Sie fügte aber hinzu, sie wisse jetzt gar nicht mehr, wie sie dazu gekommen sei, das Geld zu nehmen, denn es sei doch heute der Erste, und sie hätte ja nur um ihren Monatslohn bitten müssen. Aber sie sei ganz verwirrt gewesen. Zuletzt wischte sie sich mit dem Rockzipfel die Augen.

Der alte Herr sagte ihr, er habe gesehen gehabt, daß sie das Geld genommen. Dann sagte er nur noch: »Das muß man nicht tun, das muß man nicht tun«, und schüttelte leise den Kopf mit den weißen Haaren. Damit gab er ihr die Hand; aber er gab sie ihr mit abgewendetem Gesicht, denn er konnte sie immer noch nicht wieder ansehen.

Der Brief

In einer kleinen Stadt wohnte ein verabschiedeter Offizier, ein Hauptmann, mit seiner Frau und Tochter. Er verdiente zu seinem kleinen Ruhegehalt noch einiges, indem er einem wohlhabenden Fabrikanten, der ursprünglich Arbeiter gewesen war, bei seinen Büchern und Briefen zur Hand ging, aber auch so lebte die Familie sehr einfach und bescheiden in vier Mansardzimmerchen und nur mit einer Aufwartung. Es wurde erzählt, der Bruder des Mannes habe ein Gut gehabt, und sei zwar ein tüchtiger Landwirt und fleißiger Mann gewesen, aber er habe nicht kaufmännisch rechnen können und habe deshalb kostspielige Verbesserungen gemacht, die sich auf dem schlechten Boden nicht lohnten, so daß er zuletzt aus Kummer mit einer großen Schuldenlast auf sich gestorben sei; diese Schulden habe der andere übernommen und sei dadurch selber in seine schwierige Lage gelangt, so daß er sogar vorzeitig seine Laufbahn habe aufgeben müssen.

Als der Krieg ausbrach, stellte sich der Hauptmann gleich zur Verfügung; er erhielt erst einen Posten im Lande, später aber wurde er mit zur Front hinausgeschickt. Er fiel gleich in den ersten Tagen, als er einen verwundeten Feind bergen wollte, der im Stacheldraht vor seinem Schützengraben hängen geblieben war.

Die hinterlassenen Frauen standen ohne Berater in der Welt. Die Mutter, welche kränklich auf dem Sofa saß, nahm die Hände der vor ihr knienden Tochter zwischen ihre gefalteten Hände, blickte in die Höhe, und sagte: »Wir haben noch den Vater der Witwen und Waisen.« Dann schränkten sie sich weiter ein, ein Teil der Möbel in den übervollen Stuben wurde verkauft, es fand sich in einem anständigen Haus eine Wohnung von zwei Zimmern; und nachdem die Mutter dergestalt nun in endgültige Verhältnisse gebracht war, suchte die Tochter für sich eine Stelle in einem Hause, wo sie der Hausfrau zur Hilfe gehen konnte. Sie fand eine solche in einer großen Stadt bei einem wohlhabenden Kaufmann.

Der Mann hatte ein Geschäft mit Delikateßwaren in einer belebten Gegend der Stadt, Er war ein großer, breiter und starker Mensch, der sehr mit sich zufrieden war, und dem jungen Mädchen immer Ratschläge erteilte in seiner Art, etwa: wenn man jung sei, müsse man sein Leben genießen; die Hauptsache im Leben sei die Grundlage, wenn die Grundlage gut sei, dann gehe alles glatt, die Standesvorurteile seien überwunden, heute beherrsche der Kaufmann die Welt, er beherrsche sie dank seiner Energie und dank seinem Wissen; man müsse seine Ellbogen gebrauchen im Leben, denn ohne die komme man nicht weiter; die Hauptsache im Leben sei Tüchtigkeit, und wer nicht tüchtig sei, der komme unter den Frachtwagen. – Die Frau pflegte dem Mann nach solchen Reden zu sagen, er sehe doch, daß das Fräulein aus einer gebildeten Familie stamme, und daß sie das alles schon wisse, was er ihr sage; aber der Mann erwiderte dann gewöhnlich, gute Lehren könne man nicht oft genug wiederholen, und das Fräulein sei jung, und junge Leute setzen sich oft falsche Vorstellungen in den Kopf.

Die Frau war eine dicke Person, die von sich sagte, sie esse nicht viel, aber es schlage alles bei ihr an, es gebe Leute, die sehr stark essen und doch immer mager bleiben. Sie nötigte das Fräulein beständig zum Essen, denn sie fand, daß sie zu mager war, und sagte ihr, sie solle sich nur ja nicht zurückhalten, das gute Essen sei da, und sie rechne niemandem von den Untergebenen nach, was er verzehre, denn das sei unanständig.

Dann war in der Familie noch ein Sohn, welcher die Sekunda der Realschule besuchte und für seine Klasse schon ziemlich bei Jahren war. Auch er erschien rund und wohlgenährt, und die gute Mutter klagte oft, daß es eine Sünde sei, wieviel von den Kindern in der Schule verlangt werde.

Das Fräulein schrieb viel an die Mutter, erzählte, wie die Leute in ihrer Art gut zu ihr waren, und verschwieg alle Kränkungen, welche sie ihr unbewußt zufügten, sie schilderte, wie glücklich sie sich fühle in ihrer Tätigkeit, wie stolz sie darauf sei, daß sie ihr Brot verdiene und sogar ihrer Mutter etwas helfen könne; und die Mutter antwortete ihr, indem sie ermahnte, sie solle immer mehr tun wie ihre Pflicht, denn nur dann tue man seine Pflicht, und solle immer freundlich und heiter sein, denn nur dadurch könne sie sich dankbar erweisen für alles Gute, das sie in dem fremden Hause genieße. Sie weinte immer, wenn sie einen solchen Brief bekam, denn dann überfiel sie das Heimweh und die Sehnsucht nach der Mutter; der Herr war ärgerlich und erklärte, eine Heulliese wolle er nicht in seinem Hause haben, die Frau verteidigte sie, indem sie sagte, daß sie noch jung sei und zum ersten Male die Heimat verlassen habe, und daß sie ihre Arbeit gut, sauber und geschickt mache.

Eines Abends beim Essen ist der Mann besonders wohlgelaunt. Er erzählt, daß ihm ein Geschäftsfreund telephonisch Fischkonserven anbietet; er erkundigt sich, wie groß der Vorrat ist und übernimmt alles; dann telephoniert er an die anderen Geschäfte in der Stadt und verkauft ihnen das Ganze weiter; er reibt sich die Hände und berichtet, daß er, schlecht gerechnet, seine hunderttausend Mark in der halben Stunde verdient habe. Das Fräulein macht entsetzte Augen; er lacht und sagt: »Ja, das ist der Krieg; die Dummen werden arm, und wer seinen Verstand zusammennimmt, der kann Geld machen. Wenn der Krieg noch ein Jahr dauert, dann habe ich meine drei Millionen herein.«

In diesem Augenblick bringt das Mädchen die Abendpost. Der Mann sieht die Aufschriften flüchtig an und übergibt dem Fräulein einen Brief, der an sie gerichtet ist. Er ist von ihrer Mutter; sie nimmt ihn, und in einem eignen Gefühl der Verlegenheit reißt sie den Umschlag auf und zieht den Brief vor, dann wird ihr das Unschickliche ihres Benehmens klar und sie will den Brief in ihrer Tasche verbergen; sie errötet dabei und ihre Hände zittern. Die Frau hat ihren Gesichtsausdruck bemerkt und stößt mit listigem Blick ihren Mann mit dem Finger an, der sieht auf das Fräulein, deren Röte flammend wird, da sie sich beobachtet fühlt.

Der Mann erhebt lächelnd den Finger und sagt: »Eiei, von wem ist der Brief!« Die Frau lächelt mit, der Mann fährt fort, er habe sich die Aufschrift nicht genauer angesehen, sie sei aber von einer Männerhand geschrieben gewesen. Das Fräulein sieht wortlos auf ihren Teller; der Junge ruft dazwischen, Fräulein bekomme immerzu Briefe; ihr stehen die Tränen in den Augen.

Niemand in der Familie merkt etwas von ihrem Seelenzustand. Der Mann treibt den Scherz weiter und tut, als wolle er ihr den Brief fortnehmen; sie verteidigt sich mit blitzenden Augen; aus dem Scherz wird halber Ernst; die eine Hand hat er fest gefaßt, die andere, welche den geknüllten dünnen Brief hält, sucht er zu erhaschen; da schreit sie plötzlich laut auf, preßt den Brief weiter zusammen und steckt ihn in den Mund.

Die anderen erschrecken, der Mann läßt los, die Gatten rufen aus, sie haben ja nur einen Scherz gemacht, das Fräulein steht aufgerichtet da und macht wunderliche Bewegungen mit den Armen, dann stürzt sie vornüber.

Der Mann erhebt sie und trägt sie auf das Sofa; sie ist dunkelrot im Gesicht und greift mit den Händen nach der Kehle; die Frau stürzt ans Telephon und ruft zitternd und weinend den Arzt an, indem sie klagt, daß sie selber fast ohnmächtig von dem Schreck sei, das Mädchen kommt hereingeeilt, alle bemühen sich um die Erstickende; aber obgleich sie versuchen, was ihnen einfällt, vermögen sie ihr doch nicht zu helfen. Als der Arzt kommt, findet er sie tot vor.

Der hölzerne Kindersäbel

In einem Dorfe hatte eine Bauernfamilie seit undenklichen Geschlechtern auf einem Hofe gesessen. Der Vater des gegenwärtigen Besitzers war sehr alt geworden und hatte den Hof immer nicht abgeben wollen; der einzige Sohn hatte, schon verheiratet, bis in sein fünfzigstes Jahr als Knecht bei ihm gedient, bis er nach dem Tode des Vaters nun Herr wurde.

Er hatte zwei Söhne, welche nun auch schon junge Männer waren, als er aus dem engen und niedrigen Knechtshaus in das große Vorderhaus zog. Nach der Sitte war der Ältere zum Bauern erzogen, denn es wurde angenommen, daß er einmal dem Vater auf dem Hof nachfolgte, indem er dem jüngeren einige tausend Mark auszahlte. Der Jüngere war in die Stadt auf das Gymnasium geschickt, dann zu einem Kaufmann in die Lehre gegeben, und dachte sich nun gerade selbständig zu machen. Es kamen damals durch findige Fabrikanten jene falschen Schmucksachen auf, welche den Frauen und Mädchen aus dem Volk so verlockend sind. Der Händler, welcher derartige Ware verkaufen will, muß einen Laden in einer Straße errichten, durch welche Fabrikarbeiterinnen zu ihrer Arbeit gehen, denn außer Dienstmädchen sind diese die vornehmsten Käuferinnen. Im Schaufenster werden die Schmucksachen auf drehbare Scheiben gelegt und durch Glühlampen von oben und von den Seiten beleuchtet; dadurch entsteht ein solches Blitzen und Funkeln, daß die Vorübergehenden, besonders die Frauen, auf das stärkste betroffen werden, denn das Blitzen der Edelsteine übt ja eine merkwürdige Macht auf die Menschen aus, und die Sinne der Ungebildeten sind stumpf genug, daß die fast schmerzenden Strahlen der nachgemachten Steine denselben Eindruck auf sie machen, wie auf den entwickelteren Menschen die milden der echten Steine. Ein solches Geschäft nun dachte der jüngere Sohn in der Stadt zu begründen, und er rechnete der Mutter vor, was er verdienen werde bei seiner Einsicht und Gewandtheit, denn er verstehe die Leute zu nehmen, besonders das Arbeiterpublikum, welches eine besondere Kunst sei, und bei den nachgemachten Edelsteinen werde viel aufgeschlagen, da die Leute ja nicht wissen, daß die Herstellung beinahe nichts kostet.

Der ältere Sohn war ein stiller, fleißiger Mann, etwas ungeschickt in seinem Wesen, dessen ganzes Sinnen und Trachten auf Acker, Wiese, Wald und Vieh ging.

Nun hatte die Mutter von jeher eine Liebe zu dem jüngeren und eine Abneigung gegen den älteren Sohn gehabt. Sie sagte, der ältere schlage auf den Großvater, der sie mit seiner Hartnäckigkeit und wunderlichem Sinn so lange geplagt, indessen der jüngere ihres eigenen Vaters Ebenbild sei und in die Welt passe als ein höflicher und liebenswürdiger Mann. Ihre Neigungen wirkten, und die Wirkungen übten wieder Einfluß auf ihre Neigung aus; denn der ältere Knabe, der die Dorfschule besuchte und schon früh im Stall und auf dem Felde mithalf, war denn oft genug mit beschmutzten Schuhen und Kleidern zum mittäglichen Essen gekommen, stützte sich bei Tische auf die Ellbogen, grüßte träge, war schweigsam und selbst verschlossen, und hatte in vielem zu guten Sitten beständig ermahnt werden müssen, indessen der jüngere, wenn er am Sonnabendnachmittag und Sonntag im elterlichen Haus war, durch reinliche Kleidung, freundliches und höfliches Benehmen und gewandtes Sprechen verstanden hatte, die Mutter zu erfreuen.

Nun hatte aber die Frau auf den Mann einen sehr großen Einfluß, indem der sich nicht gegen ihren Willen wehren konnte. Wenn sie etwas wollte, so verstand sie zu sprechen, und er vermochte, auch wenn er klar einsah, daß sie etwas Törichtes wollte, doch keine Gegengründe anzuführen, sondern er half sich, solange es ging, durch Schweigen oder auch durch gelegentliches Aufbrausen. Sie ließ sich nicht irre machen und begann ihre Angriffe immer wieder von neuem; und zwar vermochte sie ihn nie zu überzeugen, auch wenn sie wirklich einmal im Rechte war; aber endlich gab er dann immer nach, weil er nicht mehr widerstehen konnte.

Die Frau hatte sich vorgenommen, den Mann zu bereden, daß er dem Jüngsten den Hof verschreiben solle. Sie stellte ihm vor, wie geschickt und begabt der Jüngste sei; sie sagte, der Älteste könne ja wohl ganz gut als Verwalter auf dem Hofe leben, indessen der Bruder selber das einträgliche Geschäft weiterbetreibe; sie stellte vor, daß der Ältere ungeschickt und unwissend sei, nicht mit der Zeit gehe, sich den neueren Gedanken verschließe und so nicht den rechten Nutzen aus dem Hof ziehen könne, indessen der Jüngere ihr von neuen Düngemitteln und Maschinen gesprochen habe und gesagt habe, das müsse ihm alles ganz anders werden, wenn er erst den Hof habe. Der Bauer brauste auf und sagte, der Jüngere sei ein Narr und ein Gauner, er wisse nicht, wie das Blut in seine Familie gekommen sei, seine Vorfahren seien alle redliche Leute gewesen, die ihren gesunden Verstand gehabt. Die Frau schwieg, aber nach einiger Zeit brachte sie ihr Gespräch wieder von neuem vor, und so bohrte sie nun täglich, Wochen und Monate durch.

Der ältere Sohn war längst verheiratet und hatte drei Kinder. Der Bauer ging oft hinüber in das Knechtshaus und saß in der Küche. Die Kinder spielten um ihn, fragten, er erzählte. Als er von der Frau wegen der Verschreibung des Hofes bestürmt wurde, kam er öfter, er sagte, daß er hier Ruhe habe vor der Widerbellerin, denn die Schwiegertochter war eine stille, freundliche Frau, welche in Haus und Stall ihre Arbeit tat ohne viel zu reden. Er machte dem Sohn eine Andeutung. »An deiner Mutter hast du keinen Freund«, sagte er ihm. Der Sohn antwortete nicht. »Ich tue, was recht ist«, fuhr er fort. »Meinetwegen«, erwiderte der Sohn. Der Vater ging, und die Ehegatten blieben allein zurück. »Weshalb hast du denn so kurz geantwortet?« fragte die Frau; er antwortete: »Der Schuft kriegt den Hof doch zugeschrieben.«

Es wurde still von dem Gespräch über die Verschreibung des Hofes. An einem Sonntagnachmittag aber, als der Vater in der Küche saß, das älteste Enkelkind auf dem Knie hatte und reiten ließ, sprach der Sohn: »Ich muß es dir auch jetzt sagen, Vater, ich gehe zum nächsten Quartal.« Der Vater setzte das Kind auf die Erde und sprang auf, mit unsicherm Ausdruck des Gesichtes. Er wollte fragen, aber er konnte nicht sprechen. »Ich muß an meine Familie denken«, fuhr der Sohn fort. »Jetzt bin ich noch jung. Daß ich hier als Verwalter für meinen Bruder bleibe, das kann meine Mutter doch nicht verlangen. Ich habe eine Verwalterstelle auf einem Rittergut bekommen.« Der Vater warf nur ein: »So, so!« ein, der Sohn sagte: »Du hast nicht anders gekonnt, Vater, es war ein Unrecht vom Großvater, daß er den Hof so lange behalten hat, du bist kein Mann geworden, und nun kannst du der Mutter nicht widerstehen. Aber ein Unglück ist es für mich. Für euch alle ja auch. An dem Schuft werdet ihr einen schönen Dank erleben.«

Der Sohn verließ mit seiner Familie den Hof, und es wurde ein verheirateter Knecht für ihn genommen. Die Bäuerin machte ihrem Mann Vorwürfe. Er habe den Ältesten immer vorgezogen. Nun sehe er, man ernte nur Undank von seinen Kindern. Aber er habe keinen Mut. Ihr habe der Bengel nichts zu sagen gewagt, seinem Vater habe er alles vorgeknört, und der habe immer ein Ohr gehabt, wenn er über seine Mutter geklatscht habe. Und auf diese Weise sprach sie weiter.

Der Erbe kam aus der Stadt auf Besuch mit seiner Frau, zwei Kindern, Kinderfräulein und Dienstmädchen. Er sagte, daß er mit seiner Familie in die Sommerfrische gehe. Die Kinder trugen weiße Kleider, welche jeden Tag gewechselt wurden. Die Frau blieb bis gegen elf Uhr im Bett; sie ließ sich von dem Dienstmädchen des Morgens Kakao ans Bett bringen. Das Dienstmädchen kochte für die Familie besonders, sie aßen auch nicht am Tisch der Eltern, sondern für sich allein in einer oberen Stube.

Der Knecht zog den Bauern mit seinem Sohn auf. Der fünfjährige Enkel hatte sich an ihn gemacht und hatte ihm erzählt, sein Vater habe gesagt, daß er einmal später den Hof erben solle, indessen der andere Bruder das Geschäft übernehme. Aber er werde nicht Mist fahren wie der Großvater, denn seine Leute brauchten überhaupt nicht zu arbeiten. Das brachte der Knecht nun immer in seinen Gesprächen an, daß seine Leute nicht zu arbeiten brauchen.

Der Bauer hatte seinem ältesten Enkel vom ersten Sohn einen hölzernen Säbel geschnitzt, den der sehr geliebt hatte. Als der Sohn auszog, hatte sich der Säbel nicht gefunden, und das Kind war ganz untröstlich über den Verlust gewesen. Nun mußte das Dach des Knechtshauses ausgebessert werden, und dabei fand sich im Dachkasten der Säbel, das Kind hatte wohl auf dem Boden gespielt und hatte ihn zwischen Ziegeln und Verschalung durchgleiten lassen. Der Knecht gab den

Säbel dem andern Enkel, der sagte, zu Hause habe er viel schöneres Spielzeug, das im Laden gekauft sei, aber er band ihn sich doch um mit einer Schnur und ging so mit militärischem Schritt vor dem Hause auf und nieder. Der Großvater trat eben aus der Tür. Es war angespannt, er wollte ins Holz fahren. Als er den Enkel mit dem hölzernen Säbel sah, den der andere so sehr geliebt, ging er auf das Kind zu, nahm ihm das Spielzeug fort und brachte es in sein Zimmer, wo er es in seinen Schrank einschloß. Das Kind schrie und weinte, die Großmutter kam, die Mutter, beide Frauen wendeten sich gegen den Bauern, der stieg wortlos auf seinen Wagen zu dem harrenden Knecht, nahm die Zügel, rief den Pferden zu, und fuhr ratternd ab.

Er fuhr in den Wald zu der Stelle, wo das Holz lag. Der Knecht sagte, die Abfahrt sei schlecht, sie müßten das Holz erst rücken. Der Bauer erwiderte ihm, er solle tun, was ihm geheißen sei, und so luden die beiden auf. Der Wagen war schwer beladen, die Strecke ging steil abwärts, die Pferde zogen an, der Wagen kam ins Rollen, die Pferde hielten ihn nach Kräften, da sprang der Bauer nach vorn vor die Pferde und schlug dem Handpferd mit dem Peitschenstiel über die Nase. Das stieg auf, riß das andere mit, der Wagen rollte auf sie, der Bauer lag unter den Hufen, die Pferde stürzten, die Deichsel brach, der Wagen ging über den Bauern, der laut aufschrie, über die gestürzten, schlagenden Pferde, glitt an einem Baumstumpf ab, bohrte sich mit dem linken Vorderrad tief in eine morastige Stelle, die dort war, und blieb dann stehen, das rechte Vorderrad in der Luft.

Der Knecht kroch zu dem Bauern durch. Das linke Hinterrad stand noch auf dem gänzlich zerquetschten Körper, aus dem jedes Leben entflohen war.

Der Knecht lief ins Dorf zurück und holte von Nachbarn Hilfe. Die Frau lief herbei, jammerte, als sie die Erzählung hörte, der Sohn kam, fragte, der Knecht wendete sich zu der Frau und fuhr sie an, sie solle nicht schreien und dem Toten wenigstens seine Ruhe gönnen; sie habe ihn doch dahin gebracht, denn er habe sich absichtlich totgefahren, weil ihm das Gewissen keine Ruhe gelassen habe über die Erbverschreibung.

Die Frau wurde blaß und schwieg, der Sohn wurde verlegen. Er holte einen Taler vor und wollte den dem Knecht in die Hand drücken; aber der wehrte ab und sagte, er habe von ihm keinen Taler verdient.

Der Meister

In einer kleinen Stadt Mitteldeutschlands lebte ein alter Tischler mit seiner Frau.

Vater und Großvater des Mannes waren schon Tischler gewesen und hatten in dem Häuschen gewohnt, in welchem nun ihr Enkel hauste. Die Arbeit der Leute war im ganzen Kreise berühmt. Als der Vater starb, hatte er seinem Sohn gesagt: »Laß mir kein Denkmal auf den Kirchhof setzen, ich habe mir selber ein Denkmal gesetzt, das steht überall bei den besseren Leuten in der guten Stube.«

In den siebziger Jahren des vorigen Jahrhunderts kamen auch im Tischlerhandwerk neue Verhältnisse und Zustände auf. Es wurden Magazine eingerichtet mit großen Spiegelscheiben nach der Straße hin, in welchen die fertigen Möbel ausgestellt waren, so daß die Brautpaare, wenn sie am Vormittag ausgesucht hatten, was sie wollten, am Nachmittag schon ihre Einrichtung in der Wohnung haben konnten. Für diese Magazine arbeiteten die kleineren Tischler auf den Dörfern oder arme Gesellen, die kein Vermögen hatten und jeden Sonnabend ihr Arbeitsverdienst holen mußten. Da wurde frisches Holz genommen oder gar Holz von trockenen Stämmen, das Fournier wurde fertig gekauft, in papierdünnen Bogen, welche mit der Maschine geschält waren, da wurde eilige Pfuscharbeit geliefert, denn das Möbelstück sollte billig sein, billiger, wie es der Tischler herstellen konnte, der doch keine Ladenmiete zu bezahlen brauchte und keinen Zinsverlust für die dastehende Ware zu buchen brauchte; aber die Leute waren bezaubert von dem Laden mit Spiegelscheiben, von den fertig eingerichteten Zimmern, von denen jedes auf den Pfennig seinen ausgezeichneten Preis hatte, von dem gewandten Herrn in ehrfurchterregendem schwarzem Rock, der sie führte und liebenswürdig und schnell auf sie einsprach; und so merkten sie denn nicht, wie ihnen geschah und glaubten noch sehr verständig einzuhandeln.

Unser Meister machte die neuen Sitten nicht mit. Wenn ihm gesagt wurde, daß er sein Geschäft kaufmännisch betreiben müsse, denn dem Kaufmann gehöre die Zukunft, dann erwiderte er: »Ich habe kein Geschäft, sondern ich bin ein Handwerker, ich bin auf meine weiße Weste stolz, und das ist auch etwas wert.«

Aber so kam es, daß er einen Gesellen nach dem andern entlassen mußte.

Er hatte einen Sohn, der war bei ihm in die Lehre gegangen, hatte sein Gesellenstück gemacht, dann in andern Städten gearbeitet; der kam zurück als ein Mann Mitte der Zwanzig, um nun dem Vater behilflich zu sein. Er hielt dem alten Mann vor, daß er immer mehr zurückgehen mußte, wenn er so fortfuhr, wie er bis nun gewirtschaftet hatte. Der Vater hielt seinen Reden nichts entgegen und erlaubte ihm ganz stillschweigend, einen Versuch nach seiner Art zu machen. Da sah er, wie der Sohn Bretter für einen Schrank zusammenschnitt. Er schüttelte den Kopf, denn der Sohn paßte die unverzinkten Bretter aneinander. Dann kam ein Paket Nägel zum Vorschein. Er fragte, was das werden solle. Der Sohn erwiderte, das Verzinken mache sich heutzutage nicht mehr bezahlt; man nagle die Bretter gut mit starken Drahtnägeln zusammen, und das Fournier decke dann alles. Den Alten übermannte eine heftige Wut. Er schrie, ihm komme kein Nagel in die Werkstatt, bei ihm werde ehrliche Arbeit gemacht, und als der Sohn, allmählich auch heftig werdend, widersprach, da wies er ihn aus dem Hause.

Er hörte lange nichts von ihm. Endlich bekam er einen Brief, er habe in Berlin in eine Weinwirtschaft hineingeheiratet, in welcher Gesänge und Gedichte vorgetragen würden, und es gehe ihm gut.

So war er denn endlich allein zurückgeblieben in der Werkstatt; die acht leeren Hobelbänke standen noch, an denen früher die Gesellen gearbeitet hatten; er selber hatte wohl gelegentlich für einen alten Kunden ein neues Stück zu machen, dessen Vorfahren schon bei seinen Eltern hatten arbeiten lassen; aber das geschah immer seltener, und seine meiste Zeit mußte er verwenden auf Ausbessern alter Sachen. Manches Stück von Vater und Großvater ging wieder durch seine Hand; er erkannte manches, das er als Kind gesehen, wie es gearbeitet wurde und erinnerte sich dabei an die Gesellen, welche damals an den Bänken gestanden; er freute sich, wenn die Besitzer das Stück gut gehalten hatten, er strich mit der Hand über die schönen Masern, die mit Liebe ausgesucht waren.

Es kam ein neuer Rechtsanwalt an das Gericht, ein junger unverheirateter Mann. Der hatte eine Liebhaberei für alte Möbel, kaufte bei den Trödlern zusammen; und da ihm der Meister als ein geschickter Handwerker genannt war, der sich auf die Arbeit nach der alten Art verstand, so gab er dem das Gekaufte, um es aufzupolieren und sonst auszubessern. Er sprach oft mit ihm von seiner Arbeit und klagte darüber, daß das alte Handwerk aussterbe, daß nur noch Pfuscher übrig seien, welche für teures Geld schlechte Arbeit liefern, denen man ein gutes Stück nicht anvertrauen könne, das in den früheren Zeiten gearbeitet sei, als die Leute noch Freude an ihrem Handwerk gehabt haben. Der Meister war ein wortkarger Mann; er nickte zu den Reden des Rechtsanwalts und erwiderte wohl gelegentlich einmal, das sei alles schön und gut, was der Herr sage, aber die Leute wollten eben heute nicht mehr bezahlen, was eine Sache koste, und der Rechtsanwalt fand ja freilich auch, daß der Meister nicht billig war.

So ging es denn mit dem Meister immer mehr zurück. Er verbrauchte zum großen Teil die alten Ersparnisse, er verkaufte das Haus, er nahm eine Wohnung in dem Viertel, wo die Taglöhner und Fabrikarbeiter wohnten; eine eigene Werkstatt hatte er nicht mehr, die Hobelbank war in der Wohnstube aufgestellt. An einem Vormittag kam ein Handlungsreisender eines Geschäfts, welches Leim verkaufte und fragte, ob er nicht Leim bestellen wolle. Der Meister hatte seit langen Jahren den Leim immer von derselben Fabrik bekommen und lehnte ab; aber der Reisende sprach weiter, pries die Billigkeit seiner Ware, erzählte von den guten Abschlüssen, die sein Herr gemacht, wodurch er alle andern Geschäfte unterbieten könne, und redete so viel, daß der Meister nicht wußte, was er ihm antworten sollte. Er zeigte ihm seine Ärmlichkeit, versicherte ihm, daß er nur geringen Bedarf habe und daß der gedeckt sei; der Reisende sprach wieder von der großartigen Gelegenheit, kam dann auf sich selber und erzählte, wenn er nicht abends eine Anzahl Bestellungen nach Hause schicke, dann fliege er, dann bat er, doch wenigstens einmal einen Versuch zu machen, damit er einen neuen Kunden vorweisen könne; der Meister erwiderte, wenn er einen halben Zentner Leim habe, dann reiche er lange, und eine solche Bestellung könne ihm doch gar nichts nützen, der andere griff das Wort auf und sagte, er werde fünfzig Kilo für ihn vermerken; der Meister wollte von fünfzig Kilo nichts wissen und bestand auf fünfzig Pfund; es wurde noch hin und her geredet, und endlich ging der Reisende mit der Bestellung ab.

Nach einer Weile kam die Sendung, aber das war nicht ein halber Zentner, sondern fünfzig. Der Meister verweigerte die Annahme, das Geschäft klagte; die Verhandlung fand an dem Orte statt, wo das Geschäft seinen Sitz hatte, und der Meister wurde verurteilt, die fünfzig Zentner zu nehmen und zu bezahlen, denn der Reisende hatte beschworen, daß die Bestellung gemacht war.

Der alte Mann hatte noch Geld auf der Sparkasse. Das hob er ab. In der Ecke, wo das armselige Bett stand, in welchem er mit seiner alten, gekrümmten Frau schlief, denn alle guten Möbel hatte er längst verkauft, machte er eine Diele locker und verbarg unter ihr das Geld. Nun wartete er ab, was weiter gegen ihn geschah. Es kamen die Zahlungsaufforderung, die Klage; der Rechtsanwalt, für welchen er so oft gearbeitet, führte sie; er erschien nicht vor Gericht und wurde verurteilt; der Gerichtsvollzieher kam, sah sich in dem ärmlichen Raum um, fragte, ob er Geld bei sich trage oder sonstwo aufbewahre; er schüttelte den Kopf.

Der Rechtsanwalt begegnete ihm auf der Straße und rief ihn an. Er entschuldigte sich, er müsse seine Pflicht tun, er müsse suchen, daß seine Auftraggeber ihr Geld erhielten; der Meister antwortete verloren: »Ja, ja, das sagen die Menschen einem immer, sie müssen ihre Pflicht tun.« Dann fuhr der Rechtsanwalt fort, er müsse ihn nun zum Offenbarungseid laden. Er kenne ihn. Er sei noch ein Handwerker vom alten Schlage, ein Mensch, wie sie heute aussterben, ein Mann, der noch an Gott glaube.

Als der Rechtsanwalt diese Worte sagte, da flog ein seltsames Lächeln über das Gesicht des Mannes. Er erwiderte: »Ich will Sie ja nicht fragen, Herr Rechtsanwalt, ob Sie an Gott glauben; diese Frage kommt mir nicht zu. Ich habe früher geglaubt; ich glaube nicht mehr an Gott.«

Damit grüßte er höflich und ging. Der Rechtsanwalt dachte lange nach über die Antwort. Er erdachte nichts Bestimmtes, denn er wußte überhaupt nicht, weshalb er nachdachte. Aber es wurde ihm unheimlich zumute.

O gib vom seidnen Pfühle ...

Bei der Regierung zu H. wurde ein Assessor von Werther beschäftigt, ein sehr tüchtiger und begabter Mann, von dem jeder annahm, daß er eine große Laufbahn vor sich habe, wenn es ihm wenigstens glücken sollte, eine wohlhabende Frau zu gewinnen, denn er war vermögenslos. Aber man durfte wohl annehmen, daß das ihm glücken würde, denn er sah stattlich aus, war gesund, hatte ein liebenswürdiges Wesen, und es hätte nicht der geringste Grund vorgelegen, weshalb ein Mädchen, das er begehrte, ihn nicht lieben sollte.

Der Präsident der Regierung hatte mehrere Söhne und eine einzige Tochter namens Anna, welche nun eben im Heiratsalter war.

Anna galt in ihrer Gesellschaft als ein ausnehmend schönes und begabtes Mädchen. Die jungen Herren von der Regierung pflegen ja einen durchaus auf das Wirkliche gerichteten Sinn zu haben, aber beim Gericht findet sich immer der eine oder andere schwärmerische Referendar, der ja dann meistens Rechtsanwalt wird; aus diesem Kreise, welcher sich sehr schnell ändert, empfing Anna besonders viele Huldigungen; freilich waren die Huldigenden eben immer junge Männer ohne Gewicht. Bei den ernsthaften Bewerbern stand im Wege, daß die Vermögensverhältnisse der Eltern als nicht günstig galten, denn durch die Erziehung und Ausstattung der drei Brüder war das kleine Vermögen aufgebraucht, welches Annas Mutter von ihren Eltern ererbt hatte.

Herr von Werther saß bei einer Gesellschaft neben Anna. Herren im Frack mit Orden, in weißer Hemdbrust, mit funkelnden Brillen, bunte Uniformen, Damen in ausgeschnittenen Kleidern, mit blitzenden Edelsteinen, Geräusch und Gesurr der Stimmen über den Tisch, Klappen von Fächern, nickende Blumen in Gefäßen, Körbchen mit Obst und Süßigkeiten, Weingläser verschiedener Art neben den Tellern, das Kommen und Bedienen der Leute, das in ganz anderem Schrittmaß geschah – das seltsam aufregende Ganze des Festmahles wirkte auch auf die beiden, daß plötzlich eine Gemeinschaft zwischen ihnen war, eine Vertrautheit und Heimlichkeit, ein Gefühl des Zusammengehörens in einer fremden Menge, wo denn Türen der Seele sich öffnen und Worte gesagt werden, die den Menschen sonst nie über die Lippen kommen würden aus Scheu und Befangenheit.

Was war es denn, das sie sich sagten? Als sie am andern Morgen sich jedes die Worte bedachten, die sie ja genau auswendig gemerkt hatten, da war ihnen, als seien das ganz gleichgültige Gesellschaftsgespräche gewesen, die sie geführt. Es mußten in jenen Augenblicken doch diese nun gleichgültigen Gespräche einen geheimen Sinn gehabt haben, der unmittelbar das Gefühl anregte, die Gespräche mußten nicht das Wichtige gewesen sein. Sie hatten aber vom Theater geredet, von einer Sängerin, welche Lieder gesungen, von einem Buch, welches gerade von allen Leuten gelesen wurde; es war dasselbe gewesen, das sie in früheren Gesellschaften schon gesagt und in späteren noch sagen würden, und das alle Damen und Herren ihres Alters in ihrem Kreise auch sagten, wenn sie sich in einer Gesellschaft trafen.

Die Präsidentin sprach mit ihrem Mann über Anna. Sie bat ihn, Herrn von Werther etwas an sich heranzuziehen. Der Präsident sah sie mit einem müden Gesichtsausdruck an und nickte mechanisch mit dem Kopf. Die Frau erschrak, umarmte ihn, und fragte besorgt: »Ist dir etwas, Lieber?« Er schüttelte den Kopf, küßte sie auf die Stirn und ging.

Herr von Werther wurde von der Präsidentin auffallend bevorzugt. Er war eine Waise, seine Eltern waren früh gestorben, er war in bedrängten Verhältnissen aufgewachsen; es fehlte ihm an der Leichtigkeit, welche notwendig ist, und er hatte außer den gesellschaftlichen Beziehungen, welche sich aus seiner Stellung ergaben, keinerlei Verkehr in Familien. So war ihm die Freundlichkeit der Präsidentin sehr nützlich. Er wußte ja wohl, daß der Präsident und seine Gattin seine Neigung zu Anna gemerkt hatten, er bekam auch Anspielungen von Amtsgenossen zu hören, daß er seine Laufbahn sehr geschickt einleite; zuweilen dachte er auch an ein späteres Leben mit dem lieblichen und klugen Mädchen, und eine tiefe Sehnsucht nach Glück überkam ihn. Es geschah ihm sonst nie, daß er Dichtung las; nun nahm er sich Goethes Gedichte aus dem Schrank, blätterte und las und dachte an Anna.

Anna hatte eine Freundschaft, wie so Mädchenfreundschaften sind, mit der einzigen Tochter eines sehr reichen Fabrikanten, welche den Namen Marie führte. Marie war vielleicht nicht häßlich, aber unschön; sie war klein gewachsen, hatte ein gewöhnliches Gesicht, ausdruckslose graue Augen, und vielleicht verlieh nur ein Schein einer großen und harmlosen Güte, der über ihr ganzes Wesen strahlte, ihr eine gewisse Anziehung. Marie mit ihren Eltern war durch ihre Freundin in die Gesellschaft der Beamten und Offiziere gekommen, wo sie denn als der Goldfisch galt. Anna hatte auf Bällen gewiß nie Mangel an Tänzern, vielleicht mußte Marie eher einmal einen Tanz aussetzen, aber die beiden Mädchen fühlten doch genau, daß Marie umschwärmt wurde und Anna fast einsam blieb. Sie sprachen einmal darüber, und Marie meinte, daß Anna für die jungen Herren zu klug und gebildet sei; sie dachte an Herrn von Werther, zu dem sie eine stille, ja uneingestandene Liebe fühlte, und sie war stolz darauf, daß der stattliche Mann die Freundin auszeichnete, der als der begabteste in dem ganzen Kreis anerkannt war; sie konnte es nicht sagen, aber sie fühlte, daß Herr von Werther ihrer Freundin alle anderen Verehrer ersetzen konnte, die möglich gewesen wären.

Herr von Werther war auch mit Mariens Eltern bekannt geworden, er hatte Besuch gemacht und war eingeladen. Marie freute sich, daß er Gast im Hause ihrer Eltern wurde und machte sich nicht klar, ob er besondere Gründe haben mochte, sie fühlte eine leichte Verstimmung ihrer Freundin, aber kaum hatte sie die gefühlt, als Anna auch durch vermehrte Herzlichkeit den Eindruck verwischte, den sie wohl bemerkt hatte. Wie oft wissen wir nicht, welche Gründe uns bewegen, was wir eigentlich erstreben, die beiden jungen Mädchen spürten wohl, daß zwischen ihnen eine Entfremdung kam, aber sie machten sich deren Gründe nicht klar, mochten sie sich vielleicht nicht klarmachen, und so blieb denn ihr Verhältnis das alte, mit Küssen, Tändeln, Schwatzen und Kichern und allen jenen oft scheinbar kindlichen Äußerungen der weiblichen Jugend, die doch immer einen tief verborgenen Sinn haben.

An einem Abend ging Marie allein nach Hause, nachdem sie sich von der Freundin verabschiedet hatte. Es lag Schnee auf den Straßen, die Tritte der Menschen knirschten, und sie fühlte einen unerklärlichen Jubel im Herzen. Ihr Elternhaus war durch ein Vorgärtchen von der Straße geschieden. Sie sah das Zimmer des Vaters erleuchtet, das Zimmer der Mutter, das Wohnzimmer, und plötzlich wußte sie: »Er ist da.« Sie erglühte vor Beschämung und zögerte, den Drücker der Tür in die Hand zu nehmen, aber dann schüttelte sie den Kopf, griff fest zu, öffnete, die Glocke schellte, das Mädchen kam, nahm ihr die Sachen ab, am Kleiderhaken hing sein Hut und Mantel, das Mädchen erzählte: »Der Herr Assessor ist da«, sie sprach: »So? Ich gehe auf mein Zimmer.«

Sie saß auf ihrem Zimmer im Dunkeln auf einem Stuhl vor ihrem Schreibtisch, ihr Herz pochte. Die Mutter trat ein. Mit freundlicher Stimme fragte sie, weshalb sie im Dunkeln sitze, sie antwortete nicht. Die Mutter trat zu ihr, Marie barg ihren Kopf an der Brust der Mutter und weinte, die Mutter streichelte ihr das Haar und sagte: »Wir wollen dir ja nichts in den Weg legen. Er soll uns recht sein als Sohn, er ist ein tüchtiger Mann und er wird dich lieb haben.« Tränen tropften auf den Kopf Mariens.

Marie dachte an die Freundin. Hätte sie das fassen können, was sie fühlte, dann hätte sie sich gesagt, daß sie schuldig sei gegenüber Anna. Aber dergleichen blieb tief im Untergrund ihrer Seele, und durch eine eigentümliche Verknüpfung der Gedanken war das erste, das sie ihrer Mutter sagte: »Wird er sich mit mir auch so gut unterhalten können wie mit Anna?« Die Mutter lächelte, sie wußte ja nichts von der Gedankenverknüpfung, und hielt den Ausspruch für eine Äußerung von Mariens Kindlichkeit. Sie sagte: »Nun mußt du mit in die Wohnstube kommen.«

Marie sah nichts, als sie in die Wohnstube trat; sie fühlte nur, wie ihre Hand hochgehoben, zart gedrückt wurde; der kurze Schnurrbart stachelte den Handrücken. Dann lag sie in den Armen des Vaters und an seiner nassen Backe. Sie dachte sich: »Weshalb weine ich denn nicht? Die Eltern weinen. Aber vielleicht ist es gut, wenn ich nicht weine, ich sehe dann häßlich aus.«

Marie schlief spät ein und wachte am andern Morgen früh auf. Sie dachte, daß sie ihre Freundin besuchen mußte, um ihr die Verlobung mitzuteilen; aber da fühlte sie einen so heftigen Kopfschmerz, daß sie bat, ob sie im Bett liegen bleiben dürfe. Die Mutter sorgte zärtlich für sie, sie streichelte der Mutter die Hand, und indem sie sich von der Freundin abgewendet fühlte, spürte sie eine besondere und neue Liebe zu der Mutter. Sie schrieb einige Zeilen auf einen Briefbogen, erzählte Verlobung und Krankheit und sandte der Freundin Grüße.

Als Anna den Brief gelesen hatte, preßte sie ihre Lippen zusammen und reichte ihn schweigend ihrer Mutter. Deren Hand zitterte, als sie las; sie sagte: »Das ist ja eine erfreuliche Verlobung. Ich habe zu Herrn von Werther immer eine besondere Zuneigung gehabt, und die gute Marie wird einen trefflichen Gatten bekommen.«

Anna sagte mit Anstrengung: »Die Gute hat heftige Kopfschmerzen; man kann sich wohl denken, die Aufregung war gewiß groß. Es wäre wohl richtig, wenn ich sie besuchte. Vielleicht kann ich ihr irgendwie nützlich sein.«

Die Hochzeit wurde bald gefeiert. »Ich werde an der Hochzeit teilnehmen müssen, es wird schon ohnehin genug gesprochen werden«, sagte Anna zu ihrer Mutter. Die Mutter ergriff ihre Hand, die Tränen standen ihr in den Augen und sie wollte der Tochter ein tröstendes Wort sagen. Aber Anna wendete sich ab und sagte: »Es ist nicht so, wie du wohl denkst. Ich dachte ja wohl, was ich fühlte, das wäre –

nun, das wäre etwas anderes. Du mußt nicht lachen; ich habe Romeo und Julia noch einmal gelesen. Ich bin keine Julia. Ein Mädchen aus guter Familie ist wohl nie eine Julia. – Du mußt nicht denken, daß ich das bitter sage. Ich bin nur verwundert.«

Die Mutter machte eine Bemerkung über Herrn von Werther. »Ach«, erwiderte Anna, »gute Mutter, auch er ist ja ganz anderes, wie du denkst. Er ist ein braver Mensch, er ist vielleicht nicht sehr entschlossen, denn sonst hätte er nicht so viel bei uns verkehrt; daß er mich nicht heiraten konnte, das wußte er ja, wie ich es wußte; aber es war ja bei ihm wohl noch so etwas da, was man gewöhnlich Liebe nennt.« Sie dachte – sie dachte das nicht wörtlich so, aber sie dachte es fühlend: »Wenn er ein Romeo gewesen wäre, vielleicht wäre ich dann eine Julia.«

Herr von Werther ging unruhig in seinem Zimmer auf und ab. Gedankenlos griff er zu dem Band Goethescher Gedichte und schlug ihn auf. Da fiel sein Auge auf die wunderschönen Verse:

»O gib vom seidnen Pfühle
Träumend ein halb Gehör.«

Sein Auge füllte sich mit Tränen, und eine Träne tropfte auf das Buch.

Fortsetzung der Geschichte vom Nobelpreis

Die Gesellschaft hatte die Tafel verlassen, es hatten sich einzelne Gruppen gebildet, die sich in den Nebenzimmern niederließen. Es gab Kaffee, wirklichen Kaffee, Kaffee aus Kaffeebohnen, die Herr von Brake von einem Geschäftsfreund bekommen hatte; er hatte für fünf Pfund ein Paar Ledersohlen gegeben, die er noch rechtzeitig gehamstert.

Das Mädchen brachte auf ihrem silbernen Teller ein Telegramm für Herrn von Brake. Herr von Brake riß es auf, las es, lachte und reichte dem neben ihm sitzenden Paul Ernst die Hand. »Ich wünsche Glück«, sagte er. »Wir kennen uns ja noch nicht lange, ich habe außer Ihrem Asmus, den ich, wie Sie wissen, sehr hoch schätze, noch nichts weiter von Ihnen gelesen; aber Ihre Freundschaft mit meinem Schwiegersohn ist mir eine Gewähr dafür, daß wir uns verstehen. Sehen

Sie«, er reichte Paul Ernst das Telegramm. »Eigentlich sollte Rosegger gewählt werden; nun haben Sie doch noch gesiegt.«

Paul Ernst las laut: »Ernst zum zweiten Vorsitzenden gewählt. Goethegesellschaft.«

Er sah sich erstaunt um. Der Kreis war klein, und man war der Anwesenden versichert. So erzählte denn Herr von Brake, daß er Mitglied der Goethegesellschaft sei, welche ja der heimliche Bildungsbund des deutschen Volkes ist; er war ein einflußreiches Mitglied; er hatte es bereits erreicht, daß ein verdienter früherer Staatsmann erster Vorsitzender geworden war; der Staatsmann stand der Bildung ja eigentlich ferner, er entstammte der altpreußischen Tradition und glaubte, daß Nathan der Weise von einem Juden geschrieben sei, womit er übrigens gar nichts gegen die Juden sagen wollte, die er vielmehr schätzte, denn er hatte selbst eine geborene Levysohn zur Frau, weshalb auch seine Diners immer ausgezeichnet waren, und das war nicht ohne Einfluß auf die Karriere, aber in der Goethegesellschaft waren fast alle Fürsten, es waren da die größeren Bankiers, eine Menge Geheimräte, kurz, die Goethegesellschaft war der heimliche Bildungsbund des deutschen Volkes, und so war es das Richtige, daß ein früherer Minister erster Vorsitzender wurde. Nun brauchte man aber auch eine Persönlichkeit, welche die Bildung repräsentierte.

Herr von Brake sah sich um; Paul Ernst war verschwunden, er hatte sich leise entfernt. Unter den Zurückbleibenden waren Georg von Lukács, Karl Scheffler, Leopold Ziegler, Wilhelm Schäfer und Doktor Kaufmann, der Nachfolger Georg Müllers; die fünf Herren machten ein etwas betretenes Gesicht; Doktor Kaufmann, welcher Paul Ernst als denjenigen Dichter liebt, der ihm am meisten einbringt, wurde unruhig, flüsterte den andern vier Herrn einige Worte zu und ging gleichfalls.

Herr von Brake lehnte sich unmutig in seinen Stuhl zurück. Um die Stimmung wiederherzustellen, schlug ein Anwesender vor, man solle weiter erzählen; und so folgten denn nun die nächsten Geschichten.

Die Liebschaft des Dienstmädchens

Ein junges Mädchen war mit den Eltern von einem Ball zurückgekehrt. Die Mutter hatte sie auf die Stirn geküßt, der Vater hatte ihr die Hand gegeben und sie hatte die Hand mit einem Knicks genommen; dann war sie in ihr Mädchenzimmer gegangen mit den weißen Möbeln und den blumig-hellen Vorhängen.

Sie wußte wohl, daß die Eltern sich etwas dachten, sie jubelte innerlich. Als sie allein war, zog sie ihre Tanzkarte vor, und auf einen der aufgeschriebenen Namen drückte sie einen Kuß. Noch konnte sie sich nicht legen. Sie öffnete das Fenster, sah hinaus zum dunkelblauen, gestirnten Himmel, dann zog sie die Vorhänge vor das geöffnete Fenster, drehte das Licht aus, um im Dunkeln zu sein, und ging in frohen Gedanken auf und ab.

Eine Weile war sie so auf- und abgehend mit ihren glücklichen Gedanken allein gewesen, als ihr plötzlich ein erregtes Flüstern zum Bewußtsein kam. Vor dem Hause, unter ihrem Fenster, im Garten unten schien ein Pärchen in heftiger Erregung zu sprechen, denn man konnte deutlich eine dunkle, ärgerliche Männerstimme unterscheiden und eine helle, flehende Mädchenstimme. Sie wollte das Fenster schließen, um nicht Zeugin fremder Heimlichkeiten zu sein, da hörte sie ihren Namen nennen, »Fräulein Annchen«. Sie erkannte jetzt die Stimme des Hausmädchens. Die Mutter hatte ihr den Ausgang heute abend erlaubt, das Mädchen war gleichfalls auf einem Ball gewesen. Nun war sie zurückgekommen, ihr Bräutigam mochte sie begleitet haben.

»Was soll denn Fräulein Annchen von mir denken«, flüsterte das Mädchen hastig und furchtsam; »die ist so, die ist ja noch das reine Kind.« Der Mann lachte und erwiderte etwas Gemeines. Das junge Mädchen oben wurde blutrot, sie hatte die leise Erwiderung der tiefen Stimme nicht ganz verstanden, aber sie ahnte, was sie bedeuten sollte; sie ahnte jetzt plötzlich überhaupt, um was das Flüstern unten ging. Ihre Hände zitterten, sie lauschte nun weiter, in Angst, Scham und Grauen.

Das Mädchen schrie leise auf und stieß den Mann zurück; der Mann fluchte und schimpfte; das Mädchen machte ihm mit heftiger Stimme Vorwürfe, sie habe ihm vertraut, das hätte er ihr sagen müssen, daß er auch so einer wäre, sie habe ihre gute Stelle, die wolle sie nicht aufgeben für so etwas. Der Mann sprach nun wieder heftiger. Seine Worte verstand sie nicht recht, sie hörte nur, wie er schimpfte, sie sei eine Gans. Nun sprach wieder das Mädchen; sie sprach dieses Mal so leise, daß auch sie unverständlich blieb. Plötzlich kam in ihre Rede ein schnell erstickter Aufschrei, wie wenn der Schreienden plötzlich die Hand auf den Mund gelegt wäre, ein Ringen wurde gehört mit weiteren erstickten Tönen dazwischen, die in Jammern und Weinen übergingen.

Fräulein Anna hatte sich, wie sie war, in ihr Bett geworfen und den Kopf unter Decke und Kissen versteckt. Erst nach einer langen Weile wagte sie wieder den Kopf vorzunehmen; sie hörte nichts; nach weiterer Zeit schlüpfte sie aus dem Bett und schlich ans Fenster; da hörte sie das Mädchen unten leise weinen. Leise schob sie den Vorhang zur Seite und sah hinunter in den dunklen Garten; und deutlich erkannte sie eine einzelne hockende Gestalt. Ihr Herz pochte heftig; zuletzt wagte sie, leise hinauszurufen: »Sind Sie es, Marie?« Das Mädchen unten verstummte sofort im Weinen, man merkte, wie sie sich bezwang; sie erwiderte: »Ich suche den Gartenschlüssel, den ich eben habe fallen lassen.« Fräulein Anna sprach nichts weiter; das Mädchen machte sich an der Gartentür zu schaffen, sagte, sie habe den Schlüssel gefunden, wünschte gute Nacht und ging ins Hans.

Am andern Morgen mieden sich die beiden, als seien sie beide schuldbewußt; das Mädchen sah blaß aus mit tiefliegenden Augen, aber mit einem eigentümlich roten Mund und einem seltsam glücklichen Lächeln um die Lippen und sinnendem Ausdruck der Augen.

Fräulein Anna war gleichaltrig mit dem Mädchen, und so war denn in Wirklichkeit das Mädchen viel erfahrener und reifer wie die Herrin; aber die Herrin glaubte auch, daß sie verantwortlich sei für das ungebildetere Wesen. Nur mochte sie nicht mit der Mutter sprechen, denn sie scheute sich, von solchen Dingen zu reden, auch wollte sie nicht den Anschein von Angeberei erwecken so hielt sie es denn für richtig, daß sie mit dem Mädchen selber redete und sie vor den Gefahren warnte, die ihr durch eine leichtfertige Liebschaft drohen konnten.

Sie sprach so zartfühlend, wie es ging, indem sie so tat, als ob sie die Ausrede mit dem Schlüssel glaubte und weiter nichts gemerkt habe; aber sie knüpfte an, indem sie sagte, daß ein einzelnes Mädchen doch belästigt werde, wenn sie so spät nach Hause komme, und es sei doch wohl auch schwierig, jemanden zur Begleitung zu finden, der ganz zuverlässig sei, und so kam sie denn allmählich auf ihre Absicht. Das Mädchen aber merkte bald, daß das Fräulein mehr gehört hatte, als sie sagte, sie wurde rot, dann fing sie an zu weinen und beteuerte, sie sei ein anständiges Mädchen und stamme aus einer anständigen Familie, bei ihr könnte so etwas nicht vorkommen, denn wenn ihre Eltern so etwas erführen, dann dürfte sie sich zu Hause nicht sehen lassen, denn ihr Vater sei sehr streng, der würde sie totschlagen, und so redete sie weiter, indessen das Fräulein immer verstimmter wurde über die geläufigen Lügen. Das Mädchen merkte die Verstimmtheit nicht, und kam so in kurzer Zeit aus dem Beteuern in das eigentliche Schwatzen hinein, wo denn ein Gedanke sich verloren an den andern knüpfte, bis sie, ohne es zu wissen, da angelangt war, wohin ihr Sinn strebte, nämlich bei einem Sprechen über ihr nächtliches Erlebnis, freilich nur in ganz allgemeinen Worten, die ihrer Meinung nach nichts verrieten. Sie sagte aber, daß Mann und Weib für einander geschaffen seien, und das verlange die Natur, und was die Natur verlange, das sei keine Sünde, und es geschehe vieles in der Welt, das man nicht wisse, und sie für ihr Teil wolle gar nicht alles wissen, aber zu glauben brauche man deshalb auch noch nicht alles; und so schwatzte sie in einem fort, bis Fräulein Anna ärgerlich fortging und die Verdutzte stehen ließ, die denn sich keine andere Erklärung wußte, als daß das Fräulein neidisch sei, weil sie keiner wolle.

Das Fräulein ging aber auf ihr Zimmer und weinte, sie dachte an den Ball und an ihre Glückseligkeit, und dachte, daß da etwas gewesen war, das sie bei sich im Innern für Liebe gehalten hatte, und eine tiefe Scham übermannte sie.

Wie sie so im verriegelten Zimmer lag, mit dem Gesicht ins Bett gedrückt, hörte sie die Gartentür gehen und vernahm einen raschen Schritt am Hause. Sie wußte, wer das war, und wie in einem tödlichen Schrecken geschah es ihr, als ob ihr das Herz stehen bliebe. Sie konnte nicht erwarten, noch weiteres von dem Besucher zu vernehmen, denn die Haustür lag an einer andern Seite des Hauses, und vom Flur war ihr Zimmer weit entfernt; trotzdem glaubte sie genau die Klingel zu hören, das Öffnen des Mädchens, das kurze Gespräch, das Eintreten; der Haken knackte, an welchen er seinen Überrock anhing, sie hörte die Stubentür gehen.

Nach einer Weile drückte jemand auf ihre Türklinke. Sie wußte, daß das die Mutter war, riegelte schnell auf und ließ die Mutter ein; sie wußte, was sie jetzt hören sollte, und die ganze Zeit über hatte sie sich bezwungen, daß sie ruhig erscheinen konnte; und so gelang es ihr, daß die Mutter, weil sie selber sehr erregt war, nichts von ihrem Zustand merkte.

Die Mutter erzählte ihr, daß der junge Mann, von dem sie wohl wußte, eben angefragt hatte, ob er Anna als Gattin bekommen konnte. Die Eltern waren einverstanden, sie hatten sich schon vorher alles bedacht, die Mutter nahm an, daß auch Anna Ja sagen würde.

Anna aber sagte, so ruhig sie konnte, ein Nein, sie fuhr dann fort und erklärte, daß sie überhaupt nicht heiraten wolle; im Weiterreden verwirrte sie sich immer mehr, aber die Mutter verstand ja ohne Begründung, was sie sagen wollte; sie wußte nichts zu erwidern und erhob sich tiefbestürzt, um den beiden Männern die Nachricht zu bringen.

Annas Großvater lebte in der Stadt der Eltern, er war ein stiller, alter Gelehrter, der kaum seine Studierstube verließ; er wurde von einer alten Haushälterin betreut, und Anna besuchte ihn oft, saß auf einem Fußbänkchen zu seinen Füßen, und blickte zu dem alten Mann auf, der ihr erzählte.

Die Eltern schwiegen, als sie mit ihr am gemeinsamen Mittagstisch saßen, und sie fühlte sich so einsam, daß sie den Großvater brauchte. Sie saß zu seinen Füßen wie sonst, und es war Dämmerung.

»Mein Leben ist schön gewesen«, sagte er. »Als junger Mann hatte ich viele Sorgen, viele Arbeiten, und die Kinder haben mir manche Mühe gemacht. Ich hatte keine Zeit; aber das war gut, ich habe alle meine Kräfte gebraucht und entwickelt. Nun, im Alter, bin ich ein freier Mann, ich kann an anderes denken. Die Greise sind es, welche die Menschheit weiterbringen; vielleicht bringe ich sie eine Kleinigkeit vorwärts.«

Anna fühlte eine tiefe Beschämung, als sie diese Worte hörte. Sie stand auf, sagte dem Großvater Lebewohl, ging zu ihrer Mutter und sprach: »Ich habe heute früh gedankenlos und albern gesprochen. Ich verglich mich mit einem Wesen, das unter mir steht, ich muß mich aber vergleichen mit einem höheren Wesen. Wenn ich durch meine Torheit nicht die Zuneigung des Mannes verscherzt habe, der mich zu meiner Gattin machen wollte, so werde ich jetzt jeden seiner Wünsche erfüllen.«

Das Porzellangeschirr

Zu der Zeit, als die Verfertigung des Porzellans ihre höchste Vollkommenheit in Deutschland erreicht hatte und deshalb auch Männer bei ihr beschäftigt wurden, welche in ihrem ganzen Sein Künstler waren, arbeitete bei einer Manufaktur ein junger Maler namens Ehrhardt, der von seinen Vorgesetzten sehr geliebt wurde wegen seiner Begabung, seines reinen künstlerischen Gefühls und seines Fleißes. Der junge Mann war verlobt mit der Tochter eines Tischlers. Seine Braut war in ihrem Wesen ihm verwandt, denn auch ein Tischler war ja damals nicht ein Arbeiter, welcher für seinen Tagelohn unwillig eine ihm verhaßte Arbeit macht, sondern er liebte sein Handwerk, er suchte sich sorgfältig seine Hölzer aus und pflegte sie, er entwarf seine Möbel selber und paßte ihre Art dem Holz an, das er verarbeiten wollte, er wirkte mit Farbe, Ton und Maserung seiner Möbel wie der Musiker mit der Harmonie, und mit Verhältnissen, Linien und Flächen, wie der Musiker mit der Melodie wirkt. Diese alten Handwerker waren in Wirklichkeit Künstler, wie sie sein sollen, nicht wie die heutige entartete Zeit sie sich vorstellt, und sie hatten auch das allgemeine Lebensgefühl des Künstlers.

Ehrhardt war nicht einverstanden mit dem gewöhnlichen Vorgehen der Porzellanmalerei, daß nämlich über der Glasur gemalt wurde. Er zeigte seiner Braut, wie die Farben einen verschiedenen Glanz bekamen, so daß eine Einheitlichkeit gar nicht möglich wurde. Er stellte Versuche an, unter der Glasur zu malen, wie die alten Chinesen es getan haben, deren unübertroffene Werke uns noch heute zur Bewunderung anreizen, und seine Braut, welche er in allem überzeugt hatte, ging ihm bei seinen Arbeiten gern an die Hand.

Als die beiden sich ihre Liebe gestanden hatten, da hatte eine wilde Rose eine Rolle gespielt. Der junge Mann stammte nicht aus dem Ort, aber er war ehrlicher Leute Kind, und der Tischlermeister hatte sich genau nach allem erkundigt, ehe er erlaubte, daß er zu seiner Familie ins Haus kam, er wußte, daß die Besuche Ehrhardts seiner Tochter galten, und die Tochter wußte es ganz gewiß auch. Aber jedermann in der Familie und der junge Mann selber tat so, als sei die Freundschaft ganz allgemeiner Art. An einem Sonntagnachmittag hatten alle einen Ausflug gemacht, als die Sonne sich senkte, kehrte man zurück;

die Eltern ruhig und ehrenhaft vorausgehend, die Knaben umherschwärmend und Schneckenhäuser, Käfer oder ähnliches suchend, und Ehrhardt mit dem jungen Mädchen so weit von den übrigen entfernt, daß ein ungestörtes Sprechen möglich war. Sie sprachen aber nichts, das nicht die andern hätten alle auch hören können. Da stand ein großer Busch wilder Rosen am Weg, aus dem Hunderte und Hunderte von Blüten und halberschlossenen Knospen hervorgebrochen waren, erst um Mittag war er aufgeblüht, und noch war keines der zarten hellroten Blätter abgefallen. Die beiden blieben bewundernd vor dem schönen Busch stehn, Ehrhardt zog sein Taschenmesser, um eine Blüte abzuschneiden, aber indem er sie ihr reichte, löste sich eines der Blättchen, dann noch eines, das junge Mädchen lachte, er lachte auch, dabei sahen sie sich in die Augen, flink blickte er sich um nach Eltern und Brüdern, und plötzlich zog er die Errötende an sich und küßte sie, noch in der Hand die Rose mit den drei gebliebenen Blättern.

Damals hatten sich die jungen Leute verlobt, die Eltern hatten zu Hause ihre Hände genommen und ihnen freundliche und liebe Worte gesagt.

Seit dieser Zeit hatte das junge Mädchen eine besondere Liebe zu den wilden Rosen, und als nun die beiden alles besprochen hatten, wie es geschehen sollte mit der Malerei, da schlug sie ihm vor, er solle doch ein Gedeck mit wilden Rosen bemalen.

Es waren gerade wieder die Tage, wo sie blühten. Die beiden gingen am Sonntag zu ihrem Busch, setzten sich ihm gegenüber, und zeichneten auf Papier einen Zweig mit dem Ansatz der Büschel von Blättern und Blüten, sie zeichneten einzelne Blüten und Knospen, verschiedenartig gerollte Blätter; sie wiederholten ihren Besuch, und arbeiteten so fleißig, daß sie die schöne Pflanze genau kennen lernten und wußten, wie sie zu malen war.

Dann machte der junge Mann mit seinem Vorgesetzten ab, daß er ein vollständiges Gedeck bekam, das unglasiert war; er kaufte es sich, denn er wollte seine Arbeit auf eigene Hand machen, und die Vorgesetzten ließen es ihm zu einem mäßigen Preis; und nun dachte er sich aus, welche verschiedenen Rankenverschlingungen er auf die Teller und Schüsseln malen wollte.

Die Arbeit war fertig und war völlig gelungen. Die Vorgesetzten besahen sich jedes Stück, besprachen alles und lobten den jungen Künstler. Es wurde beschlossen, für besondere Aufgaben von der neuen Art des Malers Gebrauch zu machen, Ehrhardt wurde fest angestellt, und die Arbeit, welche man von ihm verlangte, machte ihm Freude. So schien nun sein Leben völlig gesichert, und er beschloß in Übereinstimmung mit den Eltern der Braut, bald zu heiraten.

Das kostbare Gedeck bot er auf den Rat der Vorgesetzten dem Sohn des ersten Ministers an, einem prunkliebenden jungen Herrn, von dem es bekannt war, daß er große Ausgaben mit leichter Hand machte.

Ehrhardt stieg mit Zagen den Weg zu dem Schloß des vornehmen Herrn hinauf, das steil über der Stadt lag. Er hatte eine Schüssel mitgebracht zur Probe und stellte sie im großen Saal auf einem Tisch günstig auf, der junge Herr trat ein, sah sie flüchtig an, nickte mit dem Kopf; Ehrhardt sagte, die übrigen Teller und Schüsseln seien im Saal der Fabrik aufgestellt. Der andere erwiderte, es sei gut so, er brauche sich nicht alles anzusehen, es sei viel gesprochen über seine Arbeit und sie werde von allen sehr gerühmt, sein Geld werde ihm bezahlt werden; und so ging denn Ehrhardt mit einer tiefen Verbeugung.

Er ging mit Bekümmernis. Denn er wußte ja wohl, daß er das Gedeck nicht für sich und seine künftige Frau gearbeitet hatte, daß es verkauft werden mußte an eine vornehme Herrschaft; aber er hatte seine Arbeit lieb, und der junge Herr hatte sie nicht einmal angesehen. Wenn jemand das Gedeck gekauft hätte, dem die Stücke Freude machten, der die Blumen und verschlungenen Ranken betrachtet hätte, der gefühlt hätte, was ihm selber diese Arbeit gewesen war, dann hätte er sich leicht von ihm getrennt; dann hätte er auch gewußt, daß alles geschont wurde, nicht grobfäustigen Dienstboten übergeben, nicht täglich benützt, sondern in Ehren gehalten, in einem großen Glasschrank aufgestellt, und nur an den hohen Festtagen der Familie auf die Festtafel gebracht, zu den Hochzeilen, Kindtaufen und Sterbefeiern.

Indessen Ehrhardt verstimmt und wortkarg zu den Seinigen zurückkam, hatte der junge Herr den Einfall, zu einem Fest, das er noch am selben Abend geben wollte, das neue Geschirr aufstellen zu lassen, indem er dachte, seinen Gästen ein Vergnügen damit zu machen, daß sie gleich als Erste von dem berühmten Geschirr speisen sollten. Denn es war wirklich in der Gesellschaft viel von der Arbeit gesprochen, wie denn damals eine allgemeine Liebhaberei für Porzellan war, ähnlich zu anderen Zeiten vielleicht einer solchen für Tulpenzwiebeln oder für Briefmarken.

Die Gäste aber waren übermütige junge Herren und einige Damen vom Theater. Das Geschirr wurde bewundert und gepriesen; es wurde genau betrachtet und untersucht; vielleicht aber hätte der fromme Maler doch keine Freude an den Lobsprüchen und dem Erstaunen gehabt, denn diese jungen Leute faßten seine Arbeit so ganz anders auf, wie sie gemeint war. Die wilde Gesellschaft setzte sich. Wundervolle Blumensträuße standen auf dem Tisch, die Damen zogen sich die schönsten Blumen heraus, steckten sie sich an und gaben sie den Herrn. Die Diener mit unbeweglichen Gesichtern brachten die Suppe und schenkten den Wein, ersticktes Lachen, Prusten und Kichern erscholl; Witze wurden erzählt, die nicht allzufein waren; und so steigerte sich sehr bald die Stimmung zu einer lärmenden Lustigkeit, die kaum noch der Anregung durch den reichlich eingegossenen Wein bedurft hätte.

Teller und Schüsseln wurden gleich in die Küche zurückgebracht, wenn ein Gang zu Ende war. Dort wurden sie sofort gewaschen und getrocknet, und was nicht weiter gebraucht wurde, das brachten die Diener in das Speisezimmer zurück, wo alles auf einer kostbaren Anrichte aufgestellt wurde.

Die Gesellschaft hatte längst das Essen beendet; man saß nur noch an dem unordentlich gewordenen Tisch mit den zerzausten Blumensträußen, dem verzogenen und befleckten Tischtuch, den unregelmäßig gesetzten Schalen mit Früchten, den niedergebrannten Leuchtern; Mundtücher lagen zerknüllt auf dem Tisch, unterm Tisch; auf kleinen Tellerchen hatten sich Obstschalen gehäuft, Hülsen von Mandeln, Pflaumenkerne; das Gespräch war längst ein Schreien geworden, da« Lachen war heiser und laut; plötzlich kam von einem der Mädchen ein Quietschen, und in demselben Augenblick fiel ein Teller mit Obstschalen zur Erde und zerbrach. Viele sprangen vom Tisch auf, einer zog das Tischtuch mit, noch einige Teller fielen und zerbrachen, eine silberne Schale stürzte, die Äpfel rollten, ein Leuchter wurde noch eben gehalten. Eine leichte Bestürzung war über der Gesellschaft durch die Zerstörung der schönen Teller; der Gastgeber, halb berauscht, hatte vielleicht einen liebenswürdigen Gedanken, der denn durch seinen Zustand abscheulich wurde, denn vielleicht wollte er den Schuldigen die Beschämung nehmen, er rief: »Das Geschirr, das solchen Schönheiten gedient hat, darf nie wieder eine gemeinere Aufgabe erfüllen«, damit nahm er einen Stoß Teller von der Anrichte und warf ihn auf die Erde. Die andern folgten seinem Beispiel, ergriffen, was sie auf der Anrichte stehend fanden und warfen es zu Boden und an die Wände, und so wurde in einigen Minuten das schöne Gedeck zertrümmert, das für Ehrhardt nicht nur die Arbeit eines Jahres gewesen war, sondern auch eine Darstellung seines Liebens, Hoffens und Suchens; wenn man will und den Ausdruck nicht zu übertrieben findet, seiner zarten und treuen Seele.

Ehrhardt hatte unruhig geschlafen aus Sorge um sein Gedeck. Gegen Morgen hatte er endlich einen Entschluß gefaßt. Kaum war es die Zeit, daß er sich bei einem vornehmen Herrn anmelden lassen konnte, so stand er auch schon da und suchte dem verschlafenen jungen Mann, der aus verquollenen Augen mißmutig auf ihn schaute, seine Meinung klarzumachen.

Nun stellte es sich heraus, daß die Menschen zwar alle dieselben Worte gebrauchen, aber notwendig Verschiedenes bei ihnen denken müssen, nach ihrer verschiedenen Veranlagung. Wenn der Porzellanmaler einen Satz sagte, so meinte er auch treuherzig, was die Worte des Satzes bedeuteten, und das war das, was ihm selber schien. Der junge Herr aber hatte bei jedem Wort noch einen besondern Gedanken, der auf einen andern Zweck ging, als das Wort an sich, und wie nun der Maler ihm alles auseinandersetzte, da suchte er natürlich hinter dessen Worten diesen andern Sinn.

Der Maler erzählte, daß das Geschirr unter Glasur gemalt sei und rühmte die Vorzüge der Art, dann fuhr er fort, daß ihn die Arbeit sehr viel Mühe gekostet habe, denn jedes Blättchen sei besonders ausgedacht und für seine Stelle bestimmt, und man mache eine solche Arbeit ja nicht des Geldes wegen, sondern um Ruhm mit ihr zu ernten. Der junge Herr verstand, daß er seine Forderung erhöhen wolle, wurde etwas verdrießlich und sagte, er habe nichts abgehandelt von dem, was der Maler verlangt habe, aber wenn der Preis noch zu niedrig sei, so möge er sagen, was er noch haben wolle. Der Andere wußte seinerseits nicht, was der Herr meinte, und erwiderte, was er verlangt habe, das sei der richtige Preis, und er wolle niemand überteuern, habe auch noch niemand überteuert, denn er dachte, der andere wolle ihm einen Vorwurf wegen des hohen Preises machen. Nun schien dem Herrn, daß der Maler Angst habe wegen der Bezahlung; er fragte lachend, ob er schon bei seinem Rechnungsführer gewesen sei und sein Geld geholt habe, und als der Maler verneinte, fuhr er freundlich fort, er werde sein Geld gleich von dem bekommen, wenn er seine Rechnung einreiche, er selber habe nicht soviel bei der Hand, sonst würde er es ihm sofort hier bezahlen. Nun dachte der Maler in Bescheidenheit und Freude, das sei wohl eine Gelegenheit, bei der er sein Anliegen vorbringen könne; er sagte, am liebsten wäre es ihm, wenn er nicht zu dem Rechnungsführer ginge, denn sein Geschirr sei ihm so lieb, daß ihm klar geworden sei, er könne sich nicht von ihm trennen, und er bitte den Herrn um die Gnade, daß er den Handel rückgängig mache, damit er es behalten könne. Der junge Herr dachte, er habe einen Käufer, der ihm mehr geboten habe, wurde ärgerlich über die anscheinende Unanständigkeit des Mannes und erwiderte kalt, den Handel könne er nicht mehr rückgängig machen, denn das Geschirr sei gestern abend alles zerbrochen.

Hier wurde der Maler fast ohnmächtig. Mit kreidebleichen Lippen fragte er: »Zerbrochen?« Seine Erschütterung machte den jungen Herrn stutzig, und, ohne daß er es wußte wie und weshalb, wurde er verlegen. In dieser Verlegenheit brachte er eine merkwürdige Ausflucht vor, indem er sagte, das Geschirr sei nicht vornehm gewesen; es sei nur mit wilden Blumen gemalt gewesen statt mit kunstvoll gezüchteten. Der Maler hörte nichts, er fragte nur noch einmal: »Zerbrochen?«; dann merkte er, daß der Herr eine Handbewegung machte, durch die er entlassen war.

Draußen fragte er den Diener nach dem Geschirr; der rief einen andern Diener herbei, die beiden erzählten ihm den Vorgang, der andere zeigte ihm in einer Kiste in der Küche die Scherben; einiges, das nur geringer beschädigt war, hatte er sich ausgesucht, um es zu behalten; er sprach von seinem jungen Herrn, wie so Leute tun, in halb demütiger, halb verächtlicher Art.

Der Maler ging aus der Küche die Stufen hinunter auf einen engen Hof. Er kannte die Ausgänge nicht, geriet in eine falsche Tür, und kam nicht zum Haustor, sondern auf einen schmalen Gang außen an der Mauer, die an dieser Stelle, da das Schloß an einen Berg gebaut war, tief und steil abfiel; unten sah man ganz klein die Dächer der Stadt. Der Gang war durch ein eisernes Gitter geschützt; vielleicht hatte Ehrhardt sich über das Gitter geschwungen, denn er stürzte ab und zerschmetterte unten auf dem Straßenpflaster.

Das Gespenst auf der Burg

Ein junger Mann von etwa neunzehn Jahren, wir wollen ihn Ernst nennen, war der Sohn eines sehr reichen und angesehenen Vaters.

Der alte Herr hatte seine Laufbahn als ein armer Kaufmannsgehilfe begonnen und war zu seinem Reichtum und Ansehen durch rastlose Tätigkeit, großen Verstand, und einen auf sein besonderes Geschäft vollständig gerichteten Sinn gelangt. Die Mutter war früh gestorben. Der Sohn war unter der Obhut eines zuverlässigen und pünktlichen Hauslehrers aufgewachsen.

Vater und Sohn saßen sich eines Abends beim Essen in der Art gegenüber, wie das gewöhnlich bei ihnen geschah, indem der Vater hastig die Zeitung überflog, ein Telegramm überlas und beantwortete, das der Diener auf silbernem Teller hereinbrachte, schnell einige Bissen zu sich nahm, ohne sich klarzumachen, was er eigentlich aß, zerstreut nach der Beschäftigung des Sohnes fragte und während der Antwort seine Gedanken schon wieder bei ganz anderem hatte, bei einer Angelegenheit seines Geschäftes.

Die beiden saßen sich in der Art gegenüber, wie das gewöhnlich bei ihnen geschah; und der junge Mann würde wohl nicht gedacht haben, daß irgend etwas hier nicht so war, wie es sein müßte, wenn er nicht am Tage ein Erlebnis gehabt hätte, das ihm sein ganzes gewohntes Dasein plötzlich fragwürdig erscheinen ließ.

Das Erlebnis war nur ganz gering gewesen. Er war in einen Handschuhladen gegangen, die Verkäuferin war eine junge Person, wohl die Frau des Besitzers, sie hatte ihre Kästen vorgeholt, seine Hand betrachtet und gemessen, dabei hatte sie den Kopf geneigt, und er hatte auf ein starkes dunkles Haar niedergesehen und auf eine goldige Haut mit leichtem Flaum der Wange, ein Ohrläppchen war zuerst erschienen, als sei es dem Körper fremd, plötzlich hatte sich eine rührende Zusammengehörigkeit herausgestellt. Rührend war die Zusammengehörigkeit gewesen. Ihn war ein eigenes Gefühl überkommen, eine Art von leichtem Schwindel, eine unbestimmte, glückliche und zu Tränen geneigte Sehnsucht, und der Trieb, über den Ladentisch weg diese Frau zu umarmen und ganz fest an sich zu ziehen; indem er diesen Trieb bekämpft hatte, war er verlegen geworden, hatte schnell ein beliebiges Paar Handschuhe genommen und bezahlt, und war aus dem Laden gegangen.

Am Nachmittag war er der Frau auf der Straße begegnet. Er hatte gegrüßt und sie hatte gedankt. Er hatte wieder das Gefühl gehabt, daß er sie an sich ziehen mußte, und er spürte, daß sie sein Gefühl bemerkt hatte, denn sie errötete.

Nun dachte er immer nur an die Frau; er wollte wieder in den Laden gehen, um etwas zu kaufen; eine Verlegenheit hielt ihn ab; er konnte seine Gefühle nicht von ihr trennen.

Am Abend also saß er dem Vater gegenüber, sah in das zerarbeitete Gesicht, die Augen, welche das aufgenommene Bild nicht dem Verstand zuschickten, daß es zum Bewußtsein kam; auf die unruhigen Hände, welche die Serviette ballten und knitterten, das Brot krümelten und hastig mit Messer und Gabel wirtschafteten; und plötzlich überkam es ihn, daß er ganz allein auf der Welt war.

Der Vater hatte der Kasse Anweisung gegeben, daß seinem Sohn verlangte Beträge bis zu einer gewissen Höhe ausbezahlt wurden. Ernst hatte keine großen Bedürfnisse und erhob immer nur kleine Summen, die im wesentlichen für seine Kleidung, ein mäßiges Taschengeld, und etwa einmal für ein Geschenk bestimmt waren. Am Morgen nach jenem Abend ging er zu dem alten, weißhaarigen Kassierer und verlangte tausend Mark. Der gute und treue Mann glaubte sich verhört zu haben, er fragte noch einmal. Ernst wiederholte die Summe, und aus beginnender Verlegenheit, weil er die Mißbilligung des alten Mannes spürte, sprach er laut und mit befehlshaberischem Ausdruck. Der Kassierer zuckte zusammen, als er den neuen Klang der Stimme hörte, sein Rücken beugte sich, er machte plötzlich eifrige, untertänige Bewegungen, schrieb schnell die Quittung aus, dann fragte er, in welchen Geldsorten der Herr den Betrag wünsche und zahlte auf die hart gegebene Antwort ängstlich aus.

Ernst konnte den künstlichen Ausdruck seines Gesichtes noch so lange aufrecht halten, bis er das Geld eingesteckt hatte; dann ging er, und eine eigene Angst überkam ihn über die Art seines Sprechens zu dem Kassierer, wie auch über das, was er vorhatte, das denn noch gar nicht klar überlegt war: er wußte nur, daß er wieder in den Handschuhladen gehen wollte.

Er ging die Straße hinunter, in welcher der Laden lag, aber als er an dessen Fenster kam, stellte er sich nur auf und sah mit scheinbar gleichgültigem Gesichtsausdruck die Auslagen an, dann schritt er weiter.

Wo ihn sein Weg führte, da hatte die alte Stadt sich nicht vergrößert. Am Ende der Straße kam eine schmale Treppe, die auf einen engen Platz leitete, von diesem ging ein Gäßchen ab, welches ins Freie blickte. Noch zogen sich eine Weile Gärten hin, dann folgte zur Linken ein Buchengehölz mit hellem Laub, das sich den Berg hinaufzog, und zur Rechten, in der Ebene, lagen die leicht wogenden Kornfelder, die noch einen grünlichen Schimmer hatten.

Ernst verfolgte seinen Weg ohne ein Ziel, er wäre gern umgekehrt, aber die Befangenheit trieb ihn vorwärts. Ein Fußsteig zweigte sich ab, der hinauf zur Burg führte. Die alte Burg lag seit dem Dreißigjährigen Krieg in Trümmern, es wurden mancherlei Sagen von ihr erzählt, alle von schauriger Art.

Die Sonne stand schon recht hoch am Himmel, als Ernst in den Bezirk der stillen Trümmer eintrat. In der einen Ecke des Burghofes wuchtete der dicke viereckige Turm, der in der Höhe seine dunkle Eingangspforte gähnend zeigte; an zwei Seiten stiegen aus hochgewehtem trocknem Laub die ausgefressenen Mauertrümmer der Wohnhäuser, deren Giebel noch abgestuft in den blauen Himmel ragten. Das Laub raschelte unheimlich in der Stille beim Schreiten.

Nun war da ein großer, behauener Stein in der Mitte des Burghofes, ein Stück aus einer Fensterbekleidung; auf den Stein setzte sich Ernst, und es geschah wohl nichts, als daß Fliegen summten. Die Sonne stieg und stand in der Mittagshöhe. Vielleicht schlief er ein. Denn es war ihm plötzlich, als wenn er aufwache durch Geräusch von Menschenstimmen, die durcheinander lärmten; es kam hinter der einen zerfressenen Mauerwand her, der an den Seiten die Giebel gegen den blauen Himmel standen. Ernst erhob sich und schritt durch die raschelnden Blätter zu der unförmigen Öffnung, in der vormals das Tor zum Hausflur geschlagen hatte. Da sah er Merkwürdiges.

In dem viereckigen Raum, der früher der Rittersaal gewesen, und an dessen einer Seite über dem verfallenen Kamin noch ein Stück des

Schornsteins mit jahrhundertealtem, glänzendem Ruß inwendig zu sehen war, auf dem der Sonnenschein lag, auf dem unebenen Boden zwischen geknickten Brennesseln und zerstampftem Schöllkraut stand ein langer eichener Tisch mit plumpen Schemeln davor; über die schwere Tischplatte beugten sich aufgelehnt gierig trunkene Männer, welche das Fallen von Würfeln verfolgten, die einer aus einem ledernen Becher schüttete. Die Männer waren in alter kriegerischer Tracht, in Lederwams mit breiten Hüten, in ihren braunen und roten Gesichtern, über blonden Bärten, flammten blaue Augen; einen Augenblick war es still, als die Würfel durch die Luft fielen; als sie auf den Tisch klapperten, da kam ein vieltöniges Schreien und Rufen; auf der einen Seite des Tisches standen kostbare Sachen aus Silber: Leuchter, Becher, ein Becken; einer ergriff das Becken und rasselte mit ihm, vielleicht lagen Geldstücke in dem Becken; Fluchen erscholl und Lachen.

Plötzlich wendeten sich aller Augen auf die Türöffnung, in welcher Ernst stand. Eine augenblickliche Stille kam. Der eine der Soldaten schritt schwankend und stolpernd, spornklingend in hohen Reiterstiefeln auf Ernst zu, schob ihm den Arm unter und zog ihn an den Tisch. »Er muß mit würfeln«, wurde geschrien, der Würfelbecher wurde ihm in die Hände gedrückt; er schüttelte und warf die Würfel aus. Gierig sahen alle auf die liegenden Würfel; der eine pfiff, der andere strich sich leise fluchend den Bart, ein dritter sang einige Töne eines Gassenhauers; das Becken wurde vor ihn hingeschoben.

Ernst sah verwirrt auf. »Na, es gehört dir, du hast gewonnen«, schrie ein Mann, der ihm gegenüberstand. »Noch einmal. Dreimal wirft jeder.« Ernst nahm die Würfel in den Becher zurück, schüttelte und warf wieder. Alle schwiegen.

Aber in diesem Augenblick ertönte ein lautes Schreien und Rufen von vielen Menschen; durch eine Mauerlücke drängten sich Leute, quollen; Bauern schienen es zu sein und Handwerker mit Sensen, Gabeln, Spießen, mit Gewehren, welche losgeschossen wurden. Einige der Soldaten stürzten, die andern zogen ihre breiten Pallasche und warfen sich fluchend auf die eindringende Menge; ein merkwürdiger Ton erscholl, wie ein Säbel auf einen Kopf schlug, ein stumpfer, trockner Ton; das Schreien nahm wieder überhand, zwei strauchelten von den Angreifern; die Soldaten wurden zurückgedrängt, immer mehr Angreifer quollen aus der Mauerlücke. Ernst merkte, daß er selber vornüber fiel. Er dachte: »Ich habe ja einen Schlag auf den Kopf bekommen.« Als er erwachte, schien die Sonne nicht mehr auf den Glanzruß des Schornsteins; sie war hinter dem einen hohen Giebel verschwunden.

Der Traum war in unheimlicher Weise eindrucksvoll gewesen. Er erhob sich von der feuchten Erde, da standen die Brennesseln und das Schöllkraut und andere Unkräuter, wie sie auf alten Schutthalden gedeihen; es war kühl geworden zwischen den Mauern, und ihn fröstelte. Er schritt auf die unförmige Öffnung zu, durch welche er in den Rittersaal gekommen war zwischen das fast mannshohe Unkraut.

Aber wie? Er hatte sich doch im Burghof gesetzt auf ein ausgebrochenes Mauerstück einer alten Fensterbekleidung; das hatte er doch geträumt, daß er in diesen Rittersaal getreten war? Vielmehr, der Soldat hatte ihm den Arm untergeschoben und ihn zu dem Tisch geführt? Aber war nicht das Unkraut geknickt und zerstampft gewesen von den vielen Männern? Nun stand alles unberührt.

Draußen, im Burghof, lag das Mauerstück, auf dem er sich niedergelassen hatte. Hier aber, in dem Rittersaal, hatte er gelegen, lang ausgestreckt, das Gesicht nach unten. Er spürte einen dumpfen Schmerz im Kopf und griff sich in die Haare. Er fühlte deutlich auf dem Schädel eine Anschwellung wie von einem Schlag, und es schmerzte ihn, wenn er sie berührte.

Es wurde eine Sage erzählt, daß im Dreißigjährigen Krieg Schweden in den Trümmern der Burg hausten, und daß sie einmal, als sie gerade eine reiche Beute verteilten von Plünderungen, durch Bauern und Bürger überrascht und totgeschlagen wurden. Ein Bürgersohn soll damals mit ermordet sein, der sich ihnen angeschlossen hatte und gerade mit ihnen um eine der gestohlenen Kostbarkeiten würfelte. Das Taufbecken und die großen Altarleuchter aus dem Dom waren bei dem Raub gewesen, die nun seit Jahrhunderten wieder ruhig an ihrer Stelle standen. Wie? Das Becken und die Leuchter hatte er ja erkannt? Das Becken hatte er ja durch die Würfel gewonnen?

»Abgeschmackt!« sagte er im schnellen Gehen vor sich hin, »abgeschmackt.« Es gab eine Sage, daß ein junger Mann aus der Stadt an einem Mittag auf der Burg eingeschlafen war und dasselbe erlebt hatte, wie er. »Abgeschmackt«, sagte er ärgerlich zum dritten Male und stampfte mit dem Fuß auf. Wer von uns würde sich nicht gegen das Grauen wehren, das aus einem solchen Erleben in uns aufsteigen will?

Wer von uns würde das Erlebnis sich nicht ableugnen? Und was war denn wirklich an ihm? Nichts, als daß er glaubte, überzeugt zu sein, er habe sich im Burghof niedergesetzt. Aber wer behielt solche Kleinigkeiten im Gedächtnis, vor allem in der Schlaftrunkenheit! Schlaftrunken war er wohl gewesen, er war vermutlich in den Rittersaal gegangen, und dort mußte er sich wohl gesetzt oder gelegt haben.

Er ging nach Hause zurück, erst auf dem Weg am Berg, dann zwischen den Gärten, über den kleinen Platz, die Treppe hoch, die Straße, in welcher der Laden war.

Er kam an dem Laden vorbei; die Tür zum Laden war geöffnet, die Frau stand in der Tür und sprach mit einer Kundin. Langsam gingen ihre dunklen, ruhigen Augen; sie schien zu erschrecken aus ihrem Gleichmut, als Ernst grüßend vorbeischritt.

»Es ist eine Sünde, es ist eine Sünde«, dachte er bei sich, und war verwundert, daß er das dachte. »Wie komme ich auf ein solches Wort?« grübelte er. »Aber es ist wahr, es ist eine Sünde. Wie habe ich denn nur so gedankenlos sein können!«

Plötzlich blieb er stehen. Er hatte mit einem Male die Anschauung seines Vaters: der verlorene Blick, das Knüllen des Mundtuches und das maschinenmäßige Leben waren ihm plötzlich deutlich geworden. Es war, als ob ihn fröstelte. Und zum erstenmal ahnte er ganz entfernt, was von uns verlangt wird.

Auf der Straße

Ein Student ging an einem Abend eine Straße in Berlin entlang. Es war um die Zeit, da die Geschäfte geschlossen werden; Mädchen und Männer der verschiedensten Art drängten sich und hasteten; dem hochgewachsenen und vornehmen jungen Mann sah man es an, daß er aus einer ganz andern Welt stammte, wie dieses wimmelnde Volk; mancher bewundernde und lockende Blick aus weiblichen Augen, mancher gehässige aus männlichen fiel auf ihn, ohne daß er es bemerkte.

Es macht sich von selber, daß auf der einen Hälfte des Fußsteigs die Menschen hintereinander gehen und auf der andern kommen; man stumpft sich das Auge in dem Ziehen der gleichgültigen Menschen ja bald ab; auf dem Fahrweg gleiten die Straßenbahnen her und hin, fahren die Lastwagen, die Selbstfahrer, die Droschken; von der andern Seite des Trottweges fällt aus den Läden mit allerhand Waren helles Licht; man schiebt sich gedankenlos weiter in dem allgemeinen Drängen der Menschen, unter dem Rasseln und Kreischen der Wagen, in dem unruhigen Licht der Läden und der Straßenlampen, und die freundlichen oder feindlichen Blicke, den Blickenden selber wohl zum großen Teil unbewußt, werden nur unbewußt aufgenommen.

In der Reihe der Menschen, welche auf der andern Hälfte des Steiges der Reihe entgegenkam, in welcher er selber sich vorwärtsschob, erschien plötzlich ein junges Mädchen von so ganz andrer Art wie die ganze Umgebung, so ganz seiner eignen Gattung angehörig, daß sie dem jungen Mann inmitten der tausend unbemerkten Gesichter zum Bewußtsein kam; es war ihm, als ob es ihn plötzlich durchzucke; und auch das junge Mädchen, das ähnlich verloren in der Menge getrieben war, mußte von ihm angezogen sein, denn für einen ganz kurzen Augenblick ruhten die Augen der beiden ineinander, das junge Mädchen riß ihren Blick zuerst los, senkte den Blick und errötete leicht, und es war, als ob sie ihren Schritt in der drängenden Menge zu beschleunigen suchte.

Der Student trat aus seiner Reihe, wendete sich um, schob sich in die Reihe, in welcher das junge Mädchen ging und folgte ihr. Er war durch drei Personen von ihr getrennt. Ungeduldig suchte er ihr näher zu kommen; als er einen Menschen zur Seite schob, erfolgte ein häßliches Schimpfen; er hörte nicht und drängte auch den zweiten Menschen fort; dann dauerte es eine Weile, ehe er an die Stelle des dritten kommen konnte, nun ging er dicht hinter dem Mädchen; er wußte: sie fühlte, daß er dicht hinter ihr war, denn er spürte, daß sie heimlich lachte; sie bog den Rücken etwas ein. Jetzt gelang es ihm, neben ihr zu gehen. Er zog den Hut und brachte eine höfliche Redensart vor; sie biß sich auf die Lippen, um nicht laut zu lachen, und sah ihn schräg an.

So gingen die beiden nebeneinander; er plauderte und sie lachte, antwortete zuerst einsilbig, sprach dann mehr und schneller, und endlich gingen die beiden selbstvergessen, Arm in Arm, in der flutenden Menge.

Als sie auf seinem Zimmer waren, wollte er sie das erstemal küssen. Sie wendete das Gesicht ab und Tränen füllten ihre Augen; sie sagte: »Sie müssen nicht schlecht denken von mir, es ist die bitterste Not, die mich treibt.« Dann aber wendete sie ihm Gesicht und Mund zu; er war befangen geworden über ihre Worte und hatte sie lassen wollen; nun küßte er sie und sie erwiderte seine Küsse.

Sie saß, gedankenverloren und in sich gekehrt, indessen er im Zimmer auf und ab schritt; dann ging es wie eine Bewegung durch ihren ganzen Körper, von Kopf bis zu Fuß, als ob sie etwas abschütteln wolle, sie sagte leise vor sich hin: »Ich will«, und erhob sich, indem sie liebevoll und freundlich zu ihm hinsah.

Nachdem nun alles gewesen war, nahm er ihr die Geldtasche aus dem Kleid; er wollte ein Goldstück hineinlegen. Aber als er die Geldtasche öffnete, da fand er darin drei Hundertmarkscheine, sauber zusammengefaltet, jeden einzeln, wie sorgfältige Frauen tun, welche für das Papiergeld ja keine besondere Tasche haben. Er kehrte sich erstaunt zu ihr, in der linken Hand die Geldtasche, in der rechten die Scheine; sie versteckte ihr Gesicht lachend im Kissen und sagte: »Die Scheine sollst du behalten, ich bekomme jeden Monat tausend Mark für meine Kleider; was soll ich damit? Ich habe Freundinnen, die nur hundert Mark von ihren Eltern bekommen; du sollst dir eine schönere Wohnung nehmen.« Er wurde ärgerlich und steckte die Scheine unordentlich in die Geldtasche zurück. Sie stand auf, legte schmeichelnd die Arme um seinen Hals und bat ihn; sie sagte, daß sie ihre Worte doch nicht böse gemeint habe, und sie habe ihn lieb, und sie wisse wohl, daß er sie nicht lieb habe, das sei ihr aber gleichgültig; sie trocknete sich eine Träne ab und lachte, dann sagte sie, sie gehöre ihm doch nun, und alles, was sie habe, gehöre ihm auch; aber sie wolle nie wieder von derartigem sprechen, wenn er das nicht möge; und so nahm sie ihre Geldtasche und steckte sie wieder fort, und dann machte sie alles zurecht, sich selber und die Stube, wie eine fleißige Hausfrau. Der Student hatte Brot und alles, was zum Abendessen nötig ist; sie deckte den Tisch, stellte den Teekessel auf die Weingeistlampe, setzte die Teller zurecht, Messer und Gabeln, der Teekessel summte, der junge Mann ging im Zimmer auf und ab, leise zwischen den Zähnen ein Studentenlied singend; sie setzte sich vor den Tisch, legte die Arme auf und drückte das Gesicht weinend in die Arme. Er trat zu ihr, beugte sich über sie; sie schlang ihren Arm um ihn und verbarg ihr nasses Gesicht an seiner Brust.

Von nun an besuchte das Mädchen den Studenten jede Woche, immer an dem Tage des ersten Zusammenseins.

Er fragte sie nach ihrem Namen, nach ihren Eltern, sie schüttelte lachend den Kopf und legte den Finger auf die Lippen. Er fragte sie weiter und sagte, daß er sie lieb habe und von ihrem Vater verlangen wolle, daß er sie ihm zur Ehe gebe; da schüttelte sie den Kopf und ihre Augen füllten sich mit Tränen; sie sagte: »Ach, wenn du alles wüßtest, so würdest du erschrecken«; und so umarmte und küßte sie ihn und sagte: »Einen Tag in der Woche darf ich dich sehen ein paar Stunden lang; heute sehe ich dich, und vielleicht sehe ich dich die nächste Woche wieder, und vielleicht auch noch die übernächste Woche; und einmal wird die Zeit kommen, wo ich dich nicht mehr sehen darf.«

Nun geschah es an einem Tag, als sie bei ihm war und in den Spiegel sah, um ihr Haar aufzustecken, daß ihm eine Veränderung auffiel bei ihr. Er legte den Arm um sie und zog ihren Kopf an die Brust und flüsterte ihr ins Ohr, was er dachte; da nickte sie still und ihre Augen wurden feucht, sie preßte sich an ihn und sagte: »Wir haben uns doch lieb gehabt, nicht wahr?« »Weshalb sagst du haben?« fragte er erstaunt. Sie erwiderte nicht und blickte still zu Boden; dann lächelte sie und sagte: »Wir wollen recht glücklich sein und uns freuen.« So waren sie beisammen; und ehe sie schied, da sagte er: »Du nimmst das von mir mit, was in mir das Wesentliche ist, denn ich bin tot, wenn du fortgegangen bist; anders kann ich mich nicht ausdrücken.« Da lächelte sie noch einmal, küßte ihn noch einmal auf die Stirn und wendete sich zum Gehen.

Als der Tag wiederkehrte, an dem sie kommen mußte, da harrte er vergebens. Er hatte seine Tür zu einer schmalen Spalte geöffnet und stand da, in der Hand die Klinke, um nach der Treppe zu lauschen; es gingen Schritte von Männern und von Frauen, auch von Kindern; man konnte unterscheiden, ob die Schritte von alten Leuten kamen oder von jungen, von Leuten mit schwerem Schuhwerk oder mit feinem; es rauschte auch wohl einmal ein Kleid und huschte ein ganz leichter Frauenschritt; aber seine Geliebte kam nicht.

Sie kam nie wieder und niemals sah er sie wieder.

Erinnerung

Ein unverheirateter Mann von etwa siebzig Jahren bewohnte mit einer alten Haushälterin allein ein ererbtes Haus in einer kleinen deutschen Stadt. Man trat durch die Haustür mit der lange nachklingenden Schelle auf die große und kühle Diele, aus welcher die gegenüberliegende Tür in den stillen grünen Hof führte. An den Wänden standen alte dunkelbraune geschnitzte Schränke. Eine gewundene flache Treppe mit eisengeschmiedetem Geländer, das schwarzes Rankenwerk mit goldenen Blumen darstellte, führte nach oben. In den Zimmern des alten Mannes reihten sich hohe Gerüste mit Büchern, hingen alte Bilder von Vorfahren, von Ansichten vertrauter Gegenden; geschweifte Stühle standen vor Tischen, welche auf gewundenen Säulen ruhten, auf denen Kupferwerke, Mappen, Bücher lagen. Mehrere Menschenalter hindurch hatten die Vorfahren des alten Mannes in diesem Hause gelebt; jedes Alter hatte Bücher und Bilder, Möbel und anderes zugekauft und neben den älteren Sachen aufbewahrt; nun erinnerte die Einrichtung an Leute, die längst verwest waren in der Kirchhoferde, von denen niemand mehr etwas wußte, wie der einsame alte Enkel, an Vater und Mutter, Großeltern und Urgroßeltern und Ahnen.

Der alte Mann hatte einen Freund gefunden, einen Jüngling, welcher mit vollen Wangen und blitzenden Augen in die Welt sah. Er wollte erzählen, und nun lauschte ihm jemand.

So saßen die beiden in einer Dämmerstunde um den großen runden Tisch. Sie hatten ein altes Buch besehen, das in gefalteten Kupfern einen großen Aufzug im siebzehnten Jahrhundert darstellte mit Wagen, die wie bauchige Drachen mit geringelten Schwänzen geschnitzt waren oder wie fremdartige Vögel; eine bestaubte Flasche Wein mit halbgefüllten Gläsern stand vor ihnen.

Wie nun die Dunkelheit sich allmählich immer mehr sammelte, wie die Stille bemerkbarer wurde und dem einen die Züge des andern undeutlicher erschienen, da lehnte sich der alte Mann in den Lehnstuhl zurück und begann zu erzählen.

»Ich war als junger Mensch in die Großstadt gekommen, wo ich an der Universität Vorlesungen hören sollte. Meine Familie hatte keinerlei Beziehungen zu dem neuen Ort meines Aufenthaltes – merkwürdig! Ich spreche sofort in abgezogenem Ausdruck – und so ging ich denn durch die breiten Straßen zwischen den hohen Häusern, verloren in der fremden hastenden Menge, und las die Ankündigungen von Zimmern an den Hauseingängen, stieg Treppen hoch und sprach mit Vermieterinnen, sah mir Stuben an, und ein Gefühl grenzenloser Verlassenheit zwischen gemeinen Menschen kam über mich mit lastender Schwere.

Endlich fand ich eine Wohnung, die ganz anders war wie die übrigen. Eine stille vornehme Dame in Trauer von etwa vierzig Jahren öffnete mir, erwiderte gemessen meinen Gruß, der unwillkürlich achtungsvoll geworden war, und führte mich in das Zimmer, das sie vermieten wollte. Es war mit alten Möbeln aus dem Anfang des Jahrhunderts ausgestattet, die immer gut gehalten gewesen waren; die Fenster gingen auf einen sehr großen Hof, in welchem sich zwei Linden breiteten; Spatzen lärmten in ihnen und die Sonne blitzte in Tropfen, welche auf den hellgrünen Blättern lagen. Ich erklärte, daß ich das Zimmer mieten wolle. Die Dame zögerte eine Weile, sah mich an, und sagte endlich: ›Wir leben sehr zurückgezogen, es ist das erstemal, daß wir das Zimmer vermieten, es ist immer sehr still bei uns gewesen.‹ Ich fühlte, was sie sagen wollte, denn manche Reden der übrigen Zimmervermieterinnen hatten mir gezeigt, welche Sitten herrschen mochten; aber ich war so verlegen wie die Dame und konnte nicht recht antworten; ich sagte nur, wahrscheinlich sehr schüchtern: ›Sie werden mit mir zufrieden sein.‹ Eine Art von Freude flog über ihr Gesicht, sie reichte mir ihre Hand. Ich besuchte meine Vorlesungen, ging zum Essen, holte mir Bücher von der Bibliothek, las auf meinem Zimmer. Nach Möglichkeit vermied ich Geräusche und Störungen meiner Mitbewohner. Es stellte sich heraus, daß die Dame noch eine erwachsene Tochter bei sich hatte; ein Dienstmädchen war nicht in der Wirtschaft; jeden Morgen kam eine Aufwärterin, welche auch mein Zimmer besorgte. Von dem Leben der Damen erfuhr ich nichts; ja, sogar jenes wenige wurde mir erst nach einigen Wochen klar.

Es fand ein großer festlicher Umzug statt, der durch unsere Straße kam. Ich saß in meinem Zimmer und war unentschlossen, ob ich mich von meinem Buch losreißen und auf die Straße hinuntergehen sollte; da klopfte es, und die Tochter trat in die Tür. Sie lud mich ein, in das Wohnzimmer der Familie zu kommen, um den Zug aus dem Fenster zu betrachten.

Wie soll ich das Mädchen beschreiben? Sie war ein schlankes, biegsames Kind von vielleicht siebzehn Jahren, mit lichtem, leicht rosa angehauchtem Gesicht, das schnell blutrot werden konnte bei einer Verlegenheit, mit strahlenden, mutwilligen und zugleich scheuen Augen, und mit einem Mund, der ein so reizendes Lächeln hatte, ein so reizendes Lächeln, wie ich es nie sonst bei einem Menschen gesehen habe.

Ich trat in das Zimmer, begrüßte die Mutter; aber von dem ersten Augenblick an, da Lilla, so hieß das Mädchen, auf meiner Schwelle gestanden, war ein Band zwischen uns gewesen, das ich stark spürte, ein elektrischer Strom, welcher beständig gespannt war, fühlte ich mich innig vertraut mit ihr, wie wenn wir seit langem verbunden wären. Wenn ich zu ihr sprach, so umging ich die Anrede, denn mir war, daß ich sie mit du ansprechen müßte, und das durfte ich doch nicht.

Die beiden Frauen lagen in dem einen Fenster, ich lag im andern. Wir sprachen miteinander; Lilla richtete sich auf und machte mir über die Mutter weg Zeichen. Die Mutter erzählte, daß sie am Nachmittag mit Lilla ausgehen wolle, um einen versprochenen Besuch bei ihrer Freundin zu machen. Lilla deutete mit dem Finger auf sich und schüttelte den Kopf. Die Mutter fragte, ob ich zu Hause bleiben werde; Lilla schüttelte den Kopf, ich schüttelte gleichfalls, es war mir, als werde ich durch ihre Bewegung gezwungen, denn mir war gar nicht klar, was das alles bedeutete. Lilla drückte ihre Freude aus, dann sah sie mich fest an, als wollte sie mir einen Gedanken mitteilen. Ich sprach ohne Zögern aus, daß ich gegen zwei Uhr gehen wolle, um das Fest weiter zu betrachten. Sie lachte, dann zeigte sie auf sich und hob vier Finger hoch; ich wußte, daß ich vier Uhr in die Wohnstube kommen sollte. Aber das wußte ich wie im Traum.

Ich verließ das Haus Punkt zwei Uhr und kehrte kurz vor vier Uhr in meine Stube zurück. Als es vier vom nahen Turm schlug, klopfte ich leise an die Tür der Wohnstube. Niemand antwortete, aber ich hörte ein leichtes Rascheln. Vorsichtig öffnete ich die Tür; da saß Lilla in den Winkel des tiefen, alten Sofas gedrängt, die Füße hochgezogen, sah nach mir hin. Eine heftige und fast schmerzliche Sehnsucht ergriff mich; ich eilte auf sie zu, kniete auf den Teppich vor ihr, nahm ihre Hände, küßte sie, hielt sie vor mein Gesicht, und verbarg mein Gesicht in ihrem Kleid.

Sie lachte wie ein silbernes Glöckchen, und vielleicht lachte sie aus Befangenheit, denn eine süße Angst teilte sich mir mit; sie schloß die Augen, und ich barg wieder mein Gesicht in ihrem Kleid. Nachher küßte ich sie.

Wir haben ja nichts gesprochen. Was sollten wir denn sprechen? Wir wußten uns nichts zu sagen. Aber wir hielten unsere Hände verschlungen, Finger zwischen Finger.«

Dem alten Mann rollten runde Tränen aus den Augen. Er schwieg eine lange Weile, dann entschuldigte er sich; es war eine merkwürdige Entschuldigung, die er vorbrachte; denn er sagte: »So lange ist das nun her, daß man zu Tränen gerührt wird«, dann fuhr er fort.

»Wir haben also eine Stunde zusammengesessen, haben nichts gesprochen, und sind selig gewesen, als die Turmglocke fünf Uhr schlug, ich hörte deutlich die fünf Schläge, da sagte sie: ›Du mußt nun gehen; ich habe meiner Mutter gesagt, daß ich Kopfschmerzen habe, deshalb hat sie ihren Besuch allein gemacht; sie kommt gleich wieder zurück, und sie darf dich nicht im Hause sehen.‹ Ich zögerte, aber sie bat flehentlich, stand auf und zog mich an der Hand. Da küßte ich sie nochmals auf den Mund und ging; ich ging auf die Straße hinunter, irrte mit heißem Kopf ohne Ziel durch die Straßen und kam spät nach Hause zurück.

Als ich die Gangtür aufgeschlossen hatte, merkte ich eine sonderbare Unruhe im Zimmer meiner Wirtsleute. Ich wollte vorbei in meine Stube gehen, da öffnete sich die Tür, die Dame stand auf der Schwelle, verweint, hatte die Lampe in der Hand. Hinter ihr im Dunkel war jemand, man hörte auch ein Ächzen.

›Mein Kind stirbt‹ sagte sie.

Ich begriff die Worte nicht und fragte gedankenlos: ›Wie?‹ Dann aber wurde mir plötzlich alles klar, ich folgte der Voraufgehenden in das Zimmer. Der Arzt saß am Sofa, auf welchem das Mädchen gebettet war, eine andere Dame stand der Liegenden zu Häupten. Die Sterbende wendete mir ihr Gesichtchen zu und lächelte.«

Mit anderm Ton sagte der Alte »ihr liebes Gesichtchen zu und lächelte«.

Dann fuhr er nach einer Weile fort: »Die Mutter erzählte, daß das Kind herzkrank war. Sie hatte sie nie allein gelassen. Heute hatte sie eine Verabredung gehabt, das Kind hatte plötzlich Kopfschmerzen bekommen, sie war allein gegangen, das erstemal in ihrem Leben; als sie nach Hause kommt, es ist kurz nach fünf Uhr, da hockt das Kind im Sofawinkel, die Füße unter das Kleid gezogen, sieht sie mit großen Augen an und sagt: ›Ich bin sehr krank, Mutter.‹

Ich weiß ja nichts von dem Kind«, schloß der Greis; »es starb in meinen Armen, meine Tränen flossen ihm über das Gesichtchen. Ich weiß auch nichts von der Mutter, denn ich sagte ihr nichts und fragte sie nach nichts, und ich war so erschüttert, daß ich die Stadt verließ. Nie habe ich wieder etwas von ihr erfahren.

Ja, ich weine, ich alter Mann«, sagte er zuletzt. »Weshalb soll ich nicht weinen? Sie können nicht wissen, weshalb ich weine; ich wollte es Ihnen ja gern sagen, aber ich finde die Worte nicht, denn einen Grund, den ich mitteilen könnte, habe ich ja nicht.«

Fortsetzung der Geschichte vom Nobelpreis

Die Liebe hat ein unbeirrbares Gefühl. Doktor Kaufmann liebte Paul Ernst, und sein Gefühl sagte ihm, daß seinem Paul Ernst irgendein Unglück drohte.

Er fand ihn im Park am See, an der Stelle, wo das Ufer steil abfällt. Paul Ernst war an den äußersten Rand getreten und blickte düster in das dunkle Wasser. Kaufmann wollte sich nicht ganz nach vorn wagen, aber es glückte ihm, noch eben Paul Ernsts Frackschöße zu fassen und an ihnen den Dichter von dem gefährlichen Rand fortzuziehen.

»Das hat man nun von seinem Leben«, rief unmutig Paul Ernst. »Nun habe ich gearbeitet und gearbeitet, ich habe mir keine Ruhe gegönnt ...« »Aber das ist doch kein Grund, um sich das Leben zu nehmen«, erwiderte ärgerlich Kaufmann. »Sie stehen bei mir im Vorschuß, wie soll ich denn das Geld einkriegen, wenn Sie sich plötzlich ins Wasser stürzen!« »Vorschuß?« murmelte Paul Ernst schwermütig. »Ich habe keine Freude mehr am Vorschuß, und an der Abrechnung erst recht nicht.« Kaufmann spürte eine düstere Kraft in ihm und lenkte ein. »Ich habe auf den Nobelpreis gehofft«, sagte er. »Ich drucke die Hochzeit und die Taufe neu, dann habe ich eine dreibändige Novellensammlung, für die kann ich etwas tun. Kurt Wolff soll nicht der Einzige sein, der seine Dichter durchdrückt.«

Paul Ernst schüttelte stumm das Haupt. »Was habe ich denn getan«, rief er, »daß man mich zum Vorsitzenden der Goethegesellschaft macht! Ich will ja meine Werke nicht überschätzen, ich will es wirklich nicht; aber so schlecht, daß man mir eine Ehrung in meinem Vaterland zuteil werden läßt, so schlecht können sie doch nicht sein.« Er faßte Kaufmanns Hand, Tränen überfluteten sein Gesicht, er fuhr fort: »Sie sind mein Freund, Sie werden mir die Wahrheit sagen. Sind sie wirklich so schlecht?«

Kaufmann wurde verlegen. »Man kann doch nicht wissen«, sagte er, »vielleicht haben die Leute gar nichts von Ihnen gelesen.« »Gestehen Sie es nur«, erwiderte ihm kalt Paul Ernst, »Sie halten sie auch für so schlecht, Sie würden mich auch zum Vorsitzenden der Goethegesellschaft machen!« Kaufmann versuchte abzulenken. »Sie sind über fünfzig Jahre alt, vielleicht ist eine Altersehrung beabsichtigt.«

Paul Ernst schüttelte den Kopf, mit einer kraftvollen Bewegung riß er sich los und stürzte auf den Uferrand zu. Kaufmann erfaßte ihn noch rechtzeitig, ein Ringen begann zwischen den beiden Männern, und Kaufmann, welcher jünger und gewandter wie Paul Ernst ist, bekam den Dichter bald unter.

»Jetzt werde ich Ihnen etwas sagen«, begann er wütend, indem er auf der Brust Paul Ernsts kniete, »Sie sind überhaupt gar nicht gemeint. Herr von Brake verwechselt Sie doch immer mit Otto Ernst. Otto Ernst ist gemeint.«

»Lassen Sie mich los«, sagte sanftmütig Paul Ernst, »Sie haben mich überzeugt. Wie konnte ich nur so blind sein! Natürlich. Otto Ernst!«

Die beiden standen auf und begannen sich gegenseitig die Erde abzuklopfen. Ruhig sagte Paul Ernst: »Wir werden es trocknen lassen müssen und dann eine Bürste nehmen.« Nach diesen Worten wendeten sie sich zum Gehen.

Unterdessen waren die folgenden Geschichten erzählt:

Die Geliebte des Königs

Zwei vornehme spanische Familien, welche seit vielen Generationen miteinander verschwägert und befreundet waren, hatten ihre einzigen Kinder einander seit dem frühesten Alter verlobt. Wie die Kinder heranwuchsen, spielten sie oft zusammen und gewannen unmerklich eine gegenseitige Zuneigung. Der junge Mann hieß Don Diego und das junge Mädchen Donna Anna.

Als Don Diego vierzehn Jahr alt wurde, beschlossen die Eltern, ihn nach Madrid an den Hof als Pagen zu schicken, wie das damals so üblich war. Er nahm zärtlichen Abschied von seiner Geliebten, sie schworen sich gegenseitig Treue und Beständigkeit. Don Diego ritt fort und hielt ritterlich sein Gelübde; Donna Anna blieb zurück und brach es schmählich.

Es geschah nämlich, daß der König in jene Gegend kam und bei Donna Annas Eltern wohnte. Am Abend saßen die Herren zu Tisch und tranken; da tat sich die Tür auf und Donna Anna erschien, über ihrem Kopf eine große silberne Schüssel haltend mit Äpfeln, Birnen, Pflaumen und köstlichen Weintrauben; sie hatte ein lichtes, weißes Gewand an, das durch goldene Spangen über den Schultern gehalten wurde; von ihren beiden wunderschönen Armen, welche sie hochhielt, um die Schale zu tragen, waren die Ärmel herabgeglitten, und in holder Verwirrung, mit geröteten Wangen und niedergeschlagenen Augen, stand sie da. »Eine schöne Tochter hast du, Ritter«, sagte der König, indem er sich den Bart strich. »Sie ist mein einziges Kind, Herr«, antwortete der Vater. Noch in derselben Nacht mußte Donna Anna das Lager des Königs teilen. Er schenkte ihr eine große Diamantenagraffe mit einem prächtigen Reiherbusch und ritt am Morgen früh mit seinen Herren weiter. Nach einigen Tagen aber kam ein Befehl der Königin, daß der Ritter seine Tochter an den Hof schicken sollte als Ehrendame. Der Ritter ließ ein Saumtier rüsten und setzte seine Tochter in den Sattel, dann stieg er selber auf ein Pferd und brachte sie nach Madrid. Die Königin empfing die beiden huldvoll; sie küßte Donna Anna auf die Stirn und schenkte dem Vater einen Beutel voll Dukaten. Dann sagte sie ihm: »Ritter, sorge dich nicht um deine Tochter; ich will sie gut verheiraten.« Der Ritter verbeugte sich tief, steckte den Beutel in die Tasche und ging. Aber ehe er zurückreiste, suchte er Don Diego auf, der nun inzwischen ein stattlicher Mann geworden war und als junger Offizier Dienste tat. Er drückte ihm ernst die Hand und sagte ihm: »Denke nicht mehr an Donna Anna.« Don Diego erblaßte und fuhr nach seinem Degen; aber der Alte fuhr fort: »Der König hat sein Taschentuch auf sie geworfen.« Damit faßte er an seinen Hut und ging, denn er wollte nicht vor dem jungen Menschen schluchzen; Don Diego aber setzte sich auf einen Prellstein, der da in einem Torweg gegen die Ecke eingesetzt war, stützte den Kopf in beide Hände und weinte.

Nun lag der Flügel, in welchem die Hofdamen wohnten, nach dem Garten hinaus, und der Garten war durch eine hohe Mauer von den Höfen getrennt. Jeden Abend überstieg Don Diego die Mauer und sah nach Donna Annas Fenster; denn er hatte erkundet, welches ihr Zimmer war; und zuweilen glückte es ihm, daß er ihren Schatten auf dem hellen Vorhang erblickte. Er konnte sich ihr aber auf keine andere Weise nähern, denn die Vorschriften des Hofes waren zu streng, und die Wohnung der Frauen war von den anderen Räumen ganz abgeschlossen. Der untere Raum des Flügels war durch einige große Säle eingenommen, vor denen Terrassen auf den Garten hinausgingen, hinter den Sälen führten zwei breite Treppen zu den Wohnzimmern.

An einem sehr dunklen Abend, der Himmel war durch schwere Gewitterwolken verhängt, stieß Don Diego unvermutet mit einem Gärtnerburschen zusammen; der Mensch schlug Lärm; vergeblich hielt ihm Don Diego den Mund zu und bot ihm Geld an; schon kamen andere Leute schreiend hinzu; Don Diego schleuderte den Burschen von sich weg und trat in ein Gebüsch; von der entgegengesetzten Seite liefen durch das geöffnete Gartentor Wachen herbei, die auf dem Hofe gewesen waren und stießen auf die Gärtner; beide Parteien hielten sich in der Verwirrung gegenseitig für die Eindringlinge; man kämpfte mit Spaten, Schwertern, Hellebarden und Hacken, in das Rufen und Brüllen mischte sich Ächzen und Fluchen, Leute strömten aus dem Flügel der Damen, die Fenster erhellten sich, Männer mit Fackeln erschienen auf dem Kampfplatz; Don Diego sah sich am Fuße einer Terrasse, stieg die Stufen hoch, trat in einen offenstehenden Saal, ging hindurch. Da stand er vor der Treppe, die nach den oberen Zimmern führte, er stieg sie hoch zählte die Türen und trat in Donna Annas Zimmer.

Es waren vier Jahre her, seit die beiden sich das letztemal gesehen, aber sie erkannten sich gleich. Donna Anna schrie vor Freude auf und wollte ihm in die Arme eilen; unterwegs stockte sie plötzlich, die Hände fielen ihr nieder, und sie sah zur Erde. »Hattest du denn alles vergessen?« fragte er sie. Sie schüttelte den Kopf. Er trat auf sie zu und nahm ihre Hand, dann sagte er leise: »Ich weiß es ja, daß ich dich nicht mehr lieben darf, aber das ist nun so. Ich kann es ja nicht vergessen.« Sie entzog ihm leise ihre Hand und erwiderte: »Denke an deine Ehre, du kannst mich nicht mehr zur Gattin nehmen.« Traurig ließ er den Kopf sinken und sagte: »Du hast recht, ich kann dich nicht mehr zur Gattin nehmen.« Da sah er, wie in ihren Augen die Tränen aufblitzten, er zog sie stürmisch an seine Brust und küßte sie. Sie wehrte ihm und sagte: »Laß mich.«

Sie war bei Hofe gewesen an dem Abend und trug noch ihren Schmuck. Die Diamantenagraffe des Königs steckte in ihrem Haar. Don Diego zeigte mit dem Finger auf die Agraffe und sagte: »Das ist der Preis.« Sie errötete über und über, riß die Agraffe aus ihrem Haar, reichte sie ihm und sagte: »Damit du siehst, wie es mir ums Herz ist: du sollst sie haben.« Er lachte laut und verbarg den Schmuck in seiner Tasche. »Kannst du so lachen?« fragte sie ihn traurig. »Ach, ich weine ja!« rief er, kniete vor ihr, drückte das Gesicht gegen ihr Kleid und umschlang die Stehende mit seinen Händen. Sie beugte sich nieder und streichelte sein Haar. »Du mußt gehen«, sagte sie endlich, »es geschieht ein Unglück, wenn man dich hier findet.« Er erhob sich und schritt zur Tür. Aber im Gehen verabredete er noch einen Ort im Garten, wo er Briefe für sie verbergen und Antworten von ihr erwarten wollte.

Don Diego schrieb erst so, daß ihm das Geschriebene als unwahr vorkam. Da schämte er sich, zerriß seinen ersten Brief und schrieb: »Ich will nicht lügen. Ich habe dich früher anders geliebt, jetzt liebe ich dich so, daß ich dich begehre. Und wenn du beleidigt bist, daß ich dir das schreibe, so komme nicht; aber wenn du mich liebst, so wirst du kommen.« Sie schrieb: »Ich habe ja keine Ehre mehr zu verlieren, und ich liebe dich.«

Ein junger Gärtner mit seiner Frau wohnte am äußersten Ende des Gartens in seinem Häuschen, das von unten bis oben von Rosen umsponnen war. Das Häuschen hatte unten die Küche und eine Stube und oben zwei schräge Kammern. Don Diego überredete den Mann durch Geschenke und Versprechungen, daß er sein Haus hergab für die Liebenden zum Stelldichein. Zur bestimmten Stunde überstieg Don Diego die Gartenmauer, eilte durch die dunkelsten Baumgänge, denn der Mond schien hell, und kam zu dem Häuschen, der Gärtner erwartete ihn schon an der Tür und führte ihn nach oben in das eine Kämmerchen, das für die beiden hergerichtet war, da war ein Tisch in der Mitte, mit einem blütenweißen Tischtuch gedeckt, ein großes Brot auf einem runden Holzbrett mit geschnitzter frommer Inschrift, Butter und Honig, schöne Früchte, und in einer Karaffe dunkler Wein. Indem Don Diego die Gärtnerin freundlich belobte, klopfte es unten an der Tür; alle eilten die Treppe hinab; da stand auch schon Donna Anna vor ihnen in einen dunkeln Mantel fest verhüllt und bebend vor Angst. Don Diego nahm sie an die Hand und führte sie nach oben; wie sie das trauliche Stübchen sah mit dem bescheidenen schrägen Dach, die einfachen Stühle, welche so sauber und ordentlich jeder an seiner Stelle standen, den freundlich einladenden Tisch, da sank sie plötzlich an die Brust des Geliebten und schluchzte laut auf, denn ihr ganzer Jammer wurde ihr klar. Die Gärtnerin trat ein, zupfte an ihrer Schürze und sagte, indem sie beschämt errötend zur Erde blickte, die Herrschaften müßten nicht denken, daß sie sich durch das Geld habe verführen lassen, sie wisse wohl, wie Liebe tut, die verborgen bleiben muß. Da sank Donna Anna in einen Stuhl und weinte lauter; die Gärtnerin sagte ihr tröstende Worte und sagte, sie solle denken, daß sie nun mit dem Geliebten zusammen sei und alles andere vergessen, und dann ging sie und ließ die beiden allein. Don Diego kniete vor ihr nieder, küßte ihre Hände und sprach zärtlich zu ihr. So beruhigte sie sich zuletzt und sagte: »Verzeih, Lieber, daß ich dein Glück störte durch mein Weinen, ich will ja nun auch vernünftig sein.« So schenkte er ihr ein Glas voll Wein, sie trank, wischte sich die Tränen aus dem Gesicht, lachte und küßte ihn.

Nun waren sie allein in dem friedlichen Zimmer, durch das offene Fenster zog der Duft der blühenden Rosen, am Himmel schiffte der stille Mond, wunderlich und sonderbar standen alle Bäume und Sträucher in der hellen Nacht. Ein Springbrunnen rauschte und tropfte, und kein Laut war sonst.

Vor Sonnenaufgang trennten sie sich, Donna Anna schlüpfte ihren Weg zurück durch eine Allee, die tief verschattet war, huschte ängstlich über die breite Terrasse, die im hellen Mondlicht dalag, daß man die kleinen Kieselsteine auf dem Boden genau erkennen konnte; nach ihr verließ Don Diego das Haus, ging auf seinen bekannten Wegen zur Mauer, überstieg sie und gelangte in sein Zimmer, er legte sich und schlief, bis er zum Dienst geweckt wurde.

Er mußte an diesem Tag Wache halten vor dem Zimmer des Königs; als er sich anzog, lachte er, holte die Diamantenagraffe mit dem Reiherbusch vor und befestigte sie an seinem Hut, besah seinen Degen und stieß ihn wieder in die Scheide; dann ging er, meldete sich beim Schloßkommandanten und wurde zur Ablösung an seinen Posten geführt.

Der König trat aus seinem Zimmer, gebückt, mit grauem Gesicht, mit sorgenvoller Miene. Er schaute nicht auf den jungen Edelmann hin, der an seiner Stelle stand und salutierte; plötzlich aber machte Don Diego eine leichte, fast unmerkliche Bewegung mit dem Fuß, die ihn aufmerken ließ; er blickte in die Höhe, erkannte das Gesicht und die Diamantenagraffe. Seine Stirn bewölkte sich für einen Augenblick, er bezwang sich schnell und sagte freundlich: »Du hast eine schöne Agraffe an deinem Hut, junger Mensch.« »Ich trage sie meiner Geliebten zu Ehren«, erwiderte Don Diego, indem er den König fest ansah. Der König erwiderte den Blick, daß der Jüngling die Augen niederschlagen mußte, und sagte: »Es ist gefährlich, in die Höhle des Löwen zu gehen.« Der Jüngling schwieg beschämt, und der König schritt ruhig weiter.

Am Abend hatte Don Diego wieder eine Verabredung mit Donna Anna. Wie er in das Gärtnerhaus trat, sah er gerade in die Küche, da saß ein Mann am Herd, in einen weiten Mantel gekleidet, das Gesicht mit einer Halbmaske verhüllt, und rührte mit der Degenscheide in der Asche. Don Diego erkannte den König, aber er wünschte, daß es ein anderer Mann sei. Er trat auf den Maskierten zu und fragte: »Wer bist du? Was suchst du hier?« Der König stand auf, hielt mit der Linken das Schwert und machte mit der Rechten eine Bewegung, als wolle er es aus der Scheide ziehen. Don Diego kam ihm zuvor, er zog seinen Dolch und verletzte den Mann; er sagte: »Lerne, daß es nicht ehrenhaft ist, Liebende zu belauschen.« Der Fremde lehnte sich rückwärts an die Wand, Don Diego ließ ihn und ging die Treppe hinauf.

In dieser Nacht wußten die Liebenden, daß sie zum letztenmal beieinander waren, sie sagten: »Wir wollen denken, daß morgen die Welt untergeht, so wollen wir uns lieben.«

Am andern Tage, als Don Diego über den Schloßhof ging, kam ein Gefreiter mit drei Mann auf ihn zu. Der Gefreite rief: »Auf Befehl des Königs, steh«, und wie Don Diego stand, befahl er den Leuten anzulegen und zu schießen. Die Leute erhoben ihre Gewehre, legten an und schossen, und Don Diego sank nach vorn über auf das Pflaster des Hofes; er zuckte nicht, der Tod war gleich eingetreten. Der Hut mit der Agraffe war ihm abgefallen; der Gefreite nahm den Hut auf, besah die Agraffe; dann schob er den Hut unter den Arm und befahl den Leuten, den Toten in die Wachstube zu bringen.

Als Donna Anna die Nachricht von der Ermordung erhalten hatte, ging sie in ihr Zimmer, holte einen Dolch vor und tötete sich; sie saß vor ihrem Schreibtisch, und ihr Kopf war auf die Platte gefallen.

Eine Rache

Zur Zeit König Philipps des Zweiten lebten in Madrid zwei Liebespaare, welche durch eine gemeinsame Freundschaft verbunden waren und in gleicher Weise durch ein Unglück äußerer Verhältnisse bekümmert wurden, denn es schien nach allem menschlichen Ermessen nicht möglich, daß sie das gewünschte Ziel einer jeden Liebe erreichten, nämlich ein glückliches und frohes Zusammenleben und ein Aufziehen geliebter Kinder.

Der eine junge Mann hieß Don Diego und seine Geliebte hatte den Namen Silvia. Die beiden stammten aus vornehmen und wohlhabenden Familien, sie waren die einzigen Kinder ihrer Eltern, sie waren beide gesund, schön und wohlerzogen, und es sprach nichts gegen ihre Verehelichung, das in unserm heutigen Sinn verständig gewesen wäre; aber eine alte Feindschaft trennte die Stämme, und es war nach den Begriffen der Zeit unmöglich, daß Don Diego die Hand der Geliebten von ihrem Vater erhielt.

Der andere Jüngling hieß Don Ferrante und seine Geliebte wurde Lucrezia genannt. Bei diesem Paar lag ein andrer Hinderungsgrund vor. Don Ferrante war arm und entstammte einer unadligen Familie; er war durch Tüchtigkeit und vielleicht auch durch andere Eigenschaften schnell in die Höhe gekommen als Vertrauter des ersten Ministers des Königs. Donna Lucrezia hatte noch einen Bruder, Don Alfonso, der einmal das Vermögen der Familie erhalten sollte; sie selber war also vermutlich gleichfalls einmal arm; trotzdem hätte ihr Vater sie nie dem Don Ferrante gegeben, denn seine Familie gehörte zu den vornehmsten des Königreiches.

Weder Don Diego und Don Ferrante, noch Donna Silvia und Donna Lucrezia waren von Hause aus miteinander befreundet gewesen. Aber da die Eltern der beiden Damen Nachbarn waren, so traf es sich, daß die jungen Männer einander begegneten, als sie nachts auf der Straße ihren Geliebten aufwarteten; und die Gleichheit ihrer Lage schuf denn so zuerst zwischen ihnen, dann zwischen den Mädchen ein näheres Verhältnis, wie ja die Jugend leicht bereit ist zu Freundschaftsbündnissen, wenn nur Gelegenheit zum Austausch von Gedanken und Plänen vorhanden ist, oder zu gelegentlicher Hilfeleistung, indessen das reifere Alter mehr auf Übereinstimmung der Gesinnungen und Willensneigungen achtet.

In einer Nacht hatte eine Verabredung bestanden, daß die beiden Jünglinge vor den Fenstern der Mädchen stehen sollten, um mit ihnen nach gewohnter Art zu sprechen. Die Damen warteten auch beide hinter den Gittern auf ihre Freunde, aber nur Don Diego kam; er trat zunächst vor Donna Lucrezias Fenster, um den Freund zu entschuldigen, der Minister hatte ihm in letzter Stunde eine wichtige Arbeit übergeben, welche er in der Nacht fertigstellen mußte.

Während Don Diego nun so mit der Geliebten des Freundes sprach – er hatte sich auf den Vorsprung der Grundmauer geschwungen, wo er mit den Fußspitzen stand, indem er sich mit den Händen an den nach außen gebogenen Stäben des Fenstergitters festhielt – wurde die Haustür schnell aufgerissen, ein Mann mit gezogenem Degen stürzte heraus, rief ihm zu, er solle sich wehren, und indem Don Diego kaum Zeit gewann, auf den Fußsteig zurückzuspringen und sich in Verteidigung zu setzen, warf er sich ihm auch schon ungestüm entgegen. Don Diego erkannte Donna Lucrezias Bruder. Er verteidigte sich und rief ihm zu, es liege ein Irrtum vor; der andere hörte nicht auf seine Worte, schrie, er sei ein Feigling, kämpfte rücksichtslos; im Haus wurde es lebendig, Lichter erschienen in den Zimmern, Fenster wurden geöffnet, man rief, Geräusch von Schritten auf der Treppe wurde gehört; vergeblich erneuerte Don Diego in abgebrochenen Worten seine Erklärung; Leute kamen aus der Haustür und wollten sich gleichfalls auf ihn stürzen; es blieb ihm nichts übrig, als nun ernstlich zu kämpfen, denn es ging um sein Leben; und als geschickter Fechter brachte er seinem Gegner einen Stoß bei, daß er zu Boden sank, wendete sich gegen die Bedienten, welche auf ihn eindrangen; die wichen zur Seite, als sie seine Entschlossenheit sahen, machten sich beflissen um den Gefallenen zu schaffen, und so konnte Don Diego mit ein paar Sprüngen im Dunkel verschwinden.

Der Getroffene starb auf der Stelle an seiner Wunde. Man hatte Don Diego erkannt, und so klagte der Vater ihn an. Man ergriff ihn, stellte ihn vor Gericht; er konnte nicht erklären, weshalb er am Fenster gewesen, denn er durfte das Verständnis des Freundes mit Donna

Lucrezia nicht verraten, die Richter mußten annehmen, daß der Gefallene habe die Ehre seiner Schwester gegen einen unredlichen Liebhaber verteidigen wollen; das erschwerte seinen Fall; und so wurde denn Don Diego, obwohl er nur aus Notwehr gehandelt hatte, zum Tode verurteilt.

Der alte Vater der Donna Lucrezia wohnte der Gerichtssitzung bei. Als das Urteil verlesen war, das alle mit abgenommener Kopfbedeckung angehört hatten, strich er sich mit zitternden Händen über das dünne weiße Haar und begann mit bebender Greisenstimme: sein Sohn sei tot und werde durch die Hinrichtung seines Mörders nicht wieder lebendig; seine Tochter sei entehrt und müsse ins Kloster gehen. Er bitte die Richter um die Gnade, dem Verurteilten aufzuerlegen, daß er Donna Lucrezia heirate. So werde er wenigstens Enkel bekommen, wenn auch freilich sein Name aussterbe.

Die Richter berieten unter sich über das Verlangen des alten Mannes, dann entschieden sie in einem Zusatz zu ihrem Urteil, daß der Angeklagte von der Todesstrafe frei sein solle, wenn er nach dem Wunsche des Vaters Donna Lucrezia eheliche.

Don Diego dachte an seine Liebe zu Donna Silvia, an die Stunden, welche er unter ihrem Fenster mit ihr gesprochen, an die Hoffnungen, die er bei aller Unmöglichkeit sich ausgemalt hatte, daß er einst mit ihr zusammen in Liebe und Glück leben werde; die Tränen kamen ihm fast bis an die Augen, aber er unterdrückte sie tapfer und sagte, er schätze zwar Donna Lucrezia als eine keusche. vornehme und schöne Dame, und er fühle sich sehr geehrt durch den Wunsch des alten Mannes, dem er ohne sein Wollen ein solches Übel angetan, aber er könne Donna Lucrezia nicht ehelichen, denn er liebe eine andere, und lieber wolle er in den Tod gehen, als der untreu werden. Der Vorsitzende der Richter antwortete ihm verdrießlich, er habe noch eine Woche Bedenkzeit im Kerker, und er könne vielleicht das große Glück, das ihm durch das Angebot werde, im Laufe dieser Woche noch begreifen. Dann gab er einen Wink und Don Diego wurde abgeführt.

Donna Silvia hatte durch eine vertraute Person, welche auf ihre Bitte der Rechtshandlung beigewohnt, alles, wie es vor sich gegangen, gehört. Sie fand einen Weg, um die Gefängniswärter zu bestechen, daß sie ihr erlaubten, den Gefangenen zu besuchen und zu sprechen; und so verkleidete sie sich in männliche Tracht, verließ heimlich das elterliche Haus und wurde zu dem Geliebten geführt. Er lag in einer engen Zelle, mit einer schweren Kette an die Wand angeschlossen, wie ein gewöhnlicher Verbrecher; denn sein Widerstreben hatte die Richter aufgebracht; sie hatten besondere Anweisung gegeben, seinen Stand nicht zu berücksichtigen, und der Wärter hatte ängstlich die Befehle erfüllt, denn es wurde öfters nachgesehen, ob sie auch befolgt würden. Als die beiden sich zum erstenmal nach dem Unglück wiedersahen, da weinten sie und konnten lange nicht sprechen. Aber endlich setzte sich Donna Silvia auf die schlechte Pritsche, und Don Diego setzte sich neben sie, und dann sagte sie, daß sie wohl wisse, er wolle Donna Lucrezia nicht ehelichen wegen seiner Liebe zu ihr selber. Und freilich werde diese Ehe ein großer Schmerz für sie sein, denn sie habe immer im stillen gehofft, daß ein Wunder vielleicht ihnen beiden ermöglichen werde, daß sie sich angehören könnten, aber noch elender wäre sie, wenn er nun stürbe; denn weil sie ihn liebe, so scheine ihr, daß er wichtiger sei wie sie, und sie denke immer, daß ein Mann doch noch anderes habe wie die Liebe, und das wolle sie nicht, daß das alles zugrunde gehe ihretwegen. Und so redete sie noch manches, das klug und besonnen war und gegen ihr eignes Gefühl ging, denn ihr Gefühl war, ihm zu sagen, daß sie mit ihm zusammen sterben wolle.

Don Diego dachte an seine Eltern, an den König, dem er sich schuldig war; mit trocknem Auge stand Donna Silvia vor ihm und sprach, daß wir Gott verantwortlich sind für dieses Leben, das er uns doch gegeben. Auch sein Auge blieb trocken, aber es brannte ihm, wie ihr das Auge brannte. Er nahm ihre Hand in die kettenklirrende seine, küßte sie, die kalt und leblos war, und versprach ihr, zu tun, was sie ihm befehle, und was auch seine Pflicht sei. Sie lächelte hilflos, wendete sich und ging; aber hinter der Tür warf er sich auf die Erde, krallte sich mit den Fingern in den feuchten Boden und weinte unterdrückt, als wollte es ihm das Herz abstoßen.

Nun gab Don Diego den Richtern kund, daß er den Willen von Donna Lucrezias Vater erfüllen wolle. Donna Lucrezia machte keine Einwendungen. Don Diego wurde freigelassen, und noch an demselben Tage, wo er das Gefängnis verließ, wurde die stille und traurige Hochzeit gefeiert. Don Diego hatte ein Staatsamt inne, dessen Arbeiten er bis nun in der nachlässigen Weise erfüllt hatte, welche bei einem vornehmen jungen Herrn jener Zeit natürlich war. Nach seiner Verheiratung widmete er seine ganze Zeit seinem Dienst und solchen

Studien, welche ihn für seine Tätigkeit weiterbilden mußten. Es wurde von ihm gesprochen, daß er ehrgeizig sei, daß er eine große Laufbahn erstrebe. Don Ferrante machte einmal gegen den Minister eine Bemerkung über ihn, welche in solchem Sinne gedeutet werden konnte, der Minister antwortete ihm lächelnd: »Den Mann können Sie freilich nicht verstehen, mein Lieber.«

Der freundschaftliche Verkehr zwischen Don Diego und Don Ferrante ging wie früher. Don Ferrante war oft im Hause des Freundes, er sprach viel mit Sennora Lucrezia, die früher seine Geliebte gewesen war. Wir wissen nicht, was Don Diego fühlte, ob ihm nicht die Vertraulichkeit der beiden unpassend erschien; aber jedenfalls sagte er nichts und trug eine immer gleichmütige Miene zur Schau.

Man muß bedenken, daß die Spanier in einem solchen Fall ganz anders empfinden, wie die kälteren nördlichen Völker, daß Eifersucht bei ihnen leichter erregt wird, vielleicht weil leichter Grund für sie ist; und daß Eifersucht in Spanien eine wilde Leidenschaft ist. Wie auch immer das Benehmen Don Diegos mochte zu erklären sein, jedenfalls muß man daran denken, wenn man die Handlungsweise der Donna Silvia begreifen will.

Sie spürte, daß man anfing über Don Diego zu lächeln. Jeder hütete sich zwar, etwas zu sagen, das ihm denn große Unannehmlichkeiten hätte zuziehen können; aber es ist ja nicht nötig, daß unmittelbar oder verblümt in solchen Angelegenheiten etwas herausgesprochen wird; wo die Möglichkeit einer Lästerung vorliegt, da verstehen sich die Menschen auch ohne Worte. Donna Silvia wurde von heftiger Angst ergriffen, daß Don Diego von den ungesprochenen Vermutungen der Menschen Kenntnis bekommen könne und daß dann ein Unglück geschehe. Sie wollte ihn bewahren, und ergriff dazu ein Mittel, das wohl recht gefährlich war und vielleicht kindlich genannt werden kann; sie wußte es nämlich durch Bewegungen und Blicke zu bewirken, daß Don Ferrante meinte, sie habe nun, nachdem ihr Geliebter ihr genommen, ihre Liebe ihm zugewendet.

Was den unmittelbaren Erfolg betrifft, so war ihre Rechnung jedenfalls richtig gewesen. Don Ferrante ließ sich durch seinen Ehrgeiz bestimmen und wendete sich ihr zu, man wußte bald, daß er ihr den Hof machte, und die Aufmerksamkeiten, welche er für Sennora Lucrezia hatte, konnten nun nicht mehr übel gedeutet werden.

Aber im weiteren Verlauf der Handlung kam es denn zu Geschehnissen, welche Donna Silvia nicht geahnt. Sie hatte bis dahin nur den zärtlichen, rücksichtsvollen und vornehmen Don Diego gekannt und hatte gemeint, daß nach seiner Art alle Männer seien. Don Ferrante aber war von einem ganz anderen Schlage. Vielleicht war der Grund eine Gemeinheit seiner Seele überhaupt, vielleicht auch nur, daß er Donna Silvia nicht liebte, jedenfalls verwendete er kaltblütig alle die Listen und Mittel, welche in einem Liebesverhältnis der Unedle und Gleichgültige zu seiner Verfügung hat, und welche ja meistens vom weiblichen Teil gebraucht werden, da der männliche gewöhnlich leidenschaftlicher verliebt ist; er bestürmte sie mit dem Vorwurf, daß sie ihn nicht liebe, er tat plötzlich kalt; er erweckte ihr Mitleid; er spielte den Eifersüchtigen und verlangte den Beweis, daß die Eifersucht unbegründet sei; er wünschte auf die Probe gestellt zu werden, daß er ihr Vertrauen verdiene; und so verstrickte er in kurzer Zeit die geradsinnige und einfache Silvia derart, daß sie ihm, den sie gar nicht liebte, ohne es zu wollen, die letzte Gunst gewährte.

Wir können uns ihre Verzweiflung und Gewissensvorwürfe denken. Sie beschuldigte sich, daß sie gegen ihre Eltern gefehlt, noch mehr, daß sie ein schändliches Unrecht gegen Don Diego begangen. Ihre Angst wuchs, daß ihr Vergehen Folgen haben könnte, durch welche sie und ihre Familie öffentlich entehrt würden. Und zu allem kam noch ein unbestimmtes Grauen vor Don Ferrante. Denn trotz ihrer Unschuld fühlte sie doch nun, wo sie solche dumpfen Sorgen nicht mehr unterdrückte, weil sie ja doch nicht mehr zurück konnte, daß Don Ferrante ein schlechter Mensch war, daß er sie nicht liebte, und daß er sie und ihre Nachgiebigkeit zu einem bestimmten schlechten Zweck verwenden wollte.

Als sie in solchen fürchterlichen Gedanken allein in ihrem Zimmer saß, bald aufsprang und gedankenlos aus dem Fenster starrte, bald eine Handarbeit nahm und wieder fortlegte, bald sich wieder setzte mit ratlosem Gefühl, auf den Boden sah und sich vergeblich anstrengte, ihren Geist auf das Finden eines Ausweges zu lenken, da führte eine Dienerin Sennora Lucrezia ein, welche ihr einen freundschaftlichen Besuch machen wollte.

Sennora Lucrezia umarmte sie, küßte sie auf beide Wangen, drückte sie auf einen Stuhl, setzte sich ihr gegenüber, blickte ihr in die Augen, lachte, nahm ihre Hände und streichelte sie, und begann dann eine lange Rede.

Deren Inhalt war, daß Don Ferrante ihr alles erzählt habe, daß sie aber gar nicht eifersüchtig sei, denn Donna Silvia sei doch ihre liebste Freundin. Sie weinte einige Tränen und fuhr fort, nun wisse auch Donna Silvia, wie Liebe tut, und werde verstehen, wie ihr, Lucrezia, zumute sei an der Seite eines ungeliebten Gatten. Donna Silvia saß erstarrt auf ihrem Stuhl, Sennora Lucrezia sprang auf, kniete vor ihr nieder, nachdem sie ihr kostbares Seidenkleid flüchtig mit der Hand glattgestrichen hatte, legte die Arme um sie, und sah zu ihr hoch mit stehendem Gesichtsausdruck. Sie fuhr fort und sagte, sie beide seien in einer außergewöhnlichen Lage, und sie müßten einen großen Sinn zeigen, es könne noch alles gut werden, und sie drei könnten glücklich sein, wenn sie nur wollten. Als sie das Folgende sprach, da wagte sie nicht mehr, Silvien in die Augen zu sehen; sie erhob sich, legte ihr Gesicht an Silviens Wange und flüsterte ihr ins Ohr, sie müsse Don Ferrante insgeheim sprechen, und das sei in ihrem Hause unmöglich, wo der widerwärtige Don Diego ihre unschuldigsten Bewegungen überwache. So möge denn Donna Silvia erlauben, daß sie sich mit Don Ferrante bei ihr treffe, denn da würde niemand Argwohn schöpfen.

Donna Silvia schämte sich selber über die gefühlte Niedrigkeit der andern, denn völlig verstand sie nicht die schändlichen Absichten der beiden; sie schob aber ihr tiefes Unglücksgefühl auf den Kummer darüber, daß Don Ferrante Lucrezien erzählt hatte, was geschehen war. Auf Lucreziens Worte wußte sie nichts zu erwidern, hilflos sah sie sich im Zimmer um, und nur konnte sie nicht den Blick auf die andre richten. Die aber faßte das Schweigen als Zustimmung oder stellte sich wenigstens so, als ob sie es tue, klatschte in die Hände, küßte sie auf beide Wangen, flüsterte ihr eine bestimmte Stunde für den nächsten Tag ins Ohr, und ging dann, zum Abschied Blicke werfend und mit der Hand winkend.

Als Don Ferrante und kurze Zeit danach Donna Lucrezia am nächsten Tag zu der verabredeten Zeit kamen, da hatte sie aber ihren Entschluß gefaßt, denn einiges wenigstens hatte sie in der Zwischenzeit von dem Sinn der beiden erraten.

Es stand ein großes Himmelbett im Hintergrund des Zimmers. Auf dieses wies sie mit dem Finger und erinnerte Don Ferrante an die

Nacht, welche er mit ihr zusammen verbracht hatte. Dann sagte sie, daß sie ihrem Vater alles gestehen wolle und sie hoffe, daß er ihr nun die Erlaubnis geben werde, sich mit Don Ferrante zu vermählen. Aber freilich müßten sie denn nun alle ein Opfer bringen; denn sie habe immer gehofft, daß sie dürfe unvermählt bleiben, nachdem Don Diego, der ihr Geliebter gewesen, eine andere Gattin heimgeführt; und so bitte sie auch Donna Lucrezia und Don Ferrante, ihrer früheren Liebe nun gänzlich zu entsagen, indem ja denn nicht nur Donna Lucrezia, sondern auch Don Ferrante durch das heilige Band der Ehe anders verbunden sei.

Don Ferrante ergriff ihre Hand, führte sie an den Mund, und beteuerte mit den zärtlichsten Worten seine Neigung zu ihr. Aber dann sagte er, sie dürfe nicht Unmögliches von ihm verlangen, er liebe auch Lucrezien und Lucrezia liebe ihn. Er wollte noch mehr sprechen, aber Donna Silvia unterbrach ihn und sagte mit ruhiger Stimme, wenn dem so sei, so seien die weiteren Worte unnütz. Sie habe Sennora Lucreziens Bitte erfüllen müssen, da sie ja ihre Geschichte wisse; und so wolle sie denn ihnen eine Stunde Zeit geben, sich ungestört zu unterhalten. Hierauf verließ sie das Zimmer.

Don Ferrante verriegelte hinter ihr und küßte Lucrezien; diese war über die letzte Rede der Donna Silvia und über ihren Gesichtsausdruck wohl etwas beunruhigt; aber schnell vergaß sie alle Besorgnis in der lebendigen Gegenwart des Geliebten.

Donna Silvia war in die Waffenkammer hinaufgegangen und hatte sich einen Degen ausgesucht, welcher ihrer Hand und ihrem Zweck tauglich schien, eine nicht allzu lange, dreikantige und ganz dünne Klinge. Sie wartete eine lange Weile, bis sie annehmen konnte, daß das Paar sich seinen ersehnten Entzückungen überließ, öffnete leise eine Tapetentür und trat in das Zimmer; sie schlug den Vorhang des Himmelbettes zurück, und mit einem einzigen Stoß ihrer guten Waffe durchbohrte sie beide Körper.

Dann zog sie den Vorhang wieder vor, kleidete sich für die Straße an, rief ihre Dienerin und befahl der, ihr zu folgen, und ging zu dem Haus des Don Diego. Den bat sie, mitzukommen, führte ihn an das Bett, zeigte ihm die beiden und sagte ihm: »So habe ich uns beide gerächt.«

Der Dussek

Der Nierenwald gehörte am Anfang des achtzehnten Jahrhunderts einem Grafen von Heym, der ein großer Liebhaber der Jagd war. Der Wald war durch räuberische Überfälle verrufen. Es wurde dem Grafen wohl gesagt, er müsse Leute aufbieten und ihn säubern, aber er erwiderte dann immer, seinetwegen brauchten die Bürger nicht durch seinen Wald zu gehen, und er habe keine Lust, sein Wild vergrämen zu lassen.

Ein Fleischergeselle übernachtete in einem Wirtshaus, das am Eingang des Waldes stand und erzählte dem Wirt, daß er am andern Morgen früh aufbrechen müsse und durch den Wald gehen wolle; er habe für seinen Meister eine Zahlung zu machen. Dabei warf er eine schwere Geldkatze auf den Tisch und prahlte, daß sie an zweihundert Gulden enthalte. Der Wirt schüttelte den Kopf und warnte ihn; außer den beiden war nur noch ein Mönch in der Wirtsstube; und der Wirt sagte, er solle froh sein, daß nur zuverlässige Leute seine Prahlerei gehört haben, denn im Walde sei es nicht geheuer, und man könne nie wissen, ob nicht die Räuber ihre Helfershelfer in den Wirtschaften am Rande des Waldes halten, die ihnen von Wanderern mit Geld Nachricht geben. Der Mensch lachte und sagte, ihm solle nur ein Räuber kommen, er wisse schon, wie er ihn aufnehmen solle. Dabei streichelte er seinen großen gelben Fleischerhund, der neben ihm lag; der Hund sah zu ihm hoch und klopfte mit dem Schwanz auf den Boden.

Der Mönch bat den Gesellen am andern Morgen, ob er sich ihm auf seinem Wege anschließen dürfe, und der Mann antwortete lachend, wenn er sich vor so einem armen Kerl von Spitzbuben fürchte, der vor Hunger nicht ... könne, so wolle er ihn mit beschützen.

Die Geldkatze war aus Leder, mit schönen grünen, blauen und roten Lederstückchen verziert, lustig bestickt, und mit blanken Messingbeschlägen versehen. Der Mönch sah sie sich an und freute sich über die schöne Arbeit, und der Geselle erzählte, was sie gekostet hatte, denn ein ordentlicher Fleischergeselle hält darauf, daß er eine gute Geldkatze hat, damit er nicht bei seinem Meister zu borgen braucht. So kamen denn die beiden ins Gespräch und gingen. Und nachdem sie einige Stunden im Wald gegangen waren, sagte der Geselle: »Nun ist es Frühstückszeit, der Magen will sein Recht.« Die beiden setzten sich auf die trockenen Buchenblätter, und jeder holte vor, was er in der Tasche hatte. Der Fleischer sah mitleidig auf den Schnappsack des Mönchs, dann hielt er ihm seinen Kober hin und sagte: »Iß, das ist fette Rotwurst, reines Gut, die kann jeder mit Appetit essen.« Der Mönch machte Gegenworte, aber der Geselle schnitt ihm ein spannenlanges Stück ab, schnitt dazu einen Runken Brot und schob ihm beides auf der Klappe des Kobers zu. Die beiden machten sich ans Essen; der Geselle zog einen Buddel Schnaps vor und sprach: »Auf die fette Ware gehört sich ein ordentlicher Schluck«; damit trank er dem Mönch zu; dieser nahm den Buddel, und der Fleischer fuhr ermutigend fort: »Davon kriegt einer keine Läuse in den Bauch.«

Die beiden aßen mit den Taschenmessern, indem sie von ihrem Brot abschnitten und die Wurst aus der Schale herausgruben. Der Hund lag zu ihren Füßen und paßte; wie der Geselle fertig war, warf er ihm die zusammengedrückte leere Schale zu, und der Hund schnappte sie in der Luft auf.

»Kamerad«, sagte der Mönch, »du hast mir ja noch gar nicht gesagt, was du machen willst, wenn Räuber kommen.« »Mit zweien nehme ich es auf«, erwiderte der Fleischergeselle. »Mein Hund stellt den einen, und für den andern habe ich meinen Dussek hier umgeschnallt. Der schlägt Knochen glatt durch. Willst du glauben oder nicht, wenn ich hier ein Kalb habe, dem schlage ich den Kopf ratsch ab mit dem Säbel.«

Der Mönch wollte den Säbel sehen und der Fleischer zog ihn aus der Scheide. »Der Dussek, das ist das Richtige für den Fleischergesellen«, sagte er. »Im Griff ist Blei. Schwing ihn mal, wie der zieht.« Der Mönch nahm den Säbel und schwang ihn, der Hund hatte sich auf die Hinterbeine gesetzt, der Fleischer lag behaglich, die Hände unterm Kopf; beide sahen dem Mönch zu, wie der den Säbel schwang. Plötzlich holte der Mönch weiter aus, machte einen Schritt auf den Hund zu und schlug dem mit einem Schlage den Kopf ab.

Der Fleischer sprang auf. Der Mönch schrie ihn an: »Die Katze her!« Der Geselle stand niedergeschlagen da, und die Tränen rollten ihm aus den Augen. »Mach schnell!« schrie der Mönch und schwang drohend den Dussek. Zögernd löste der Bursche die Schnallen. Plötzlich hielt er inne und sagte: »Ich kann mich bei meinem Meister nicht wieder sehen lassen, denn der glaubt mir doch nicht, daß ich starker Kerl mich nicht habe wehren können. Mein ehrlicher Name ist hin.

Es tut mir nur um meine Eltern leid, die können ja nicht mehr auf der Straße gehen, dann zeigt jeder auf sie und sagt: »Das sind die Eltern von dem Spitzbuben, der seinem Meister mit dem Geld durchgegangen ist.«

»Ja, unsereins kann ja manchmal vor Hunger nicht ..., aber dafür haben wir Grütze im Kopf«, sagte der Räuber, »mit so einem klugen Fleischergesellen werden wir immer noch fertig.«

Seufzend löste der Bursche die Geldkatze völlig. Wie er sie dem Räuber reichte, sagte er: »Du hast doch mit mir gegessen und getrunken, eine Liebe kannst du mir wenigstens antun. Hier lege ich meinen Arm auf den Baumstumpf. Schlag zu, schlag mir die Hand ab; dann glauben sie zu Hause, daß ich mich gewehrt habe.« Der falsche Mönch antwortete lachend: »Wenn dir deine Hand nicht mehr wert ist, das will ich schon tun«, und warf die Geldkatze auf die Erde. »Aber hole ordentlich aus, daß es eine glatte Wunde gibt; ich bin ein armer Kerl und kann keine Kurkosten bezahlen«, fuhr der Fleischer fort.

Da stand ein fester buchener Stumpf; der Baum war im Winter geschlagen und lag noch neben dem Weg. Auf den Stumpf legte der Fleischer den Arm, der Räuber trat zurück, hielt den Dussek mit beiden Händen und holte aus. Aber wie er niederschlug, nahm der Fleischer schnell den Arm zurück, und während der Säbel tief in das feste Holz eindrang, daß er durch kein Rütteln wieder herauszuziehen war, stürzte er sich auf den andern, griff ihn mit Untergriff, warf ihn krachend auf die Erde, daß ihm die Rippen knackten und kniete auf ihm. Dann griff er in seinen Kober, den er gerade erreichen konnte und holte einen Kälberstrick vor. Mit dem schnürte er die Hände des Menschen zusammen; dabei rief er: »Keine Grütze im Kopf! Du willst einen Fleischergesellen für dumm verkaufen!« Der Kerl beklagte sich, daß er ihn zu fest schnüre. »Du sollst die Engel im Himmel pfeifen hören«, erwiderte der Fleischer. »Denkst du, unsereiner ist so dumm wie ihr und läßt einen wieder los, den er hat? Wir haben genug in den Kopf zu nehmen in unserm Geschäft.« Damit ging er von dem Menschen herunter, gab ihm einen Tritt und forderte ihn zum Aufstehen auf.

Der Räuber stand auf, der Geselle ließ ihn vor sich hergehen und führte ihn an seiner Kälberleine. So ging er mit ihm zu der Stadt, wo er seine Zahlung zu machen hatte; dort brachte er ihn erst auf das Gericht und lieferte ihn ab, dann besorgte er sein Geschäft und machte sich auf den Heimweg. Der Räuber wurde verurteilt und hingerichtet.

Der Dussek war in dem Buchenstumpf stecken geblieben. Als der Fleischer zurückkam, fand er ihn nicht mehr vor. Der Wildhüter hatte ihn gesehen, hatte sich von Hause Axt, eiserne Keile und Schröter geholt und hatte ihn freigemacht und zu Hause über seinem Bett aufgehängt.

Der Wildhüter lebte etwa in der Mitte des Waldes mit seiner Frau in einem einzelnen Haus. Die Leute hatten keine Kinder. Der Mann war aus der Fremde zugezogen, die Frau stammte aus einem Dorf in der Nähe des Waldes. Von dem Mann erfuhren die Leute in der Gegend nicht viel, die Frau kam alle hohen Festtage in ihr Dorf und besuchte ihre Schwester, die dort an einen Bauern verheiratet war, und zu deren einzigem Kind, einem Töchterchen, sie Pate gestanden hatte. Sie weinte viel bei ihrer Schwester und sagte oft: »Du hast es gut bei deinem Mann«; aber wenn die andere fragte, ob sie zu klagen habe, dann schüttelte sie den Kopf und schwieg. Dem Kind brachte sie immer etwas mit, Kuchen, oder ein Würstchen, ein paar Hasenpfötchen, einen goldenen Ring, oder einen Apfel, und das Kind hing sehr an ihr.

Der Mann dieser Schwester kam mit dem damals zehnjährigen Kind an einem Abend bei dem Wildhüter an und bat die Schwäger um Nachtquartier. Er hatte eine große Summe Geld bei sich, die Ablösung einer Hypothek, das er in die Stadt bringen wollte. Die Schwägerin rüstete ihnen ein Abendbrot; es war ein Schinken angeschnitten, sie hatte verschiedene Würste, Butter und Brot. Der Bauer ermunterte das Kind, es solle ordentlich zulangen, es werde ihm bei der Tante gegönnt, dann rühmte er den saftigen Schinken und die Würste; er sagte, daß die Verwandten gut leben; freilich, sie brauchen nicht für die Kinder zurückzulegen. Die Frau seufzte und sprach: »Wenn ich eins hätte, und wenn es auch bloß ein Mädchen wäre, dann wollte ich gern eitel Brot essen.« »Jawohl, Kinder sind ein Segen«, erwiderte der Bauer. Der Wildhüter fragte nach dem Geld; er wunderte sich, daß der Bauer durch den verrufenen Wald gehen mochte; aber der andere erwiderte, bei ihm werde niemand Geld suchen, er habe mit keinem Menschen von seinem vorhabenden Wege gesprochen. Der Wildhüter sagte nichts und erhob sich schwer vom Tisch.

Am andern Morgen in der Frühe machte sich der Bauer auf, um weiterzugehen. Der Schwager war schon im Wald. Die Frau redete ihm zu, er solle das Kind bei ihr lassen, er könne es dann auf dem Rückweg wieder mitnehmen; als der Mann ablehnte, wurde sie dringender; der Mann wurde schwankend; aber da faßte ihn das Kind am Hosenbein und sagte ihm leise, es bitte, daß er es mit zur Stadt nehme. Die Frau weinte, als die beiden gingen. Unterwegs fragte der Vater die Kleine, weshalb sie nicht habe bei der Tante bleiben wollen, die ihr doch versprochen, sie wolle ihr Kuchen backen; sie wußte nicht, was sie erwidern sollte und sagte nur immer, sie wolle bei ihrem Vater sein.

Während die beiden so gingen, trat ihnen an einer Biegung des Weges plötzlich ein Mann mit einem Gewehr entgegen, legte an und schoß. Der Bauer fiel nieder. Das Kind schrie laut auf und lief fort. Sie hörte hinter sich her schreien und fluchen, aber sie lief immer weiter; dann hörte sie an dem Knacken der dürren Äste hinter sich, daß sie verfolgt wurde; da war ein niedriger, steiler Abhang zur Linken, sie ließ sich niedergleiten und schmiegte sich an den Boden an; der Verfolger lief ein paar Schritte neben ihr weiter, ohne sie zu sehen. Nach einer Weile, als alles ruhig war, stand sie leise auf. Sie wußte, in welcher Richtung das Haus der Tante lag und lief nach Leibeskräften, um es zu erreichen.

Auf dem freien Platz vor dem Haus ging die Tante mit großen Schritten auf und ab und fuchtelte mit den Händen in der Luft. Als sie die Kleine ankommen sah, lief sie ihr entgegen, nahm sie in die Arme, küßte sie und trug sie ins Haus. Das Kind konnte vor Schluchzen und Entsetzen nichts erzählen, die Tante sagte ihr, sie solle schweigen, zog ihr die Kleider aus und legte sie ins Bett. Dann ging sie in die Küche, kochte ihr Lindenblütentee und brachte ihr einen Topf voll mit einer Tasse.

Der Wildhüter kam nach Hause, das Kind hörte, wie er die Tür zuschlug, wie er fluchend mit schweren Schritten ins Wohnzimmer ging; er schrie wütend allerhand, die Frau suchte ihn zu beruhigen; plötzlich wurde dem Kind aus den Worten klar, daß er es gewesen, der den Vater erschossen hatte. Da hörte sie auch, wie er den geraubten Geldsack auf den Tisch warf. Der Oheim erzählte, wie er im Versteck gelegen, wie der Vater gleich gefallen, wie das Kind fortgelaufen sei; die Tante suchte ihn immer zu beruhigen, daß er leise redete; sie weinte, und er schimpfte auf sie wegen ihrer Tränen. Er wollte in die Kammer gehen, sie suchte ihn abzuhalten; er schritt auf die Tür zu, sie stellte sich vor die Tür. Das Kind in der Kammer hatte sich eilig angezogen, soweit es konnte; das Fenster war niedrig, und es konnte aus dem Fenster springen. Da ging aber die Tür schon auf, und der Oheim stand vor ihr. Schnell lief er zurück in die Stube und holte sein Gewehr. Er hatte es verkehrt gefaßt und brüllte laut, er wolle dem Bankert mit dem Kolben das Maul stopfen. Die Tante aber war ihm zuvorgekommen. Sie hatte das Kind unter das Bett gestoßen und stand dem wütenden Mann gegenüber, in beiden Händen den schweren Dussek, den sie vom Nagel über dem Bett gerissen.

Der Mann schlug blind zu; die Frau wich zurück, der Schlag ging ins Leere und zog den Mann vornüber. Da schrie die Frau: »Nun hilf mir, Gott, gegen den Bluthund« und hieb mit dem Dussek auf ihn ein. Sie hackte ihn schräg am Kopf überm Ohr; der Mann taumelte und stürzte; er atmete ein paarmal schwer, dann verdrehte er die Augen und war tot.

Nun holte die Frau das Kind unterm Bett vor. Sie nahm es in die Wohnstube, setzte es sich auf den Schoß und weinte. »Ich habe es geahnt«, sagte sie, »deshalb wollte ich dich nicht fortlassen.« Sie küßte das Kind heftig, das Kind wurde ängstlich. Sie machte ihm ein Lager auf der Erde und legte es, und das Kind schlief gleich ein.

Als das Kind aufwachte, da war der Tote fortgeschafft, die Kammer war frisch gescheuert, die Betten glatt gestrichen; das Gewehr hing an seiner Stelle hinter der Stubentür und der Dussek überm Bett.

Die Tante sprach lange mit dem Kind. Sie sagte ihm, daß es verständig sein müsse und niemandem etwas sagen dürfe von dem, was geschehen sei, denn die Schande würde über die ganze Familie kommen. Sie werde jetzt immer mit der Mutter zusammenleben und werde ihm jede Woche Kuchen backen.

Das Kind schlug die Ärmchen um sie und schluchzte. Sie sagte, sie habe alles verstanden und wisse alles, wie es gewesen.

Der Tote im Walde wurde gefunden; man konnte nichts über den Mörder erfahren. Der Wildhüter war verschollen. Nach einiger Zeit zogen die beiden Frauen zusammen; das Kind hat nie über die Erlebnisse gesprochen.

Der Teufelsacker

Bei dem Dorfe N. befand sich ein großes Stück Unland von dreißig bis vierzig Morgen, das man den Teufelsacker nannte. Man erzählte, daß der Teufel hier einmal vorbeigezogen sei und seinen Schuh ausgeschüttelt habe. Die ganze Fläche war mit großen und kleinen Steinen der verschiedensten Art und Form bedeckt, zwischen denen Weißdorn, Schlehen und Hundsrosen ihre stachligen Zweige und Ranken verstrickten, so daß man kaum zwei oder drei Schritte tief in das Gewirr eindringen konnte. Unzählige Vögel nisteten hier, welche im Frühling und Sommer des Morgens weithin die Luft mit ihrem Rufen, Singen und Pfeifen erfüllten. Ungefähr in der Mitte des fast runden Bezirkes befand sich ein kleiner See, das Teufelsloch; es wurde erzählt, daß ihn der Teufel getreten, als er auf seinem Huf stand, indessen er von dem Fuß den Schuh abzog.

Das gänzlich wertlose Stück hatte einem Bauern gehört, dessen Hof dicht am Rande der Steinhalden lag. Der Mann war liederlich gewesen, Frau und Kinder waren ihm in auffälliger Weise gestorben; eines Nachts kam Feuer auf seinem Hof aus; der Knecht und die Magd retteten sich und schafften das Vieh ins Freie; an den Bauer, der betrunken an seinem Bett gelegen, hatte keines gedacht; ehe vom entfernten Dorfe Hilfe kommen konnte, waren die strohgedeckten Gebäude ausgebrannt, von dem Bauern fand man noch einige üble Reste in dem schwelenden Schutt. Das Gericht nahm die Verlassenschaft in die Hand; Gläubiger meldeten sich; der Erbe, ein reicher Bauer, der Besitzer des Sternhofes, erklärte auf den Rat des Rechtsanwalts, er nehme die Erbschaft nur an, wenn die Schulden den Besitz nicht übersteigen. So wurde damals der Hof versteigert. Die guten Äcker, das gerettete Vieh, was sonst von Wert war, wurde von Männern erstanden, welche das Einzelne verwerten konnten; es blieben nur noch der Teufelsacker und die ausgebrannten Mauern der Häuser zurück.

Bei dem Sternbauern diente ein damals fünfzehnjähriger Junge, dessen Eltern, zugewanderte Leute, vor Jahren gestorben waren. Der Sternbauer war ihm als Vormund gesetzt, hatte ihn aufgenommen und zu allerhand geringen Arbeiten verwendet, und verwaltete sein kleines Vermögen, das fünfzig Taler betrug. Der Junge, er hieß Hans, hatte einmal zwei gelehrte Herren, die im Dorf gewesen, auf ihren

Wanderungen begleitet; die beiden sprachen viel über den Teufelsacker, und er hatte soviel von ihnen verstanden, daß die Steine nicht aus dem Boden wuchsen, sondern obenauf lagen; seitdem war er oft um den Acker herumgestrichen, hatte Steine gewälzt, Dornen mit seinem Taschenmesser abgeschnitten, und sich in die Wüstenei hineingearbeitet, so weit er konnte. Nun war er bei der Versteigerung zugegen, mit glänzenden Augen und offenem Mund hatte er den ganzen Handel verfolgt; als am Schluß der Steinacker und die Trümmer des Hofes ausgeboten wurden, und alle lachten und Witze rissen, zupfte er den Sternbauer am Ärmel und bat ihn, beides für ihn zu ersteigern für seine fünfzig Taler. Der Sternbauer schüttelte ihn unwillig ab, aber der Junge bat weiter mit Tränen in der Stimme; die andern Bauern redeten ihm lachend zu, ihm falle doch das Geld an, wenn der Junge durchaus wolle, so möge er ihm die Liebe antun; der Sternbauer sagte, das Vormundschaftsgericht werde ihm auf den Hals kommen, die andern erwiderten, fünfzig Taler sei das Wesen schließlich immer wert; und so bot er denn endlich, seiner Habsucht folgend, für den Jungen und erhielt den Zuschlag für ihn.

Alle reckten die Hälse nach Hans, der mit rotem Gesicht und niedergeschlagenen Augen saß und nichts zu sagen wußte. Einer rief, er werde wohl Steine ziehen wollen auf dem Teufelsacker, denn die kämen dort am besten, ein andrer sagte, Hans sei ein ganz Schlauer, der verpachte den Acker für teures Geld an die Stadtleute, damit sie sich den Vogelsang anhörten; ein dritter spottete, Hans habe ein Geheimnis, aus den Schlehen Wein zu keltern; und so wurde viel geredet, indessen die Redlicheren im stillen dem Sternbauer Unrecht gaben, daß er die Unerfahrenheit des Jungen ausgenützt hatte, für den er doch nach Recht und Gewissen sorgen sollte.

Nach der Versteigerung lief Hans zu seinem Acker und umstrich ihn mit verlangenden Blicken. Es war gegen Sonnenuntergang, und hier und da saß ein Vogel auf einem Dornzweig und sang ein Abendlied, ein Fink oder ein Hänfling, oder auch ein Stieglitz. Er prüfte den Wind, dann häufte er an der richtigen Seite trockenes Reisig, Stengel und Grasbüschel und steckte die in Brand. Die Dornen waren ja grün, aber das Feuer griff dennoch weiter, alles Trockene flammte auf, das übrige schwelte langsam. Die erschrockenen Vögel erhoben sich schreiend in die Lüfte, viele kreisten über der Stelle, wo ihr Nest sein mochte. Der Rauch legte sich beißend auf den Acker, schon standen schwarze Stöcke, Asche lag auf der Erde, es glimmte, flammte auf. Leute aus dem Dorf kamen, schimpften auf den Jungen; er zeigte auf die Felder, die schon abgeerntet waren, nun fragten die Leute neugierig, was er denn mit dem Acker machen wolle; er steckte die Hände in die Hosentaschen und schwieg.

Auf dem Sternhof lebte ein entfernter Verwandter des Bauern, der um Gottes willen durchgefüttert wurde. Er war blödsinnig und konnte zu keiner Arbeit benutzt werden. Hans hatte sich mit ihm bekannt gemacht; an den Feierabenden zog er jetzt mit einer Radeberre zu seinem Acker, der Blödsinnige folgte ihm mit einem kleinen vierrädrigen Handwagen.

Gleich am See hatte sich Hans eine Stelle ausgesucht, wo er mit dem andern begann, die Steine abzulesen, in Karren und Wagen zu werfen und dann in den See zu schütten. Der Boden war oft nur mit einigen flachgewaschenen Kieseln bedeckt, zwischen denen die schwarzen Stöcke der verbrannten Dornen vorwuchsen; zuweilen lagen flache Haufen, sehr selten auch größere Blöcke, welche die beiden mit dem Hebebaum in den See wälzen mußten; einige der Steine waren an einer Seite wie geschliffen.

Die Arbeit ging merkwürdig rasch vorwärts. Der Sternbauer kam an einem Abend, sah sich alles an und sagte dann mit verbissenem Ärger zu Hans, er müsse nicht glauben, daß nun alles gut sei, die Steine wüchsen nach, und wenn erst gepflügt würde, dann kämen wieder ebenso viele zum Vorschein, wie er jetzt abgelesen habe. Hans erwiderte, das wisse er wohl; aber wenn immer nach dem Pflügen abgesammelt werde, so glaube er, daß die Steine in ein paar Jahren verschwunden seien, weil sie nicht, wie der Bauer glaube, aus dem Grunde kämen, sondern vor langen Jahren von der Natur hierher gebracht seien. Der Bauer lachte, aber Hans zeigte ihm, daß die Steine nicht von einer Art waren, sondern daß da Kalkstein, Granit, Sandstein und manches andere durcheinander lag. Hierauf schalt der Bauer mit dem Verwandten, für ihn selber, der ihn füttere, könne er nicht einmal die Gänse hüten, aber für den hergelaufenen Bengel, der nichts habe und nichts sei, tue er die schwerste Arbeit. Der Blödsinnige drehte seine Mütze in den Händen und sah auf den Boden, der Bauer ging ärgerlich ab; als er außer Hörweite war, und der Blödsinnige noch immer verlegen und untätig dastand, sagte Hans: »Wer gibt dir immer

165

für einen Sechser Schnaps, ich oder der Bauer?« Fröhlich lachend ergriff der andere seine Deichsel und zog trabend den Wagen zum See.

Jahre und Jahrzehnte vergingen. Hans hatte das gereinigte Stück verpachtet, hatte klug allerhand Dienste bei der Verpachtung ausgemacht, durch welche ihm das weitere Reinigen des Ackers erleichtert wurde; eine Reihe von Jahren hatte er weiter Knecht gespielt und alles Geld, das er von seinem Herrn bekam, gleichfalls in das Land gesteckt, jede freie Stunde hatte er auf ihm gearbeitet; dann hatte er die Ruinen des Hofes instand gesetzt, so gut es ging, hatte in nicht allzu jungen Jahren ein fleißiges und gesundes Mädchen geheiratet, die einige hundert Taler besaß, war auf den Hof gezogen und hatte selber gewirtschaftet; und nun war endlich der ganze Grund gesäubert; er hatte den besten Weizenboden in der Gemarkung, einen Stall voll Kühe, ein Gespann Pferde; und wenn er auch natürlich sich nicht mit einem Mann vergleichen konnte, wie der Sternbauer war, so galt er doch immerhin etwas; er wurde nach seinem Acker der Teufelsbauer genannt.

Er hatte einen Sohn, kein weiteres Kind. Dieser Sohn hatte schon auf der Dorfschule Zeichen einer großen Begabung von sich gegeben, daß Lehrer und Pastor gesagt hatten, es sei schade, daß er nicht studieren könne. Der Vater hatte mit dem Pastor gesprochen, ihm besonderen Unterricht geben lassen und ihn dann später in die Stadt auf das Gymnasium geschickt. Der Junge hatte seine Prüfung sehr gut bestanden, und dann hatte er die Universität bezogen.

Der alte Sternbauer war längst gestorben; sein Sohn, welcher gleichaltrig mit dem Teufelsbauer war, hatte den Hof geerbt. Der Teufelsbauer war zu ihm gegangen, hatte von seinen Plänen mit seinem Sohn erzählt und von ihm eine Hypothek auf seinen Hof bekommen. Der Sohn war fleißig und ordentlich auf der Universität; er kam immer in den Ferien nach Hause und ging in schwarzem Rock, mit blassem Gesicht, Brille und eingefallenen Wangen im Hof umher; die Mutter zog ihn heimlich in die Milchkammer, schlug ein paar Eier in einen Topf und gab ihm das, indem sie sagte: »Trinke, das gibt dir Kräfte bei deinem Studieren.« Die Universitätsjahre vergingen, der Sohn bestand seine Prüfungen wieder sehr gut, und als er nach Hause kam, da erzählte er, daß sein Professor ihm gesagt habe, es sei schade, daß er sich nicht habilitieren könne. Er mußte seinem Vater erklären, was das bedeutet, mußte ihm zeigen, daß der Professor so hoch über dem

Pastor steht, wie der Pastor über dem Bauern; dann reisten die beiden in die Universitätsstadt, der Alte fragte dort den Professor aus, den Wirt seines Sohnes, den Bürgermeister; nachdem sie zurückgekehrt waren, ging er nochmals zum Sternbauern; der schonte ihn nicht und warf ihm seinen Hochmut vor, und daß er mit seinem Jungen immer höher hinaus wolle, und daß der Junge, wenn er erst ein großer Herr sei, seinen Vater nicht mehr ansehen werde, aber endlich gab er ihm die neue Hypothek.

Nun ließ der junge Mensch sich als Dozent nieder, und wenn er schrieb, dann freuten sich die Eltern, er kam nicht mehr auf so lange Zeit in die Ferien, weil er mehr zu arbeiten hatte; der Pastor sagte dem Teufelsbauern, er könne stolz auf seinen Sohn sein; wenn er im Dorf war, dann hatten alle Scheu vor ihm, selbst seine alten Spielkameraden; er war auf der Universität mit dem jungen Grafen bekannt geworden, dem Sohn des Gutsbesitzers, der etwa eine halbe Stunde vom Dorf entfernt wohnte; der junge Herr war auch Privatdozent; wenn die beiden bei ihren Eltern waren, dann besuchten sie sich; das erste Mal empfing der Teufelsbauer den Freund seines Sohnes selber und sagte, er bitte um Entschuldigung, wenn ihm manches im Hause ungewohnt sei, sein Sohn sei durch seine Tüchtigkeit nun in Lebenskreise getreten, die viel höher seien wie die seines Vaters, aber er schäme sich seines Vaters nicht, und er, der Freund, möge nur immer denken, daß er bei ihnen wie zu Hause sei. Später kam dann auch wohl der junge Graf gelegentlich mit seiner Schwester zusammen zu seinem Freunde, und es wurde im Dorf schon erzählt, daß eine Verlobung vorbereitet werde.

Indessen nun scheinbar alles so gut ging, stellte es sich heraus, daß der Sohn durch allzu großen Fleiß und zu ärmliches Leben in eine schwere und entkräftende Krankheit gefallen war, die schon lange an ihm gezehrt, ohne daß er es gewußt hatte. Als etwas für ihn getan wurde, da war es zu spät.

Die Eltern reisten in die Universitätsstadt und besuchten ihn an seinem Sterbebett. Er gab seinem Vater die Hand und sagte, er habe den Menschen nützlich sein wollen, nun werde er abberufen; der Vater solle tragen, was nicht zu ändern sei, und solle glauben, daß keine gut angewendete Kraft verloren gehe, auch wenn es uns bei unserm begrenzten Blick oft so scheint. Damit gab er dem Vater und der weinenden Mutter die Hand, wendete sein Gesicht ab und starb. Der Vater drückte ihm die Augen zu, dann ging er, um den Sarg zu bestellen; die Mutter blieb an dem Lager sitzen und betete.

Der Freund kam mit seiner Schwester; die junge Gräfin küßte der alten Bäuerin die schwielige Hand und weinte; der Freund sagte, daß der Tote ein guter und kluger Mann gewesen sei. »Nun ist er doch tot«, erwiderte die Mutter, »mir wäre es lieber, er wäre schlecht gewesen und lebte noch.« Der Vater kam zurück. Er hatte bestellt, daß der Tote in seine Heimat gebracht werden sollte.

Mit dem Heuwagen holten die Eltern den Sarg von der Bahn ab, dann bahrten sie ihn im Hause auf. Die Mutter konnte nicht an der Beerdigung teilnehmen. »Ich habe kein Mark in den Knochen mehr«, sagte sie, »ich habe in meinem Leben zu viel gearbeitet.« Sie lag im Bett und weinte über ihrem Gesangbuch, indessen der Sarg aus dem Hause getragen wurde. Als der Mann zurückkehrte, fand er sie, das Gesangbuch vor sich, mit gebrochenen Augen, in welchen noch die Tränen standen, in ihrem Bette tot liegen.

Wie nun der alte Mann auch die Frau begraben und allein auf seinem Hofe war, da umging er seinen Acker, durchschritt Stall und Scheune, das Haus, den Hof; dann machte er sich auf den schweren Gang zu dem Sternbauer.

Der sagte ihm, daß er sich wohl auch einen Überschlag gemacht habe, und daß der Sohn alles verzehrt habe, was der Alte zusammengewühlt, denn das könne man sich ja wohl denken, daß das nicht möglich sei, daß einer als Knecht Schwiegervater einer Gräfin werde, und so zeige es sich denn wieder, daß unrechtes Gut nicht gedeihe, denn den Acker hätte sein Vater nicht fortgeben dürfen, den habe er seinen Erben entzogen. Der Teufelsbauer erwiderte, er wolle ihm den Hof für die Hypotheken lassen, aber er könne doch nicht auf seine alten Tage ins Armenhaus gehen, wo er es sich immer habe sauer werden lassen und redlich gearbeitet habe, deshalb müsse er sich einen Auszug bedingen. Der Sternbauer schlug mit der flachen Hand auf den Tisch und erwiderte, was er gesagt habe, das habe er gesagt, er nehme den Hof für die Hypotheken an, und der andere könne ja dann zu seinem gräflichen Schwäher gehen, der werde ihm gewiß ein Unterkommen geben.

Nun hatte der Teufelsbauer einen Gevatter in der Stadt, einen Fleischermeister, einen redlichen Mann, der wohl etwas heißblütig war, aber das Herz auf dem rechten Fleck hatte. Den suchte er auf und trug ihm die Sache vor. Der Fleischer wurde rot im Gesicht vor Zorn und schimpfte auf die hartherzigen Bauern, die seien schlimmer wie die Juden, wenn die einem die Schlinge zuziehen könnten, dann täten sie es, aber nun gerade wolle er ihnen zeigen, was Christenpflicht sei, er kenne den Hof gut genug und wisse, daß er die Hypotheken wert sei und daß der Auszug ihn nicht arm mache; und so kaufte er denn den Hof, und es wurde Wohnung, Korn, Kartoffeln, Milch, Gartenland und andres für den alten Mann ausgemacht. In den Hof setzte der Fleischer seinen Schwiegersohn, der eben heiraten wollte, der gleichfalls ein guter Mann war. Der Fleischer hatte alles gerichtlich festlegen wollen, aber der Bauer hinderte ihn und sagte, er wolle ihm nicht noch die Kosten machen, er kenne ihn und seinen Schwiegersohn und wisse, daß ihn keiner von ihnen betrügen werde.

So wurde denn alles eingerichtet, er zog in die Giebelstube, wo er sein Bett und einen Kochofen hatte, und das junge Paar wirtschaftete im Hause.

Nun zeigte sich aber der Mann als etwas schwachmütigen und trägen Wesens, die Frau war putzsüchtig, schlief des Morgens lange und bekümmerte sich nicht viel um ihre Wirtschaft, dazu bekam sie jedes Jahr ein Kind und mußte sich pflegen; so ging denn das Wesen bald zurück. Der Fleischer war kein reicher Mann, der Schwiegersohn hatte auch nur ein paar hundert Taler mitgebracht. Einmal besuchte der Fleischer den Gevatter, weinte zornige Tränen und klagte über seine Kinder; der alte Bauer schüttelte den Kopf, er hatte ja auch gesehen, was ihm nicht gefiel, und er wußte mehr wie der andere, aber er sagte nichts, denn er wollte sich nicht zwischen die Familie stecken. So ging denn das Angefangene seinen Gang weiter, und endlich wurde der Hof öffentlich versteigert.

Der Sternbauer erstand ihn, um seine Hypotheken zu retten.

Der Gevatter ging hinauf ins Auszugsstübchen und sagte zu dem Alten: »Vor dir habe ich ein schlechtes Gewissen, dich habe ich nun um den Auszug betrogen. Um meine Kinder tut es mir nicht leid, die haben, was sie verdienen. Aber das mit dir drückt mich.« Der Alte nickte stumpf und lächelte. Die Bieter unten im Hause hatten sich verzogen, nun kam der Sternbauer mit seinen schweren Nagelschuhen die Treppe herauf und trat ein. »Du weißt, daß du vom Hof mußt«, sagte er, »ich habe schon Verluste genug durch dich. Der Hof ist nicht mehr, was er war.« »Ja, ich muß vom Hof«, erwiderte der Teufelsbauer und nickte still.

Der Fleischer ging, der Sternbauer ging, es wurde Abend; der Teufelsbauer stieg die Treppe hinunter: in der Küche saß der Knecht, er rechnete in seinem Buch etwas zusammen. »Ja, Bauer, das hast du nun alles selber gebaut, nun darfst du nicht einmal mehr den Fuß auf die Fliesen setzen«, sagte er zu ihm. Der Alte blieb stehen, spähte in die Küche und antwortete nicht. »Du kannst doch nicht heute Abend hinaus, es gibt ein Gewitter die Nacht«, fuhr der Knecht fort, der Alte machte nur eine Handbewegung und ging weiter.

Er ging in den Stall, die Kühe wendeten sich zu ihm. Da waren die Deckenbalken, die hatte er damals heil aus dem Schutt hervorgeholt, der Blödsinnige hatte ihm geholfen, sie zu richten. Die Nägel hatten nichts gekostet, er hatte dem Schmied erlaubt, seine Ziegen auf dem Acker mit grasen zu lassen, wo die Steine noch nicht abgelesen waren, das hatte auch noch den Vorteil gehabt, daß die Dornen nicht wieder hoch kamen. Die Bretter und die Ziegel, das war die große Ausgabe gewesen.

Er ging zum Sternbauer; er traf ihn in der Küche mit der Bäuerin. »Ja, ich wollte nur fragen, wie es werden soll«, sagte er, indem er sich auf die Küchenbank setzte. Die Frau machte sich geräuschvoll am Herd zu schaffen, setzte hart Töpfe und Schüsseln auf, klapperte mit Deckeln. »Es tut mir leid«, antwortete der Sternbauer, »aber bei mir bleibt das Geld auch nicht, ich muß es weitergeben.« Er wollte den Hof seinem jüngeren Sohn überlassen. »Mein Junge hat seine Last, ehe er wieder alles in Schuß bringt«, fuhr er fort, »da kann er keinen unnützen Esser brauchen.« Der Teufelsbauer erhob sich, sagte eine Entschuldigung, grüßte und ging. Er hörte, wie die Frau hinter ihm sagte: »Bettelvolk.«

Nun suchte er langsam im Dunkeln wieder den Weg zu seinem Hof. Er trat durch das Tor, der Hund an der Kette kam vor seine Hütte, wedelte mit dem Schwanz und sah ihn erwartungsvoll an. Er ging in den Kuhstall; im Hintergrund stand die Leiter, die zum Heuboden führte. Er stieg hinauf, um sich ins Heu zu legen. Über ihm waren die Sparren und Ziegel; er rechnete aus, wieviel Knechtlohn in dem Dach steckte, er dachte an die Beleidigungen, die er von dem alten Sternbauer hatte anhören müssen, als der gemerkt hatte, was der Acker wert war. Er wollte die Hände falten, aber er konnte nicht. Da drückte ihn etwas in der Tasche. Es war sein Feuerzeug. Er zog es vor, schlug Feuer und steckte den Zunder in das Heu. Wie das Heu brannte, stieg er die Leiter wieder hinunter, dann ging er aus dem Tor; der Hund winselte leise.

Er ging auf dem Weg durch den Acker, mit der Hand streifte er die Ähren. Hinter ihm stieg der Feuerschein hoch; er sah sich um. Da dachte er an seinen Sohn, und was der gesagt hatte, wie er gestorben war, und er dachte, wie die junge Gräfin seiner Frau die Hand geküßt hatte. Da sprach er laut zu sich: »Mein ist die Rache, ich will vergelten, spricht der Herr.«

Er nahm sich zusammen und schritt fester; er kam vor das Haus des Amtsvorstehers, trat ein, und als ihm der Amtsvorsteher die Hand zur Begrüßung reichen wollte, da sagte er: »Ich will mich anzeigen, ich habe meinen Hof angesteckt.«

Der Steiger

Das Erz, welches in der Erde gefunden wird, kommt bekanntlich auf verschiedene Arten vor. Die wohl häufigste Art ist die gangweise; in dem tauben Felsen zieht sich eine stärkere oder schwächere Ader des erzführenden Gesteins hin; dieses wird aus dem tauben Felsen herausgeschlagen und an die Oberfläche befördert, so daß nun an Stelle der Ader ein hohler Gang vorhanden ist, welcher von den Bergleuten beim Licht ihrer Lämpchen immer weiter geführt wird, so lange das erzführende Gestein reicht. Je nach der Stärke der Ader ist dieser Gang hoch und breit oder schmal und niedrig, es kommt vor, daß er so niedrig und schmal ist, daß nur ein Bergmann in ihm arbeiten kann, und auch der nur liegend, weil noch nicht einmal zum Kauern Raum genug über ihm bleibt.

Wenn das erzführende Gestein zu Ende ist, dann ist die Grube abgebaut und muß geschlossen werden; der letzte Bergmann steigt aus dem Schacht, die Leitern werden heraufgeholt, die Tonnen gehen nicht mehr auf und ab, die Wasser werden nicht mehr geleitet, das Einfahrthaus wird zugeschlossen und verfällt allmählich, in Schacht und Stollen faulen die Hölzer, mit denen die Wände gesteift sind, das Gestein bricht zusammen, und nach hundert Jahren zeugt nur noch eine Halde, mit einer leichten Vertiefung in der Mitte, von der alten Grube, in welche so viele Bergleute in schwarzem Kittel, mit Hinterleder, Schachthut und Grubenlicht eingefahren sind.

Aber ob das erzführende Gestein wirklich zu Ende ist, das kann man nicht genau wissen, denn vielleicht ist es auch nur verworfen. In Urzeiten ging hier vielleicht ein Riß durch, die beiden Seiten der Felsen verschoben sich, und man findet die Fortsetzung des Ganges deshalb weiter oben oder weiter unten, weiter rechts oder weiter links. Es sind noch andere Möglichkeiten vorhanden, die aufzuzählen nicht nötig ist, denn es würde nur verwirren, wenn man sich die Erdbewegungen der Urzeiten vorstellen sollte.

Wenn man einen schön sauber ausgetuschten geologischen Querschnitt einer Gegend ansieht, dann erkennt man freilich ganz genau, wie so ein Sachverhalt ist; aber wenn man mit einem einsamen flackernden Grubenlämpchen in das dunkle Loch steigt, unten im Stollen entlang geht und sich nun vor Ort befindet, dann sieht die Sache anders aus. Heute haben in diesen Dingen die Leute, welche in die Grube steigen, nicht mehr viel zu sagen. Die Wissenschaft ist auch hier fortgeschritten; oben über Tag in seiner Amtsstube sitzt ein Mann mit der Brille, der Karten und Zahlen vor sich hat; der entscheidet heute, und er kann entscheiden, ohne in der Grube gewesen zu sein.

Früher mußte der Mann, auf dem die Verantwortung ruhte, das im Gefühl haben, was der Mann über Tag heute wissenschaftlich weiß. Man kann an eine Ähnlichkeit denken. Die Steiger hatten früher auf ihrem Schachthut einen Reiherbusch; dessen Zweck war, daß sie beim Gehen in den Stollen, wie die Käfer durch ihre Fühler, merkten, wenn der Stollen niedriger wurde. Es ist doch für den gewöhnlichen Menschen nicht zu bemerken, wenn eine zarte Feder, die er auf seinem Hut hat, anstreift; der Steiger hatte ein so feines Gefühl, daß er es merkte; so merkte er auch mit dem Gefühl, ob ein Gang verworfen war, und wie er weiter strich. Nur ist der Unterschied von früher und heute, daß der Mann heute seine Vorgesetzten durch seine Karten überzeugen kann, während er damals niemandem beweisen konnte, daß es richtig war, was er sagte.

In meiner Heimat war zu meiner Zeit die reichste Grube der Silbersegen; sie warf Hunderttausende ab. Von dieser wurde folgende Geschichte erzählt.

Etwa am Anfang des neunzehnten Jahrhunderts hatte sie einige Jahre hindurch immer geringere Erträge gegeben, endlich hörte das

Erz ganz auf. Beim Oberbergamt war man überzeugt, daß die Grube abgebaut sei, und man beschloß, sie eingehen zu lassen.

Der damalige Steiger Schöll, welcher die Grube unter sich hatte, zog seine Festtracht an mit dem silbernen Hinterlederschild, dem silbernen Häckel, der verschnürten Puffjacke und dem grünsamtenen Schachthut und ging zum Oberbergamt, um den Herren seine Ansicht vorzustellen. Sie beharrten bei ihrer Meinung; Schöll wurde endlich so erregt, daß er weinte, er war ein alter Mann von über sechzig Jahren, mit einem langen weißgrünlichen Bart, in den die Tränen über die grauen, gefurchten Wangen liefen. Der Berghauptmann war eigentlich nur ein vornehmer Herr, der gar nichts vom Bergwesen verstand; er hatte sich auf seine Bergräte verlassen; als er den alten Mann weinen sah, da konnte er es nicht über das Herz bringen, ihn ohne Tröstung fortzuschicken, und so erlaubte er denn Schöll, daß er noch einen Monat lang mit seiner Belegschaft suchen konnte, wo er meinte, daß der Gang sich wiederfinden müsse.

Nach einem Monat war der Gang immer noch nicht wiedergefunden, und nun sollte endgültig Schluß gemacht werden.

Schöll hatte ein Haus, das fünfhundert Taler wert war. Er bekam von einem Verwandten eine Hypothek in der Höhe des Wertes und erbot sich, für sein eigenes Geld weiterzusuchen. Der Berghauptmann redete ihm zu, daß er sich an seinen Kindern versündige, aber er konnte ihn nicht von seinem Vorhaben abbringen, denn er sagte, wenn man ihm die Erlaubnis verweigere, dann stürze er sich selber in den Schacht, und dann komme sein Blut auf das Haupt seiner Vorgesetzten.

Auch die fünfhundert Taler waren aufgebraucht, noch immer war nichts gefunden. Die Bergleute wußten wohl, von wem sie zuletzt ihren Lohn erhalten hatten; sie traten zusammen und sagten dem Steiger, vierzehn Tage wollten sie jetzt umsonst arbeiten, denn wenn er Opfer gebracht hätte, dann wollten sie auch Opfer bringen, und mehr könnten sie nicht, weil sie kein Vermögen hätten.

Als die vierzehn Tage um waren, am Sonnabend, da war noch immer alles so, wie es gewesen.

Am Sonntag früh fuhr der Steiger Schöll allein in die Grube. Er kam vor Ort, hielt das Eisen an und schlug und bohrte das Schießloch. Dann setzte er es mit der Ladung zu, zündete die Zündschnur an und ging aus dem Weg. Nachdem die Sprengung geschehen war, kam er zurück und räumte auf; da sah er an einer großen Wand, die abgesprengt war, ein Stückchen des erzführenden Gesteins.

Nun packte er sein Gezäh zusammen und fuhr wieder zutage. Er ging, wie er war, im Arbeitsanzug, zum Berghauptmann und meldete ihm, daß der Gang wiedergefunden sei.

Das Gerücht von dem Fund verbreitete sich, noch während Schöll beim Berghauptmann war, auf unverständliche Weise in der Stadt, bei den Beamten und den Bergleuten. Die Menschen in meiner Heimat sind ruhige und stille Leute; aber nun standen sie in Gruppen auf der Straße, redeten miteinander, es füllten sich sogar die Wirtschaften, denn jeder wollte Neues von dem wichtigen Vorfall wissen. Die Belegschaft der Grube versammelte sich in der Wohnung des Steigers, sie kam von selber; und als Schöll vom Oberbergamt zurückkehrte, da erzählte er ihnen alles, was zu sagen war.

Noch an demselben Tage war Befahrung. Es stellte sich richtig heraus, daß der Gang wieder angebrochen war.

Der Berghauptmann fragte den Steiger, was er sich als Belohnung wünsche. Schöll sah ihn groß an und sagte: »Ich habe nichts zu verlangen, ich habe nur meine Pflicht getan. Meine fünfhundert Taler muß ich wieder haben, und die Belegschaft hat noch ihren Lohn für vierzehn Tage zu kriegen, sonst sind für den Fiskus keine Unkosten.«

Nach fünfzig Jahren

In dem Schauspielhaus einer großen Stadt wurde ein Werk eines Dichters aufgeführt, von dem man sagte, daß er ein sehr guter Dichter sei, aber seine Werke seien zu schwer für die Leute. Er war gekommen, wohl weniger, um sich die Aufführung anzusehen, als um dem Leiter und den Darstellern eine Liebenswürdigkeit zu erweisen. Er war nun ein gebückter alter Mann. Dieses Schauspiel hatte er vor über dreißig Jahren geschrieben; niemand hatte nach ihm gefragt, er selber hatte es wohl halb vergessen. Nun wanderte er durch die Straßen der großen Stadt; in den Schaufenstern der Buchhandlungen lag das alte Buch aus, das damals gedruckt war; er hatte es seiner Zeit nicht leicht gehabt, den Druck zu bezahlen; und das schlimme war immer gewesen, wenn er ein Werk hatte drucken lassen, dann war schon wieder ein anderes fertig, das auf den Druck harrte; so war das viele Jahre hindurch gegangen, bis er endlich alt geworden war und die Schaffenskraft erlahmte.

Als junger Student hatte er eine Weile in dieser Stadt gelebt, das war nun noch viel länger her, wohl an fünfzig Jahre. Manches hatte sich geändert in dem halben Jahrhundert, nur einige Straßen waren sich gleich geblieben.

Damals hatte er eine Geliebte hier gehabt.

Wenn er in seine Vorlesungen ging, dann mußte er an dem Haus eines Tischlers vorbei. Wir sehen ja unsere Erlebnisse immer mit andern Augen an, wie unsere Erfahrungen zunehmen und unser Verstand wächst. Der alte Dichter lächelte, ihm war heute das Kätzchenspiel der Liebe klar, das man in jungen Jahren mit verbundenen Augen spielt. Das Mädchen hatte hinter der Gardine gelauscht, wenn er gekommen war, er hatte nichts gemerkt. Sie war einmal kurz vor ihm aus dem Haus getreten mit einem Körbchen, über das ein kleines Tuch gedeckt war; das Tuch flog ab und flog ihm vor die Füße; sie wendete sich um, wollte es haschen und errötete; er ergriff es und reichte es ihr; sie dankte, und es entspann sich ein Gespräch. Er hatte nichts gemerkt und hatte geglaubt, daß das Tuch zufällig abgeflogen sei, aber ehe er es sich versah, hatte er sich mit dem zutraulichen hübschen Mädchen verabredet, daß sie sich am Sonntag treffen wollten.

Sie hatte muntere braune Augen, eine bräunliche Gesichtsfarbe mit gesund durchbluteten Wangen, dunkles Haar, und eine wohlgebaute, kräftige und nicht allzu große Gestalt. Nach den langen Jahren plötzlich stand sie dem alten Manne wie lebendig vor den Augen, er fühlte, daß ihm die Tränen kamen.

Sie hatte auf seiner Stube mit flinken Bewegungen den Tisch gedeckt und den Kaffee bereitet, sie hatte sich ihm an den Hals gehängt, mit vergrößerten Augensternen ihn angesehen und leise zu ihm gesagt: »Lieber«; sie hatte Bücher der Dichter gelesen, war mit ihm in das Schauspiel gegangen, und hatte mit ihm gesprochen über das Gelesene und das Gesehene, sie hatte immer richtig gefühlt und die wahren Worte gefunden.

Was aber war sein Leben seitdem denn gewesen? Er hatte allein in einer kleinen Stube gewohnt und gearbeitet, die altjüngferlich-säuerliche Wirtin hatte ihm sein Abendessen auf einem Tellerbrett gebracht und über das Wetter oder über die teuren Preise gesprochen, oder darüber, daß sie eigentlich aus guter Familie war, und zu Mittag hatte er in einer

Wirtschaft gegessen, wo der Kellner ihn kannte und ihm den Mantel abnahm; das hatte ihn immer gefreut, daß der Mann so freundlich zu ihm war und ihm den Mantel abnahm.

Das Mädchen hatte ihm gesagt: »Wenn du fortgehst, dann will ich keinen andern Liebhaber wieder haben, denn du bist zu gut zu mir gewesen, dann heirate ich gleich.« Nun war die Zeit gekommen, wo er fortgehen mußte. Das Mädchen sagte ihm: »Das habe ich ja gewußt, daß es nicht für das ganze Leben ist, das kann ich ja nicht beanspruchen. Aber du bist doch auch glücklich gewesen diese Zeit, nicht wahr?« Dann hatte sie sich an seinen Hals gehängt und hatte geweint. Sie sagte ihm: »Ich habe einen Heiratsvorschlag; der Mann ist ordentlich und fleißig, und ich habe ihm zugesagt. Er hat mir gesagt: ›Aber nun ist doch das gewesen‹; er meinte das zwischen uns; da habe ich ihm geantwortet: ›Was denkst du denn von mir, denkst du, mich hat keiner gewollt?‹ Da hat er gesagt, ich soll nur nicht böse sein, er hat das ja nicht so schlimm gemeint; und das hat er auch nicht.«

Ein halbes Jahrhundert war das nun her, und in dieser Zeit hatte der Dichter wohl vieles erlebt; noch manche Frauenliebe hatte er erlebt, Freundschaft von Altersgenossen, auch Verehrung von jungen Leuten; aber niemals wieder war sein ganzes Dasein in Glück aufgelöst. Immer war sein eigentliches Dasein in der engen Stube bei der säuerlichen Wirtin gewesen und in der Wirtschaft mit dem Kellner, welcher freundlich war, weil er ein Trinkgeld bekam, alles Erleben war nur eine zufällige Unterbrechung dieses Daseins.

Der Leiter des Schauspiels war ein junger Mann. Er sprach von dem Unrecht, das die Zeitgenossen an dem Dichter begangen hatten, er sprach davon, daß es jetzt überall sich rege für ihn, daß in einigen Jahren seine Werke auf allen Bühnen sein werden; der Dichter nickte; vielleicht hätte ihm das Freude gemacht, wenn es noch vor fünfundzwanzig Jahren gewesen wäre; aber der Leiter des Schauspiels war so begeistert und glücklich, er mochte ihm nicht widersprechen, drückte ihm die Hand und sagte, er sei sehr stolz darauf, ihn seinen Freund nennen zu dürfen. Ja, noch vor fünfundzwanzig Jahren hätte es genützt, wenn auch nur ein einziger solcher Mann gewesen wäre; er hätte ihm Hoffnung gemacht, und vielleicht hätte er da noch manches gedichtet, das nun ewig ungesagt blieb.

Die Aufführung kam. Er hatte die Proben nicht besucht; nun sah er sein Werk dargestellt vor einer erregten Menge; nach den ersten

Versen spannen sich die Fäden; was er damals erlebt hatte, wurde urplötzlich wieder lebendig; es war ein schauerliches Erleben gewesen; er grub das Gesicht in die Hände und schluchzte; an alles erinnerte er sich wieder, was damals wild und verzweifelt durch sein Herz gezogen war.

War er denn müde geworden, daß das alles wieder hatte still in ihm werden können? War er müde geworden durch das Dasein, das er gefühlt?

Der Leiter des Schauspiels kam, er holte den Dichter, damit der sich auf der Bühne zeige. Die Zuschauer waren gleich dem Dichter erregt und erschüttert, sie wußten nicht, was sich in ihnen bewegte, sie konnten sich nur äußern durch das lächerliche Mittel des Klatschens, er konnte nur antworten durch das lächerliche Mittel des Verbeugens. Was wäre denn zu sagen gewesen? Daß hinter unserm Leben eine fürchterliche Verzweiflung liegt, und daß man diese Verzweiflung hat sehen können und dann hat vergessen können.

Der Dichter ging am andern Tag wieder durch die Straßen, die alten Straßen, die er von früher her kannte. Sollte er denn nicht seine Jugendgeliebte besuchen? Er hatte ihre Wohnung erkundet, denn ihr Mann hatte einen auffallenden Namen und ein seltenes Gewerbe gehabt.

Er trat in ein sauberes Stübchen, ein steinaltes Mütterchen saß in einem Lehnstuhl am Fenster und strickte, ihr gegenüber – es mußte ja wohl ihre Enkelin sein; aber er mußte an sich halten, um nicht auf sie loszustürzen und sie zu umarmen, das halbe Jahrhundert war vergessen, und er war wieder gleich dem zwanzigjährigen Studenten. Die Enkelin sah genau so aus, wie die Geliebte ausgesehen hatte.

Aber er begrüßte die alte Frau, nannte ihr seinen Namen und gab ihr die Hand. Die alte Frau erhob sich und machte einen Knicks. Sie dankte ihm, daß er noch an sie gedacht hatte.

Sie dankte ihm, daß er noch an sie gedacht hatte. Das junge Mädchen sah ihn neugierig an. Die Jugend war verschwunden, die fünfzig Jahre waren wieder da, und er stand in einer sauberen Kleinleutestube vor einem zitternden, freundlichen alten Mütterchen.

Der Striegel

Der Regen, welcher in den wälderbedeckten Bergen fällt, der tauende Schnee, werden von dem moosigen Boden aufgesogen; die Flüssigkeit sickert zwischen Steinen und Wurzeln in die Erde, sammelt sich hier in unterirdischen Kammern, und kommt in klaren, stillen Quellen wieder zutage. Das Wasser der Quellen rinnt zwischen Felsen und unter Büschen talwärts; in der Talsohle sammelt es sich zu einem kleinen Bach, der sprudelnd und spritzend weiter abwärts gleitet, bis er sich mit einem größeren Wasserlauf vereinigt. Auch diese Wasserläufe gleiten weiter zu Tal, vereinigen sich ebenso mit anderen Läufen, und wo das Gebirge aus der Ebene aufsteigt, da geht endlich Fluß und Strom in die Ebene über.

Die Kraft des talwärts gleitenden Wassers kann von den Menschen ausgenutzt werden zum Treiben von Rädern, welche ihre Bewegung dann einem Betriebe übertragen. Die einfachste dieser Einrichtungen ist die Mühle, bei welcher der Bach ein Rad in Bewegung setzt, um die Mühlräder zum Mahlen von Getreide zu treiben. Wie verwickelt auch andere mit Wasser betriebene Werke sein mögen, man kann sich ihr Wesen immer klarmachen, wenn man an das Mühlrad denkt, auf dessen Brettchen das Wasser fällt, an die Welle, welche durch den Mittelpunkt des Rades geht, und an die Kraftübertragung durch Treibriemen und kegelförmige Zahnräder; und wenn man daran denkt, daß der Müller das Wasser fassen muß, daß er es nicht ungeregelt, wie es nach Regengüssen oder in trockenen Zeiten zufällig im Bach kommt, auf sein Rad leiten darf; sondern daß er ein Wehr hat, durch welches er den Zufluß auf sein Rad nach seinem Bedürfnis ordnet.

In den meisten Gebirgen wird Bergbau getrieben, und seit den Urzeiten hat man die Kraft der Wasser im Gebirge benutzt für die bergbaulichen Arbeiten. Hierzu sind nun große Anlagen geschaffen. Wenn man für die Gruben, in welchen das Wasser die Erze aus der Tiefe hebt und die Bergleute auf der Kunst herauf und hinab befördert, und für die Pochwerke, in welchen das Erz durch Wasserkraft zerkleinert wird und aus dem klar gepochten Schlamm durch das Wasser der edle Schlick aus dem unedlen Berg herausgeschlemmt wird, wenn man für diese Anstalten und ihre Nebenbetriebe das Wasser herleitet, so muß man freilich verwickeltere Anlagen machen, wie der einzelne

Müller für seine Mühlsteine braucht. Das Wesentliche dieser Anlagen besteht darin, daß man den Ausgang der Täler, in welchen das Wasser niederrinnt, durch einen Damm aus rasenbekleidetem Mauerwerk absperrt, in dessen Mitte über dem Abzugsgraben sich der Striegel befindet. Das Wasser rinnt, und steigt am Damm hoch, verbreitet sich nach hinten, und füllt die Tiefe des Tales aus bis zur Höhe des Dammes, über den es dann hinabstürzen würde, wenn man es so hoch steigen ließe; dadurch würde es den Damm aber in ganz kurzem zerstören, denn das herabstürzende Wasser würde die Steine, aus denen er gebaut ist, fortreißen. Man läßt es auch nicht so hoch steigen, sondern regelt den Stand durch den Striegel. In der Mitte des Damms und unten auf der Sohle des Tales befindet sich der Abzugsgraben; dieser ist durch ein Scheid geschlossen, so daß das Wasser nicht hinaus kann, wenn man nicht will; wenn man will, so geht man oben auf dem Damm zum Striegel. Die Ketten, in welchen das Scheid hängt, sind hier an einer Welle befestigt. Sobald man mit einem Hebebaum in die Löcher dieser Welle greift und durch Niederdrücken die Welle sich um sich selber bewegen und dadurch die Ketten sich auf ihr aufrollen läßt, sobald man also den Striegel zieht, wie der Ausdruck lautet, hebt sich unten das Scheid und das Wasser kann ausströmen.

Das durch den Damm abgesperrte Stück Tal, welches dergestalt mit Wasser angefüllt ist, nennt man Teich. Mit dem Wasser dieses Teiches nun betreibt man die Bergwerke. Zum Frühling, wenn der Schnee getaut ist und alle Quellen sprudeln, füllt sich der Teich. Der Striegel wird immer gerade so hoch gezogen, daß dauernd so viel Wasser abläuft, als man für den beständigen Betrieb braucht; durch die nachfließenden Quellen wird das abfließende Wasser ersetzt. In sehr trockenen Jahren freilich sinkt der Spiegel im Lauf des Sommers sehr; wenn im Frühjahr plötzliches und scharfes Tauwetter eintritt, dann steigt der Spiegel sehr schnell, und man muß den Striegel während des Steigens ganz hoch ziehen, damit das Wasser nicht über den Damm spült.

In meiner Heimat gibt es einen Teich der beschriebenen Art, welcher drei Viertelstunden im Umfang hat. Man kann sich denken, daß der Damm sehr lang und hoch sein muß; man geht fünf Minuten von einem Ende zum andern. In der Mitte steht das Striegelhaus. Das Scheid, welches den Abzugsgraben sperrt, ist naturgemäß sehr stark und breit und wiegt viele Zentner; es hängt in langen eisernen Ketten; und so müssen gewöhnlich vier Mann den Striegel ziehen. Die Aufsicht über den Teich und das zu ihm gehörige Netz von kleineren Teichen und von Gräben hat ein Grabensteiger. Zur Zeit, als die folgende Geschichte vorfiel, zum Anfang des neunzehnten Jahrhunderts, war das ein Mann namens Pfennig, ein Riese von Wuchs und Kraft.

In einer Frühlingsnacht trat unerwartet starkes Tauwetter ein; der Schnee zerging, wie Zucker im Wasser; dann kam ein strömender Regen, wie sonst nur im Sommer ein heftiger Gewitterregen kommt, der kurze Zeit anhält. Am Tage vorher hatte es noch dicht geschneit, in großen Flocken, die sich weit hinlegen, und es war kein Windhauch gegangen. Auf den Fichten im Walde lag Schnee, vielleicht zwei Fuß hoch. In den strömte nun der Regen und machte ihn schwer. Die Bäume bogen sich und splitterten, mannsdicke Stämme wurden mit den Wurzeln aus dem Boden gerissen, sie fielen übereinander und türmten sich haushoch. Ein Lärmen war wie von Kanonenschüssen und Gewehrfeuer durch das Stürzen, Brechen und Splittern.

Die kleine Ortschaft lag etwa eine halbe Stunde weit unterhalb des Dammes im Tal. Rings um die niedrigen Häuser dehnten sich die Wiesen, sie zogen sich zu beiden Seiten noch bis zur halben Höhe die Berge hinauf, dann stand da der Hochwald. Wie das Donnern des Schneebruches kam, da schraken die Leute aus dem Schlaf auf, fuhren schnell in die Kleider, öffneten die Fenster und sahen hinaus. Sie riefen sich über die Straße zu, aber keiner konnte den andern verstehen vor dem fürchterlichen Getöse.

Plötzlich wurde in dem höllenmäßigen Heulen, Sausen, Klatschen, Brüllen, Splittern und Krachen ein neuer Ton gehört, ein langsam beginnendes und aufsteigendes Grollen, das mit einer Art von Klatschen endete, immer wieder langsam begann, anstieg und in Klatschen abschloß. Niemand wußte, was der Ton bedeutete. Plötzlich gellte eine Stimme über den Marktplatz: »Die Kühe los! Der Teich!« Ein einziger Schrei erscholl. Alle Leute stürzten in die Ställe; die Kühe waren unruhig, brüllten, stießen um sich, drückten die Leute an die Wand, die Leute fluchten, liefen mit dem laufenden Vieh; alles eilte dem linken Berg zu, welcher der nächste war, und kletterte keuchend, das Vieh zerrend, schreiend, jammernd, den Berg hoch.

Der Striegel des Teiches war nicht gezogen, denn es hatte niemand das heftige Tauwetter erwarten können; nun war aus tausend und abertausend Quellen, Rinnseln, Gossen, Läufen, Bächen das Wasser in den Teich gestürzt; der Spiegel war in kurzer Zeit gestiegen; als der

Regen nachließ, machte sich ein Sturm auf, der das Wasser vor sich hintrieb, gerade gegen den Damm; das war der Laut gewesen, den man im Dorf hörte. Wenn der Damm brach, dann stürzte das Wasser über die Ortschaft; es riß die Häuser fort, verschlemmte die Wiesen und besäte sie mit Steinen; es wälzte sich weiter und vernichtete stundenweit das ganze Tal mit Menschen, Vieh, Häusern und Wiesen. Und der Damm mußte brechen, denn niemand konnte wagen, zum Striegel zu gehen.

Die Leute standen auf einer Abflachung des Berges, so hoch, daß sie über dem stürzenden Wasser waren, wenn es kommen sollte. Die Kühe, Ziegen, Schweine waren unter sie gemengt, sie liefen, brüllten, meckerten, grunzten und quiekten, rissen die Leute um und schleiften sie hinter sich her. Einige Menschen fluchten und schrieen; einige suchten das fliehende Vieh wieder einzufangen; Kinder weinten, Frauen trösteten sie jammernd; eine Familie, Vater, Mutter und drei Kinder, knieten im nassen Schnee und sangen mit gefalteten Händen ein Kirchenlied, ein Greis saß in seinem Lehnstuhl, der ihm gerettet war, klagte über seine nassen Füße und fragte neugierig, weshalb man hier draußen sei.

Der Regen hatte ganz aufgehört, aber nun fegte der Sturm noch fürchterlicher das Tal hinunter, daß Frauen und Kinder umstürzten, Männer sich aneinander festhielten, das Vieh von neuem unruhig wurde. Das unheimliche Geräusch des langsam ansteigenden Grollens mit dem abschließenden Klatschen wurde immer heftiger.

Plötzlich stand die riesenhafte Gestalt des Grabensteigers Pfennig unter den Leuten. Er trug einen schweren Hebebaum auf der Schulter, an dem sonst zwei Mann ihre Last hatten. Seine Frau warf sich ihm kreischend entgegen, er schob sie fort; sie schrie: »Er will den Striegel ziehen.« Eine tiefe Stille kam plötzlich, und aus der Dunkelheit, die ihn schon verschlungen, hörte man noch seine ruhige Antwort: »Wem die Kuh gehört, der packt sie beim Schwanz.«

Da war es, als ob ein Befehl kam; alle Menschen knieten plötzlich nieder in den nassen Schnee und fielen singend in das Kirchenlied ein; sie sangen: »Ach bleib mit deiner Gnade bei uns, Herr Jesus wert.«

Der Grabensteiger ging mühsam mit seinem schweren Hebebaum im Sturm, der ihn immer umwerfen wollte, auf dem schmalen Fußsteig, der in drittel Höhe des Berges zu dem Damm führte. Die halbe Stunde Weges wurde ihm sehr lang; er war in Schweiß gebadet, als er ankam.

Aber schon bevor er den Damm erreicht hatte, konnte er sich nicht mehr aufrecht halten vor dem Sturm; er ließ sich nieder und kroch auf allen Vieren, den Hebebaum hinter sich herziehend.

Der Sturm trieb auf der weiten Fläche des Teiches eine große Welle in die Höhe und jagte sie vom äußersten Ende bis zum Damm; und wenn sie klatschend anschlug, dann bog sich der Damm. Schon stand das Wasser so hoch, daß der Schaum der anklatschenden Welle über den Grabensteiger fortflog, als er oben auf dem Damm weiterkroch. Er beeilte sich, wie er konnte, denn bei jeder neuen Woge bog sich der Damm, bei jeder konnte er brechen. Aber wenn er sonst zwei Minuten bis zum Striegelhaus gebraucht hatte, so brauchte er jetzt gewiß zehn Minuten, denn er mußte nun wie eine Schlange auf dem Bauche gleiten; selbst den Kriechenden hätte der Sturm gepackt und in den Grund geschleudert.

Endlich hielt er sich an einem Balken des Striegelhauses fest. Er schloß die Tür auf, von der Seite, damit die aufschlagende ihn nicht quetschte, und drückte sich in das Häuschen, seinen Hebebaum nach sich schleppend.

Nun stand er darin und setzte das eisenbeschlagene Ende des großen Baumes in ein Loch der Welle: der Baum stand schräg nach oben; er sprang hoch, packte ihn, und es gelang ihm, ihn niederzuziehen. Träge bewegte sich die Welle, rollten sich die Ketten auf, und schon klang an sein Ohr das Rauschen des unten ablaufenden Wassers. Der Hebebaum war unten, der Haken an der Welle, der sie festhielt, schnappte ein, er steckte den Hebebaum in das nächsthohe Loch und zog wieder.

Schwer war das Ziehen, und nicht nur Arbeitsschweiß floß an dem Mann nieder, sondern auch der kalte Angstschweiß, denn er wußte nicht, ob seine Kräfte reichen würden, das Scheid hoch genug zu bringen; aber das Rauschen verstärkte sich, er brachte den Hebebaum wieder hinunter und den Haken zum Einschnappen.

So geschah es noch mehrere Male, bis das Scheid unten über die Hälfte hochgezogen war; nun drückten die Wasser nicht mehr so stark dagegen und das Ziehen ging leichter; dergestalt wand er es ganz hoch. Aber als der Haken an der Welle zum letztenmal einschnappte, da stürzte der große Mann auch ohnmächtig um neben seinem Hebebaum, der noch in der Welle steckte.

Die Grabenknechte waren mit in der harrenden Menge; sie hatten sich zusammengestellt und sahen sich verlegen an. Die Frau des Steigers ging auf sie zu, spuckte vor ihnen aus und rief: »Pfui, ein Knecht, der seinen Steiger den Striegel ziehen läßt.« Der eine sagte zu den andern drei: »Die Frau hat recht, ich gehe nach«; nun folgten ihm die andern, murrend und unwillig.

Als sie in das Striegelhaus traten, erhob sich der Steiger gerade von seiner Ohnmacht. Sie zogen den Hebebaum aus der Welle. »Sch...kerle«, sagte der Steiger zu ihnen, wendete sich und kroch aus der Tür, zurück zu den harrenden Leuten.

Die Wiese

In einem Dorf lebten zwei alteingesessene Bauernfamilien, die Ibes und die Werners. Bei den Werners hatte der Vater des jetzigen Besitzers eine törichte Heirat getan, indem er ein Nähfräulein aus der Stadt, in das er sich verliebt, als Frau auf seinen Hof genommen hatte. Die Frau war schwächlich gewesen und hatte ihre Arbeiten nicht machen können und hatte zudem von ihrem früheren Beruf her einen Hang zur Schleckerei behalten; denn sie hatte in den Häusern bei den vornehmen Herrschaften genäht, und jeden Tag in einem andern, wo denn jedesmal die Küche etwas anders gewesen war; hier hatte es einen Nachtisch gegeben, und dort eine süße Speise, hier Eingemachtes und dort ein zartes Weißbrötchen zur Suppe, und von dem allem hatte das Nähfräulein gegessen, zierlich, und unter Klagen, daß sie keinen Appetit habe, und unter vielem Nötigen der Herrschaften.

Wenn die Frau bei einem Bauern nicht auf dem Damm ist, so geht die Wirtschaft hinter sich; und so war denn auch bei den Werners alles schlechter geworden, so daß der Sohn dieses Mannes, welcher den Hof jetzt besaß, mit großer Arbeit und Mühe wieder alles hochbringen mußte. Dieser Mann hatte nun unter anderen Kindern eine sehr hübsche Tochter, welche ihrer Großmutter wie aus dem Gesicht geschnitten war; sie war fein und zierlich von Knochen, hatte einen leichten tänzelnden Gang, große heitere Augen, und alle Leute waren ihr gut »so weit«, wie sie sagten, nämlich das Wirtschaftliche ausgenommen.

Der junge Ibe faßte eine Neigung zu dem Mädchen. Er sprach mit seiner Mutter, und die riet ihm ab, sie erzählte ihm, wie oft der Großvater des Mädchens zu ihrem Schwiegervater gekommen war und sich der Ordnung in dem fremden Haus gefreut hatte; der alte Werner war ein frommer Mann gewesen, und es hatte niemals Unfrieden in der Ehe gegeben, er hatte sein Kreuz still getragen und seiner Frau keine Vorwürfe gemacht, nur den Freunden hatte er einmal gesagt: »Es ist meine eigene Schuld, ich habe es gewollt.« Der junge Mann ließ den Kopf auf die Brust hängen und sagte: »Das ist ja alles richtig, ich weiß es auch selber; aber wo die Liebe einmal ist, da ist nun nichts zu machen.« Der Vater schüttelte den Kopf und sagte: »Du mußt es wissen, sie wird deine Frau, du hast es einmal zu tragen.«

So kam es denn zu der Hochzeit zwischen den beiden jungen Leuten, und die alten Ibes gaben den Hof ab. Es schien alles gut zu gehen. Der junge Ehemann war sehr still, ruhig und fleißig; die junge Frau nahm sich ihrer Arbeit an, sang im Hause und lief mit eiligen Füßen von der Küche zum Kuhstall, vom Kuhstall zur Milchkammer. Der Vater nickte mit dem Kopf und sagte: »Es geht besser, wie ich es gedacht hatte«; nur die Mutter war noch immer besorgt; sie sagte: »Mir gefallen ihre Augen nicht, das sind naschhafte Augen, wie die Ziegen sie haben; mir tut das Herz weh um meinen armen Jungen, daß der sich so abschinden muß für so eine.« Aber dann verbot ihr der Mann den Mund und erwiderte: »Das ist nun immer so gewesen, daß die Schwiegermutter die Schnur nicht leiden kann.«

Es wurde das erste Kind geboren und getauft, ein Knabe. Als das Taufessen zu Ende war, wurde der Knabe hineingebracht in die große Stube, wo die Gesellschaft an dem langen Tische saß; der Großvater hielt ihm in der einen Hand eine Bibel vor und in der andern einen blanken Taler; das Kind machte eine Bewegung, als greife es nach der Bibel. Dem Großvater kamen die Tränen, er küßte mit seinen stacheligen Lippen das Kind auf die zarte Stirn und sagte: »Er wird ein Ibe, er wird ein guter Mann und kein Raffer.« Die Großmutter saß neben ihm, die Haube auf dem Kopf, deren Bänder lang herunterhingen. Sie sagte: »Die Ibes haben immer Frauen gehabt, die es zusammengehalten haben, da brauchten sie nicht zu raffen.«

Die Äcker und Wiesen, welche zum Ibeschen Hof gehörten, lagen an zwei Stellen in der Flur ziemlich abgerundet beieinander. Nur sprang bei den Wiesen ärgerlich ein fremdes Stück in das Gebiet ein; es gehörte einem Nachbarn, dem nicht viel an dem schmalen Streifen lag; er wollte ihn gern verkaufen und forderte einen mäßigen Preis, denn das Stück war für ihn selber schwer zu bewirtschaften; für fünftausend Mark sollte es Ibe haben.

Es waren nicht gerade günstige Zeiten für die Landwirtschaft und der junge Bauer konnte jährlich nicht viel erübrigen, zumal er noch viel an die Eltern abgeben mußte; die großen Einnahmen gingen immer wieder für den Betrieb auf; er wollte aber doch abwarten, bis er den Kaufpreis erspart hatte, denn es war ihm gegen das Gefühl, seinen Hof mit einer Hypothek zu belasten. In seinem Schapp hatte er ein verborgenes Kästchen, in welchem er das Geld sammelte, das er nicht wieder in der Wirtschaft brauchte; wenn er hundert Mark zusammen hatte, so machte er mit dem Messer eine Kerbe in den Rand des Kastens und gab das Geld seiner Frau mit in die Stadt, damit sie es auf die Sparkasse lege.

Auf diese Weise hatte er wohl an die zehn Jahre gesammelt; Groschen, die er erspart, wenn er bei der Gemeinderatssitzung sich das Glas Bier versagt hatte, das Geld für einen neuen Anzug, das er nicht ausgegeben, weil der alte noch einmal gewendet war; der Preis für ein Kalb; eine unerwartete Einnahme für Äpfel, und ähnliche ganz kleine und auch etwas größere Summen. Er zählte nun seine Schnitte noch einmal über, der Kaufpreis war zusammen.

Am Sonntag besprach er mit dem Nachbarn den Kauf; der Nachbar nahm sein Wort nicht zurück, und so verabredeten denn die beiden, daß sie in der kommenden Woche in die Stadt gehen wollten und den Kauf beim Gericht in Ordnung bringen.

Am Morgen des bestimmten Tages rasierte sich Ibe, zog seinen Sonntagsanzug an und ließ sich von seiner Frau das Sparkassenbuch geben. Das Wägelchen stand schon angespannt im Hofe, er schwang sich auf, winkte der Frau noch einmal zu, welche in die Tür trat, das Jüngste auf dem Arm und den Ältesten neben sich an ihre Schürze festgeklammert, und fuhr aus dem Hofe.

Er fuhr erst bei der Sparkasse vor, um das Geld zu erheben; mit dem Nachbarn hatte er verabredet, daß er sich mit ihm im Gericht treffen wollte, denn beide hatten noch andere Geschäfte zu erledigen. Ein Junge hielt ihm das Pferd, er ging in das Gebäude zur Zahlstelle, zog sein Buch und reichte es dem Beamten, und forderte fünftausend Mark Rückzahlung.

Der Beamte nahm das Buch, blätterte es kurzsichtig auf, legte es vor sich auf sein Pult, rechnete und schüttelte den Kopf, rechnete wieder und sagte dann: »Es stehen nur achtundzwanzig Mark sechzehn Pfennige auf dem Buch, Herr Ibe.«

Ibe verstand erst nicht, was der Beamte meinte und wiederholte, daß er fünftausend Mark erheben wolle, der Rest solle stehen bleiben. Nun erklärte ihm der Beamte, daß immer wieder in kleinen Summen von dem Buch abgehoben sei; Ibe sah ihn an, der Beamte legte ihm das Buch vor und zeigte ihm die Zahlen; endlich begriff Ibe; er tat, als habe er das Sparkassenbuch verwechselt, er sagte dem Beamten, daß er noch ein Guthaben bei der Bank habe; der Beamte lachte und sagte, wenn man nicht viel mit Geld umgehe, so kommen solche Verwechslungen vor, dann schieden die beiden Männer mit freundlichem Gruß.

Auf dem Gericht traf Ibe mit dem Nachbarn zusammen. Er sagte ihm, es tue ihm sehr leid, daß er wortbrüchig werden müsse; ein alter Geschäftsfreund habe ihn heute angegangen, ihm eine Hypothek von fünftausend Mark auf sein Haus zu geben, der Mann könne das Geld nicht anderswoher bekommen und sei in großer Bedrängnis, so habe er es ihm gegeben, trotzdem er nun vor dem Nachbarn dumm dastehe und die Wiese, die er sich so lange gewünscht, sich müsse entgehen lassen. Der Nachbar tröstete ihn gutmütig und sagte ihm, es sei doch richtig, einem Menschen zu helfen, wenn man könne, die Wiese werde ihm nicht entgehen, und es sei auch nicht so unrecht, wenn man Geld auf Zins anstehen habe; die vierteljährliche Zahlung tue einem wohl. So schlugen sich denn die beiden Männer trotz des nicht abgeschlossenen Geschäfts freundschaftlich in die Hände und wendeten sich, das Gerichtsgebäude zu verlassen.

Ibe kam zurück auf seinen Hof, spannte das Pferd los und brachte es in den Stall, wo er ihm das Geschirr abnahm; dann schob er das Wägelchen in den Schuppen. Er übersah noch einmal den Hof und ging dann in die Wohnstube.

Die Bäuerin saß am Fenster und besserte die Hose des Jungen aus, der mit bloßen Beinen neben ihr auf der Diele saß. Sie sagte nichts und beugte nur den Kopf tiefer über ihre Arbeit. Der Bauer ging schweigend einige Male in der Stube auf und ab. Plötzlich schleuderte die Frau die Knabenhose schluchzend auf die Erde, warf sich die Schürze vor das Gesicht und lief aus dem Zimmer.

Unfern des Hofes lief das Geleis der Bahn. Gegen Mitternacht fuhr immer ein Schnellzug mit lautem Geräusch durch, einer jener Züge, welche die Hauptstadt des deutschen Reiches mit den andern Hauptstädten Europas verbinden. An den hellerleuchteten Fenstern gehen Menschen entlang, in den Abteilen sitzen Leute aus allen Teilen Deutschlands und anderer Länder und sprechen miteinander oder lesen; im Speisewagen sind noch einige Tische besetzt von Herren, welche bei einer Flasche beisammensitzen, rauchen, und Geschäfte besprechen.

Plötzlich hält der Zug auf freier Strecke. Die Fenster öffnen sich, man fragt, Beamte laufen mit Laternen am Zug entlang, es wird gerufen.

Eine Frau ist überfahren, man hat sie tot zwischen den Rädern vorgezogen; der schon kalte Körper liegt neben dem Bahndamm; man kann nicht entscheiden, ob sie selber den Tod gesucht hat, oder ob ein Verbrechen geschehen ist und der Mörder, um den Verdacht irre zu führen, den Leichnam auf die Schienen gelegt hat.

Der Astralleib

Ein Dichter, der etwa im mittleren männlichen Alter stehen mochte, wir wollen ihn mit seinem Vornamen Anselm nennen, hatte seine Heimat, in welcher er lange gelebt, verlassen, und war nach Berlin gezogen. Seine Freunde hatten ihn gewarnt, sie hatten ihm vorgehalten, daß er gewöhnt war, am frühen Morgen in den Gatten zu gehen, auf das Jubeln der Vögel zu lauschen und eine Rose zwischen zwei Finger zu nehmen, der ein großer runder Tautropfen schwer aus den Blättern rollte, daß er am Nachmittag auf stillen Waldpfaden ging, die silbergrauen Stämme um sich, deren entfernte Kronen sich zu einem sonnengründurchschienenen Dach schlossen; daß am Abend ihn Freunde besuchten, mit denen er in der Hauslaube saß, im stillen Mondenschein Gespräche führend über Dinge, welche er liebte, indessen schwere Falter um die nächtlich duftenden Blüten des Gartens flogen, schwirrend über ihnen standen, und Honig saugten.

Wie es die Freunde vorausgesehen, fühlte sich Anselm bald einsam und unglücklich in seinem stickigen Zimmer, in der sinnlos treibenden Menschenmenge der Straßen und zwischen der leeren Gleichgültigkeit der Leute, mit welchen er bekannt wurde.

In dieser Verlassenheit trat er einem Manne näher, wir wollen ihm den Namen Perna geben, welcher etwa in seinem Alter sein mochte und unabhängig und gleich Anselm ohne Familienanhang mit einem, wie es schien, größeren Vermögen lebte, ohne eine Tätigkeit auszuüben.

Ein Freund besuchte Anselm und lernte Perna kennen; er blieb zwei Tage in Berlin und war viel mit ihnen zusammen; als er wieder abreiste, begleiteten ihn die beiden zum Bahnhof; und wie der Zug sich in Bewegung setzte, und er aus dem Fenster den Zurückbleibenden zuwinkte, die ihm grüßend erwiderten, da war ihm plötzlich, als müsse er im Fahren noch Anselm eine Warnung zurufen.

Die Beziehungen der Menschen zueinander sind im heutigen Leben meistens unsichtbar geworden. Das gilt vornehmlich von den Beziehungen der seelisch wertvollen Menschen, denn diese stehen fast alle außerhalb des großen Getriebes, welches eben nur mittelmäßige und gemeine Menschen gebrauchen kann. Die Beziehung zwischen Anselm und Perna ging auf nichts Dingliches; man kann etwa sagen, daß Anselm sich einsam fühlte, einen Menschen suchte, dem er sich öffnen konnte, und nun in seiner Vorstellung einen solchen Menschen schuf, den er mit dem wirklichen Menschen gleichsetzte; und daß Perna, wie so oft niedrige Menschen, einen Zug zu dem Höheren fühlte, das er in Anselm ahnte, ohne sich über seine Ahnung, ja nur über sein Ahnen, klar zu sein, daß er sich mit unbewußter Schlauheit durch Schweigen und Zustimmen dem Höheren anpaßte, und nun dumpf, halb mit Angst, halb mit Schadenfreude, ja mit Haß, erwartete, was denn endlich aus der Beziehung herauskommen werde. Nochmals gesagt: das ging alles im Unbewußten vor sich; im Unbewußten war Anselm ahnungslos und Perna erwartete einen Kampf.

Als die beiden vom Bahnhof nach Haus gingen, schob Anselm seinen Arm in den Arm Pernas; der Besuch des Freundes hatte ihn freudig erregt und beflügelt, und es war ihm, als müsse er jedem etwas Gutes antun.

»Weshalb haben Sie nicht geheiratet, Perna?« fragte er. »Sie sollten es noch tun, es ist nicht zu spät für Sie. Ich denke mir Sie mit Ihrem ruhigen, klaren Gemüt, mit Ihrem unbeirrten Verstand, mit Ihrem festen Willen und Ihrer vorzüglichen Gesundheit als einen ausgezeichneten Gatten und Vater. Es ist ein Unrecht von Ihnen, daß Sie als Unverheirateter leben; ein Unrecht gegen sich selber, denn Sie entziehen sich das höchste Glück; und ein Unrecht gegen uns, denn selten bietet ein Mann so die Gewähr wie Sie, daß er tüchtige und gute Kinder für unser Volk aufziehen wird.«

»Ich war verheiratet«, erwiderte Perna, indem sich seine Stirn in Falten legte. »Ich habe mich scheiden lassen.«

Betroffen zog Anselm seinen Arm zurück und sagte: »Entschuldigen Sie, ich wußte das nicht, ich hätte sonst nicht an die schmerzende Stelle gerührt.«

»Meine Frau hat mich ...«, Perna biß die Zähne in die Lippe. »Nun, ich habe mich wegen Ehebruchs meiner Frau scheiden lassen«, fuhr er fort.

Die beiden gingen eine Weile still nebeneinander her. Dann sagte Anselm: »Ich will nicht so gefühllos sein, Sie mit Fragen und Ratschlägen zu belästigen; daß mir Ihr Geschick nahe geht, das wissen Sie, und Sie wissen auch, daß Sie an mir stets einen Freund haben werden, der Ihre Angelegenheiten im Herzen und im Gehirn trägt. Aber ich glaube, ich muß Ihnen etwas Allgemeines sagen. Jeder Haß ist ein Unrecht; er macht uns schlechter; er wirkt aber ganz besonders schädlich auf unsere Seele, wenn er sich gegen jemand richtet, dem wir einmal in Liebe verbunden waren. Ich weiß ja nichts von Ihrem Schicksal. Aber wenn Ihre frühere Gattin einer Leidenschaft folgte: denken Sie, daß wir alle Leidenschaften unterworfen sind, daß wir oft ihnen folgen müssen und unrecht handeln müssen; und daß ein großherziges Verzeihen des Betroffenen das Unrecht aus der Welt schafft und den Verzeihenden selber auf eine höhere sittliche Stufe hebt, vielleicht auch den, dem verziehen wird, wenn er nämlich der Mensch dazu ist.«

Perna hielt den Schritt zurück, sah Anselm kalt und feindselig an, fragte trocken: »Wofür halten Sie mich?«, dann zog er seinen Hut und ging; Anselm blieb bestürzt zurück.

Am nächsten Tag bekam er einen Brief von Perna. Er hatte in einer augenblicklichen Geldverlegenheit ein kleines Darlehen von dem Bekannten erbeten; Perna schrieb ihm nur in kurzen Worten, er brauche Geld und bitte ihn, das Darlehen, sobald es ihm möglich sei, zurückzuzahlen. Anselm wurde peinlich berührt durch den Brief; er besorgte sich sofort den Betrag und schickte ihn mit einer Entschuldigung an Perna.

Es vergingen einige Tage; Anselm las während des Mittagessens verloren in einer Zeitung; seine Augen fielen auf eine Nachricht, daß

Perna auf der Straße einen Tobsuchtsanfall gehabt habe und in eine Irrenanstalt eingeliefert sei.

Vielleicht war die Art, wie er sich gegen Perna benommen hatte, nicht sehr klug gewesen im gewöhnlichen Sinn des Wortes; man wird es deshalb wunderlich finden, daß Anselm hier plötzlich einen merkwürdigen seelischen Scharfblick zeigte: es war ihm klar, wie durch eine Eingebung, daß die Krankheit Pernas mit der Scheidung, mit seinem Haß und mit seinem Benehmen gegen den mahnenden Freund zusammenhing. Er bedachte sich, was er tun könnte; aber es schien ihm das beste, sich zurückzuhalten.

Nach etwa einem halben Jahr erhielt Anselm einen Brief von Perna aus einer Irrenanstalt, in welchem Perna bat, daß er ihn besuchen möge; es war nichts von den häßlichen Vorkommnissen zwischen ihnen berührt.

Anselm wurde zuerst zu dem Arzt geführt und über seine Erinnerungen befragt. Er erzählte das wenige, das er wußte; der Arzt nickte mit dem Kopf und teilte ihm mit, daß Perna die ersten Monate in seiner Zelle getobt habe, indem teils seine geschiedene Frau, teils er selber, Anselm, seinen Geist zum größten Teil beschäftigt habe. Er habe Anselms Namen immer geheult in einem eigentümlichen Ton, der ihnen allen im Ohr gewesen sei und habe auch grausige Phantasien ausgesprochen, wie er ihn und seine frühere Frau auf eine gräßliche Weise ermorden wolle. Nun war der Kranke seit einigen Wochen ruhiger geworden. Der Arzt sagte, man könne nicht wissen, ob der Besuch nicht vielleicht günstig wirke; auf jeden Fall aber bitte er, ihn nicht über einige Minuten auszudehnen, da er auch ungünstig wirken könne.

So betrat Anselm das Zimmer des Kranken. Perna erhob sich, schritt ihm entgegen und reichte ihm die Hand; er war sehr mager geworden; dann lud er ihn zum Sitzen ein und begann von selber zu erzählen, er sei krank gewesen an einem schweren Nervenleiden, er befinde sich jetzt aber in der Besserung und hoffe in einiger Zeit die Anstalt verlassen zu können. Alles, was er sagte, war verständig und nüchtern; er machte auf Anselm einen ruhigen, vielleicht etwas schweren Eindruck. Anselm erhob sich nach der Anweisung des Arztes bald, verabschiedete sich und versprach, bald wiederzukommen. Perna wünschte von ihm noch Bücher besorgt; es waren Bücher mystisch-sittlichen Inhalts.

Perna verblieb in der Anstalt noch fast ein halbes Jahr, während dessen ihn Anselm oft besuchte. Die beiden sprachen hauptsächlich über sittliche und religiöse Fragen, und Anselm merkte, daß Perna seine geistige Kraft auf diese Gedanken wendete. Nie hatte er den Eindruck einer Erkrankung. Nur, als er das letzte Mal in der Anstalt bei ihm war, sah ihn Perna plötzlich seltsam an und sprach zu ihm: »Halten Sie es für möglich, daß sich unser Astralleib bei unsern Lebzeiten von uns trennt?« Anselm wurde beunruhigt; er erwiderte, daß es besser sei, sich derartige Fragen nicht zu stellen, daß wir von solchen Dingen nichts wissen können, und daß solche Begriffe, wie der des Astralleibes, doch im Grunde keiner Wirklichkeit entsprechen, sondern nur eine Hilfe sind für unsern unzulänglichen Verstand; denn der kann nie aus dem Umkreis der Bilder hinausgehen, welche er durch das gewinnt, was wir Wirklichkeit nennen. Perna schüttelte den Kopf und sprach: »Es wäre doch sehr merkwürdig, wenn es uns gelingen könnte, daß wir durch eine sittliche Anstrengung unsere eigentliche Seele in eine höhere Welt bringen könnten, und wenn ihr niederer Teil dann zurückbliebe.«

Perna wurde entlassen und zog wieder in seine alte Wohnung. Das Verhältnis zu Anselm war enger geworden. Perna sprach zu ihm: »Was Sie mir an jenem Abend sagten, als wir uns das letzte Mal vor meiner Krankheit trafen, war richtig. Mein schlechterer Teil sträubte sich gegen Ihren Rat und beging dann die lächerliche Kleinlichkeit mit dem Geld. Ich weiß, daß Sie, um den herkömmlichen Ausdruck zu gebrauchen, mir verziehen haben. Ich wollte aber das noch einmal ausdrücklich sagen, damit alles klar ist zwischen uns; denn wenn auch das Wort nichts gutmachen kann, es kann wenigstens eine Tatsache feststellen. Ich werde meiner früheren Frau verzeihen; noch nicht jetzt, ich kann es noch nicht; in einigen Wochen werde ich es können.«

An einem Abend erzählte Perna: »Ein Diener aus der Anstalt, der mir oft behilflich war, ist eben bei mir gewesen. Er hat mir etwas Merkwürdiges berichtet. In dem Zimmer, welches ich bewohnte, werden noch immer jene Rufe und Schreie gehört, die ich in meiner Krankheit ausgestoßen habe. Ich weiß nichts von ihnen; was ich damals getan, ist nicht in mein Bewußtsein übergegangen. Ich soll besonders Ihren Namen in einer eigentümlichen Weise gerufen haben, und vor allem diese Rufe sollen es sein, die man in dem Zimmer noch hört. Es hat nicht wieder belegt werden können, trotzdem der Arzt – Sie wissen, er ist kein sehr tiefsinniger Mann – natürlich an den Spuk nicht glaubt; aber die Kranken, welche in das Zimmer gebracht werden, sollen in solche Aufregung geraten, daß man sie nicht dort lassen kann.« Anselm schwieg befangen bei dieser Erzählung, denn er spürte, daß etwas Schlimmes in der Seele Pernas vorging. Perna fuhr fort, mit einem lauernden Blick auf Anselm: »Sie können sich denken, daß mir der Bericht sehr merkwürdig gewesen ist. Ich habe an den Arzt geschrieben, daß ich bitte, auf einige Tage aufgenommen zu werden; ich will in dem Zimmer wohnen. Es ist mein Astralleib, von dem die Spukerscheinungen herrühren.«

Anselm wußte, daß es keinen Zweck hatte zu widersprechen. Er schwieg; das Gespräch wendete sich auf Gleichgültiges, stockte bald, und die beiden trennten sich.

Nach einigen Tagen bekam Anselm die Nachricht von dem Arzt, daß Perna, wahrscheinlich in Vorausahnung eines neuen Anfalls, freiwillig in die Anstalt zurückgekehrt sei, indem er sein altes Zimmer verlangt habe; noch in der ersten Nacht sei der Anfall eingetreten, und zwar unter solchen Umständen, daß eine Heilung voraussichtlich ausgeschlossen sei.

Schluß der Geschichte vom Nobelpreis

Kaufmann und Paul Ernst kamen zur Gesellschaft zurück. Herr von Brake hatte inzwischen seinen Unmut über das ihm unbegreifliche Benehmen Paul Ernsts bekämpft; er sagte sich, daß er in Otto Ernst eine leicht verletzliche Dichterseele vor sich habe, der man manches nicht übelnehmen dürfe, was man sich ja von einem kaufmännischen Angestellten etwa nicht gefallen lassen würde. So kam er denn den beiden lachend entgegen, hieb Paul Ernst kräftig mit der Linken auf die Schulter und reichte ihm die Rechte, indem er ihm zurief, daß sie darum keine Feindschaft haben wollten. Mit etwas leidendem Gesicht schlug Paul Ernst in die dargebotene Hand ein.

Herr von Brake und der Herr Landrat verließen die kleine Gesellschaft, und die näheren Freunde saßen zusammen: Herr von Brakes Schwiegersohn, Herr von Lukács, Karl Scheffler, Leopold Ziegler, Wilhelm Schäfer, Doktor Kaufmann und Paul Ernst. Man besprach das Vorgefallene und beredete einen neuen Novellenband.

Aber da stand Paul Ernst auf. Er sagte lachend zu den Freunden: »Was tun wir eigentlich hier? Gehören wir in diese Gesellschaft? Ja, wir sind Deutsche, wir lieben unser deutsches Volk. Aber sind die Menschen, unter denen wir hier leben, das deutsche Volk? Ach, das deutsche Volk ist nur eine Idee; wir wollen ein jeder wieder auf seine Stube zurückgehen; da leben wir in unserm Volk, in den Büchern, welche an den Wänden um uns stehen. Ich muß ja noch den Nobelpreis schreiben; aber das ist auch meine letzte Novellensammlung aus den Gesellschaften des Herrn von Brake.«

Der junge Professor reichte ihm die Hand und sprach: »Ich verstehe Sie. Ich hänge mit unserem Gastgeber durch die engsten Bande der Verwandtschaft zusammen. Aber der Geist ist stärker als das Blut. Ich sehe heute ein, es war eine Feigheit, eine deutsche Feigheit, daß ich den Schnitt nicht gemacht habe. Wenn der Krieg erst beendet ist, dann werden uns unsere großen Aufgaben gestellt werden, und wenn wir die erfüllen wollen, dann müssen wir rücksichtslos unsrer innern Stimme folgen. Auch ich werde nicht mehr Herrn von Brakes Gast sein.«

Paul Ernst schloß: »Eine der Ursachen für unsere Schwierigkeiten von heute ist, daß wir eine dumme, rohe und alberne Aristokratie gehabt haben. Die Aristokratie ist ja in allen Ländern verschwunden, aber in allen Ländern hat sie, wie unser gemeinsamer Freund Max Weber so schön ausführt, das Urbild des führenden Standes hinterlassen: in den romanischen Ländern den Kavalier, in England den Gentleman. Bei uns ist der Korpsphilister übriggeblieben mit seinem Ideal der Dummfrechheit. Uns, die wir das einsehen, legt dieser Umstand eine Verpflichtung auf. Wir wissen alle, daß es nur ein wahres aristokratisches Ideal gegeben hat, die Kalokagathie, daß auch Kavalier und Gentleman nur lächerliche Entartungen sind. Aber sie sind nicht so in Grund und Boden lächerlich wie das deutsche Ideal des führenden Standes, deshalb kann bei uns eine Besserung kommen, bei den Romanen und Engländern ist eine Besserung ausgeschlossen. Die Befreiung bei uns ist nur dadurch möglich, daß die einzigen Männer, die nach Lage der Dinge unser Volk vertreten können, ihre Würde geltend machen: die Dichter und Denker. Deutschland ist immer nur in den Dichtern und Denkern gewesen, nicht in den Fabrikanten und Landräten. Wir haben geschwiegen und gelächelt zu den Albernheiten und Nichtswürdigkeiten der Männer, welche uns geführt haben. Wir dürfen nicht mehr schweigen und lächeln, wir müssen sprechen und handeln. Am Schluß seiner Gedanken und Erinnerungen macht Bismarck einen hämischen Ausfall auf Wilhelm von Humboldt. Er hat gewußt, gegen was er sich wendete. Seine Politik, die Politik der Gewalt, die freilich aus seinen immerhin wenigstens starken Händen in Komödiantenfinger geraten war, wird heute zur Selbstauflösung geführt. Was die Russen wollen – was sie wollen –, das ist die gerade Weiterentwicklung unseres klassischen Ideals, es ist eine Politik der Menschheit; Wilhelm von Humboldt würde sie verstehen, und die Deutschen werden sie auch verstehen, wenn sie erst wieder diejenigen Führer haben, die ihnen angemessen sind, das heißt, wenn der Geist in Deutschland sich bewußt wird, daß er seine Pflichten gegen das Volk vernachlässigt hat und wenn er die Zügel an sich nimmt, die heute der Unfähigkeit entglitten sind und auf der Erde schleifen.«

Herr von Lukács lächelte beistimmend. Paul Ernst sah ihn an, er mißdeutete wohl sein Lächeln; und so fuhr er fort: »Sie glauben mir nicht? Ach, ich glaube mir ja selber nicht! Aber was soll ich tun? Ich *will* glauben.«

Abgeschlossen im Sommer 1917.

Biographie

1866 *7. März:* Karl Friedrich Paul Ernst kommt in Elbingerode im Harz als Sohn des Bergmannes Wilhelm Ernst und seiner Gattin Emma, geborene Dittmann, zur Welt. Er wächst in Clausthal auf.

1885 Paul Ernst studiert Theologie und Philosophie in Göttingen und Tübingen.

1886 *Herbst:* Er wechselt an die Universität in Berlin.

1887 Ernst bricht sein Theologiestudium ab und nimmt stattdessen ein Studium der Nationalökonomie auf.

1890 Heirat mit Wera Kossenko, Tochter eines russischen Generals. Mit ihr bekommt er einen Sohn.
Während seines Studiums wird Ernst Anhänger der Sozialdemokraten und engagiert sich als Parteiredner und Schriftleiter der »Berliner Volkstribüne«.

1891 Seine Frau Wera stirbt.

1892 Ernst promoviert in Bern zum Doktor rerum politicarum.

1896 Beeinflusst durch den konservativen Politiker Rudolf Mayer tritt Ernst aus der SPD aus.

1897 Tätigkeit als freier Schriftsteller.

1899 Ernst heiratet die Tochter des national-liberalen Politikers Robert von Benda, Lilli Benda. Aus der Ehe gehen drei Kinder hervor.

1900 Er macht eine Italienreise, auf der er ein neues Form- und Kunstverständnis gewinnt.

1903 Umzug nach Weimar.

1904–05 Ernst arbeitet als Dramaturg bei Louise Dumont am Düsseldorfer Schauspielhaus. Sein Roman »Der schmale Weg zum Glück« wird veröffentlicht.

1906 Die Essaysammlung »Der Weg zur Form« erscheint.

1914 Rückkehr nach Berlin.

1916 Scheidung von Ehefrau Lilli. Ernst heiratet ein drittes Mal, diesmal die Erzählerin Else Schorn. Mit ihr bekommt er einen weiteren Sohn.

1918 Paul Ernst lebt im Isartal auf dem Gut Sonnenhofen.

1920 Er schreibt seine »Spitzbubengeschichten«.

1923-28 Das sechsbändige Epos »Das Kaiserbuch« erscheint, wird jedoch nur ein mäßiger Erfolg.
1925 Umzug in das alte Schloss St. Georgen an der Stiefing.
1933 *13. Mai:* Tod in St. Georgen in der Steiermark.